DATANG BINWANGMU

# 大唐幽王墓

文丑丑 ◎ 著

中国华侨出版社

图书在版编目(CIP)数据

大唐幽王墓/文丑丑著. —北京:中国华侨出版社,
2012.5

ISBN 978-7-5113-2116-9

Ⅰ.①大… Ⅱ.①文… Ⅲ.①长篇小说－中国－当代
Ⅳ.①I247.5

中国版本图书馆 CIP 数据核字(2012)第 051572 号

●大唐幽王墓

著　　者 / 文丑丑
策　　划 / 周耿茜
责任编辑 / 宋　玉
责任校对 / 吕　红
装帧设计 / 无设计
经　　销 / 全国新华书店
开　　本 / 710×1000 毫米　1/16　印张 16　字数 180 千字
印　　刷 / 北京紫瑞利印刷有限公司
版　　次 / 2012 年 8 月第 1 版　2012 年 8 月第 1 次印刷
书　　号 / ISBN 978-7-5113-2116-9
定　　价 / 30.00 元

中国华侨出版社　北京市朝阳区静安里 26 号通成达大厦 3 层　邮编:100028
**法律顾问:陈鹰律师事务所**
编辑部:(010)64443056　64443979
发行部:(010)64443051　传真:(010)64439708
网　　址:www.oveaschin.com
E-mail:oveaschin@sina.com

## 目录 大唐幽王墓

第一章　古镇诡事 / 001

第二章　井中尸 / 028

第三章　黄金俑 / 055

第四章　莲绽之野 / 077

第五章　幽王墓 / 119

第六章　幽林诡域 / 129

第七章　墓穴 / 177

第八章　大宝窖 / 196

第九章　唐棺魅影 / 223

第十章　祖骸 / 238

# 第一章 古镇诡事

秦岭南坡，三条河流如同三条长龙般绕过这里形成一个三角洲，三角洲上面屹立着一座大山。这座山的名字叫凤凰山，凤凰山下掖藏着一个小镇子。镇子不大，依山傍水，山清水秀。古镇水陆发达，镇民安居乐业。

凤凰镇始建于唐武德七年，唐宋时名"三岔河口"，元代称"社川河乡都"，明成化十五年后称"社川里"、"上孟里"，清嘉庆年间改名为"凤凰嘴"，因附近的凤凰山而得名，民国年间新更名为"凤凰镇"。

古镇街道房屋粉墙青瓦，屋脊中央和两旁均有装饰，正中多为莲花或梅花，两边有兽脊或龙头。房屋很多都是三进三开，三个院子逐层升高。陕南这一带雨水丰富，因此这里的建筑和南方的许多建筑一样更多地考虑到排水功能，类似于徽派建筑。

在古镇的中心有一家大院，和其他大院一样，院落的格局基本为四面坡向中央的天井，天井中有暗管将雨水排出室外，被称为"四水归堂"，屋顶呈人字形，屋檐前采用滴水瓦，防止雨水散布。房屋山墙由下而上，筑有与屋脊齐平的防火墙，以防邻屋失火蔓延。

大院是明清构造，不过有传闻说这个院子是古镇中最老的一个房子了，在唐朝的时候已经建造。后来住在这个古宅的人姓午，是从原来姓安的主人手里面购买的。姓午的人买了这个古宅之后，便一直住在这里，如今已经繁衍成了一个大家族。

午氏大院的主人叫午幽明，在古镇里面经营着十几家铁铺和造纸坊，他的生意做得很大。古镇一直便是这一带地区的主要商埠，骡马驿道大量疏通，水路航运也不停扩张，商流、人流、物流，车水马龙，辐辏纵横，商埠字号、店铺钱庄遍布全镇，形成了无数个大商号。而午氏这一家，便是大商号里面名堂最响的几家之一。

午氏的商号在关中一带更是闻名，午氏铁艺，午氏造纸，都已经名声在外。午幽明这个人精于商道，敛财无数，是一个特别出众的人物。可惜的是，他四十多岁了，娶了三房都没有个一儿半女。膝下无儿，空有万贯家财又有何用呢？午幽明表面上一副无所谓的样子，心里面是一年比一年急，天天骂着自己的媳妇不争气。

午幽明年纪增长，脾气也是一天比一天暴躁。

因为午氏这个家族，旁系虽然人口众多，午幽明这个嫡系，却是一脉单传。午幽明不能不着急，没有后代，在叔叔伯伯面前实在是难以抬头。难不成午幽明这一系到了他就断子绝孙吗？这个罪人午幽明无论如何也当不起。

有人说生不出孩子是午氏大院破坏了风水。可是午氏大院里面住着那么多的叔叔伯伯，凭啥就他午幽明没有后代呢？午幽明找风水先生来看过，风水先生不但不说这个门庭破坏了风水，还美言赞誉午氏大宅是个风水宝地。这可把午幽明弄糊涂了，要说是个风水宝地，自己为什么连个娃都生不出呢？风水先生说这个地方是个聚财之地，并非生养之福。

午幽明听风水先生一说，火冒三丈，叫人将风水先生赶走。这不是胡说八道吗？后来想想自己拥有那么多的钱却没有后代，莫非应了风水先生的话？

不久之后，突然流传出来一句话让午幽明更是愤怒。那句话是"九代之后便绝代"，这句话说的正是午幽明这一系，有人说午幽明住的这个大宅子里面中邪了，住在里面的人将会是一脉单传之运，无论如何都改变不了，而且到了第九代之后，便绝代了，再也没有生养了，因为午幽明的这个大宅子是建立在"弱孕之地"上面。

这分明是在骂午幽明这一系断子绝孙，当然，午幽明即使怒发冲冠也很无奈，他不知道这个谣言是从哪里冒出来的，也不知道是谁在破坏他午幽明一系的名声。但是午幽明敢怒不敢言，这个好像是事实。他这一系，从始祖午朝阳开始繁衍，到了他午幽明，正好第九代，不多不少，族谱上记得清清楚楚。

事到如今，他午幽明也不争气，娶了三个老婆都没有一个孩子。

流言蜚语也不像是空穴来风。

午幽明听得多了，也认命了，整个人突然变得特别的颓废，整天神神叨叨，他心里好像也信了这"九代之后便绝代"的说法。他心里很想知道是谁说的这句话，他想去问清楚，他想找办法破解这个魔咒，就算倾家荡产也罢。

可惜流言一直传，说这个话的第一个人却不知道是谁。午幽明整天快快不乐，到了他五十岁的时候，正值他五十大寿那一天，一个远房的亲戚说要给他过继一个儿子，午幽明这一回可算是展颜微笑了，虽说不是自己亲生，但是这个无后之说就不成立了。

给了那个亲戚一大笔钱后，午幽明本来还优哉游哉，谁知道亲戚拿了钱之后就销声匿迹了。午幽明对其可谓是恨之入骨，这不是落井下石吗？就在午幽明走投无路的时候，午门临喜了，一个打扮得很妖艳的女人找上了午家的大门，说她怀了午幽明的孩子。

当时整个午家都震惊了。

那个女人二十多岁，打扮得花枝招展，长得粉粉嫩嫩，模样不差，她来到午氏大院前嚷着要见午幽明，说自己怀了午幽明的孩子。午幽明的三个老婆当时雷霆大怒，听说自己的老公在别的女人肚子里面下了种，一个个恨得咬牙切齿，拿着各种棍具要将这个女人赶走。

一个陌生的女人找上门来说自己怀孕了，大家都以为是这个女人故意找上门来想要钱，大家也同意赶走。不想，当午幽明面对着这个女人的时候，他惊叫一声，扶着这个女人就这么进了午家的门。

大家诧异无比，三个老婆更是嚷着有她没她们仨。午幽明全部置之不理，反而一心一意地去照顾那个突然出现的女人。这个女人的的确确是怀孕了，在午家还不到半个月，她的肚腹便有些鼓起。午幽明专注于这个女人身上，天天得意无比，还到处跟人说午家有后了。气得他那三个老婆赶紧收拾行李回娘家去，午幽明一声不吭，他的全部心思都在这个怀孕的女人身上。大家都说午幽明中邪了，被狐狸精迷惑了，想孩子想疯了。

其实，是非归是非，午幽明心里比谁都清楚，他没有中邪也没有疯，怀了他孩子的这个女人叫庄晓苏，是跟他午幽明睡过觉的。两个月前午幽明去西安做买卖的时候，朋友们在一家青楼里面将庄晓苏介绍给了午幽明，在西安的七个晚上，午幽明没有忘记，这个年轻貌美的女孩让他这个一蹶不振的男人重振雄风。

七个晚上，夜夜缠绵，午幽明走的时候还依依不舍，叫她有什么事直接去找他，他无论如何都帮忙到底。不想，庄晓苏怀孕了，对午家的女人而言，这是一件坏事情，对午幽明而言，却是一件天大的喜事，等了几十年了，他午幽明总算是等到了这一天。

虽然晚了一点，午幽明还算满意，自从庄晓苏进入午家的门，午幽明的生意就交给了下人去做，自己则老老实实地陪在庄晓苏身边。没多久，庄晓苏便给午幽明诞下了一子，老来得子的午幽明接近疯狂，满月那天，不惜重金在古街上摆了几百桌。

"九代之后便绝代"已然成为了传说。

午幽明心里藏着几十年的阴霾总算一散而去。

午幽明给自己的儿子取名叫午重阳，意思是自己这一系总算是延续下来了。

等到午重阳两岁多的时候，厄运便降临了。

那个早晨，午幽明家的丫鬟阿翠正带着小公子午重阳在午氏大院的天井里玩耍，午重阳长得粉琢玉雕，特别的可爱，牙牙学语，刚刚学走，谁都无比地疼爱他，午幽明更不用说了，心肝宝贝似的，谁要是伤害了他这个来之不易的宝贝，只怕他要拼命了。

阿翠本来是午幽明特意找回来服侍庄晓苏的，这两天庄晓苏突然感冒了，午重阳大多时候是阿翠带着玩。阿翠虽然没有生过孩子，可是对小孩却是喜爱不已，午重阳模样乖巧，可爱又淘气，惹得她爱得难舍难分。

午重阳太得宠，人也变得顽皮不已，喜欢四处爬四处钻，说他的话他就哇哇大哭，日子久了，也就由他了。这个早晨，晨曦刚刚到来，天井里面还有些露气，微凉微凉。阿翠把午重阳带到天井的时候，和往常一样，把午重阳放下让他在天井自由自在地玩耍，自己逗逗他，累了就坐到一边汉白玉雕成的石凳上。然而，她屁股还没有坐热，午重阳的一声惨叫令她惊慌失措，她站起来的时候，刚刚还在自己面前跑来跑去的午重阳居然凭空消失了，她呆住了，心知出大事了，赶紧大叫少爷不见了。

她突然这么一喊，整个大院的人都跑出来，说午重阳不翼而飞，本来在记账的午幽明和躺在床上休息的庄晓苏夫妻俩急得三魂不见了两魂半。

儿子突然消失了，午幽明不由得失声痛哭。

庄晓苏则拼命地责骂阿翠，但是午重阳去了哪里呢？大家分头去找，整个大院乱哄哄，阿翠一边哭一边说着自己的失误，她并非有意，只是转眼间午重阳就不见了，他才两岁多，一个小孩子能去哪里呢？在这个院子里面，也没有路人经过，里面住的都是自己人。小孩子能去哪呢？是不是被人抱走了？是不是他自己走出大院去了？

午氏大院里面已然乱成一团。

午幽明几乎要昏厥，哭红的双眼恨不得将阿翠碎尸万段，看着四周的人忙着找午重阳，看着新夫人庄晓苏一脸的伤心欲绝，午幽明的心已经支离破碎。

"重阳，重阳，我的儿啊。"午幽明跪在了天井里，哽咽着。

"老爷，你别这样，重阳他会回来的。"午幽明的随从马岩安慰着午幽明。

"我午幽明到底是造了什么孽啊？老天爷你居然如此对待我，我午幽明前生造孽啊，好不容易得了一子，你却这样活生生地把他带走了，重阳，我的重阳啊，恨啊。"午幽明怨天尤人，庄晓苏听到午

长篇盗墓小说 大唐邠王墓 DATANG BINWANGMU

幽明这么喊，流着眼泪跑进了房间，不一会儿就听到一个丫鬟劝着庄晓苏不要乱来。午幽明进房间，才知道庄晓苏一时承受不了拿着剪刀要自杀。庄晓苏这么做，午幽明恼怒不已，狠狠地给了庄晓苏一个耳光。

庄晓苏如梦初醒，突然大哭一声，整个人晕了过去。

午幽明命人照看好夫人之后，有个人失魂落魄地跑进来，慌慌张张地叫道："老爷，老爷，小少爷找到了。"听说午重阳找到了，午幽明不禁有些欣然，然后这个伙计难看的脸色却令他心中忧虑。随着那个伙计往大院的天井走去，前面已然围了一大群人，都是住在大院里面的叔伯辈的人，他们长吁短叹，摇头，无奈，叹气，各种失落的表情。

午幽明愣住了，大家都围在一口古井旁。

这一口古井在大院的天井左边，听说大院刚刚建成的时候，古井就在了，显然历史悠久。古井的四周用汉白玉玉石砌成，里面黑幽幽的看不到底部。这是一口荒废掉的古井，午家用水都是从外边打回来，也不知道为什么，从午幽明曾祖父那一代起，他们午家就没有用这口井里的水了。午幽明当家做主之后，按照祖训，他也禁止家里的人使用井里的水。

久而久之，古井变得很不显眼，四周还长满了青苔。

有时候，大家都忘记了大院里面居然还有一口井。这口井，大多时候都有一个烂簸箕堵着，如果不是大院里面住着的人实在是难以注意到天井这里还有一口古井。

午幽明停住了脚步，他不敢上前，他心里面好像琢磨出了什么一样。

大家这时候知道他来了，纷纷回头看着他。

马岩说："老爷，他们说小少爷可能是失足掉进了这口井里面。"

午幽明这时候疯了，狂呼一声，整个人扑到了前面来，然后往井里探望，大家伙拉着他，还好，午幽明不至于往古井里面跳去。午幽明狂叫道："我早说了要封了这口井，我早说了要封了它，为什么？为什么？报应来了，报应来了啊。"他如此狂叫，大家伙面面相觑，都不知道午幽明嘴巴里面说的是什么，午幽明抓狂不已，想着又要往古井里面钻去，大家费了九牛二虎之力才把他拉住然后让他安静下来。

"二牛他已经下井里去了，他会找回小少爷，小少爷不会出事的，不会的。"马岩赶紧过来安慰午幽明。午幽明听到马岩这么一说，又经过刚刚一阵奋力的折腾，毕竟年纪长了，现在已经精疲力竭接近虚脱，他摆摆手，唏嘘道："不行了，不行的。"

看着午幽明一脸的绝望，马岩脑中一片空白，他自己自然清楚，午重阳要真的是摔到了古井里面，只怕已经死掉了。现在抱着午重阳九死一生的希望，他叫午家的一个长工二牛吊着绳子到井里面找一找，看看午重阳是否还活着。即使夭折了，也要把午重阳稚嫩的尸体给捞上来。想到这些，马岩心里七上八下的。大伙只怕和马岩差不多，古井很深，眼睛看下去，幽幽的看不到底，也不知道里面有什么。

发现午重阳掉进古井的是马岩，他看到了古井里面的一个堆砌着的石块上搁着一只小鞋子，正是午重阳今天穿的那只虎头小绣花。

"马岩，叫二牛上来吧，别费力了。"午幽明突然说道。

马岩惊讶不已，愣愣地看着午幽明，他不明白午幽明这一番话

长篇盗墓小说

大唐幽王墓

DATANG BINWANGMU

的意思，他说道："可是小少爷他真的落入井中了，你不想把他找回来吗？"午幽明摇摇头，一脸的萎靡，整个人的表情已经变得麻木不仁，空洞的眼神，苍白的面孔，颤抖的嘴唇。马岩实在不忍心，但是为什么不把午重阳找回来呢？活要见人，死要见尸，总不能就这么算了吧？

当然，午重阳失足掉进了古井里面只是一个猜测。

"算了吧，大家别理会了，都是命，命啊。"午幽明痛苦无比地说着，他刚刚说完，古井那边就出事了，只听到二牛在古井里面疯狂地大喊拉他上来，拉他上来。二牛好像发疯了一般，好像是被什么东西追一样，声音无比的紧张急促。二牛突然这么大喊，大家也跟着急了。几个拉着绳子一头的青年人赶紧用力扯绳子，想着把下井里面的二牛拉上来，他们知道二牛出事了，听着二牛仓皇的叫声，也不知道是不是找到了午重阳的尸体。大家伙想到午重阳摔死的尸体，心情变得无比的沉重。

午幽明没有说什么，他轻轻地闭上双眼，像是死去了一样。

马岩也不敢说什么，二牛的惨叫还在耳际，想必午重阳已经死掉了。如果不是看到午重阳的尸体，二牛不至于会这么的大呼小叫吧？看着绳子慢慢地往上面拉，大家都争先恐后地往井里看去，他们想知道二牛到底是不是带着午重阳的小尸体上来。

谁知，绳子噗的一声竟然断了，二牛惨叫一声后就没有声音了。只怕摔得不轻，大家惊慌失措，马岩叫道："快找粗一点的绳子，七哥你下去把二牛他们扶上来吧。"马岩是一个聪明的人，一直在午幽明身边管账房，二十余年了，午家的发达他可是帮了不少忙，午幽明一直把他当左右手。马岩办事，午幽明最放心了。而马岩确实是一个很淡定的人，看到绳子断了，马上就想办法了。慌乱的人你看看我，我看看你，直到马岩这么一说，才有人去找绳索，然后把一个叫七哥的人送下井里。

七哥下去之后，大家的心都很焦虑，也不知道二牛怎么样了？二牛那一声声接连不断的惨叫已经过去，井下静悄悄，七哥的身影慢慢地被井里面的黑暗淹没的时候，大家又是你看看我，我看看你。马岩念道："保佑，保佑。"午幽明却如同死灰复燃般突然揪住马岩的手臂，说道："没有用，没有用，下去一个死一个，快把七哥拉上来。"他心急无比，一心急，气就不顺了，一连串的干咳，他这么说，大家都当他胡言乱语吧。

失去了儿子之后乱了心智的午幽明在大家眼里已然没有公信力。

"老爷，你别这样，唉，他们都会没事的。"马岩说。

"井里面有鬼，你们不会明白的，不会明白的，哈哈，哈哈。"午幽明说着说着哈哈傻笑，然后站起来，痴痴地看着大家，一脸的傻笑。午幽明这个样子，大家也不知道该说些什么，心里都以为他疯了。马岩知道午幽明心智错乱，赶紧说道："老爷，我扶你去休息吧，这边的事交给我就是了，小少爷他，他可能真的不在了，你要做好心理准备，节哀顺变。"马岩说着，长叹一声，想到午重阳死掉，他也是满怀可惜，那么幼小的生命就这么没有了，欲哭无泪啊。马岩把午幽明扶进了卧房然后叫两个丫头来照顾，又急匆匆地回到外面的天井等待七哥的消息。

"马先生，你说，小少爷他怎么就这么短命呢？"有个人问马岩。马岩是个读书人，在前朝还有功名。本来在私塾里面做老师，后来遇到了午幽明便跟着午幽明做生意了。这个人这么一问，马岩脸色

长篇盗墓小说
大唐幽王墓
DATANG BINWANGMU

顿时变了，他瞪着那个人，说："现在都还没有见到小少爷，你不要胡说八道。"

"刚刚二牛那么叫，明摆着是看到小少爷的尸体了。"那个人还不服气了。

"是啊，马先生，看来希望不大了。"另外有人说。

"你们别乱猜测，等七哥上来了再说。"马岩叫大家不要议论，大家也不再说什么，但是心里面都清楚，出大事了。马岩绷着脸孔，他和午幽明兄弟情深，午幽明晚来得子，他也替午幽明高兴，午重阳这个小娃娃，他这个做叔叔的也是疼爱有加，谁也想不到会是这样，他心里实在难受，要不是因为在众人面前，他已经大哭一场了。午重阳还活着吗？马岩已经不抱希望了。

"七哥有消息了。"绳子抖动一下，有个人大叫起来，几个青年人赶紧拽着绳子往上拉。午重阳是死是活？二牛怎么了？七哥很快就揭晓。大家也拭目以待，他们心中焦虑不安，绳子一动就马不停蹄地往上拉，他们渴望着一口气就把七哥拉上来。幽深的古井，里面有何玄机呢？不一会儿，听到七哥一声咳嗽，啪的一声，大家突然手里面一松，井下沉甸甸的感觉突然没有了，大家一个挨着一个倒在了地上，绳子好像断了一样，大家都摔倒了。一阵阵呻吟后，大家惊慌失措，七哥呢？忙乱之下，井里面突然飞出一个黑影，是顺着大家扯的绳子飞出来的。

绳子那一头紧紧地绑在这个黑影上面。

大家就好像钓鱼一样，用力一拉绳子，鱼上钩了，从水面上飞出来。

可是，这不是鱼，也不是七哥。七哥的身子，怎么能那么容易抽飞出来呢？

大家拉着绳子从井里面拉出来一个东西，这个东西不重，可把大家摔得半死不活。

当大家注目去看时，一个个瞠目结舌，那竟然是一具骷髅。

看到一具深白色的骷髅，大家吓得纷纷爬起来，一些胆小的已经往大院外面跑去，吓得魂飞魄散。那一具深白色的骷髅被大家扯上来之后，静静地摔在一边，天井这里只剩下了包括马岩在内的几个胆大的人。

"马先生，这是？"有人怔怔地问马岩。

"是七哥的尸体，是的，七哥他死了。"有个人慌叫起来。

"怎么会这样？"马岩按捺不住了，他不敢相信自己的眼睛，绳子明明捆绑着七哥，怎么会套出来一具白色骷髅呢？大家都失色了，马岩慢慢地走上前去，他走到古井边上，往井里面看去，二牛的惨叫回音还在古井里面回荡，七哥的身影不见了。他静静地看着古井里面的水墨般的幽黑，古井里有鬼吗？他愣住了，午重阳死了，二牛死了，七哥死了，是吗？他看着古井发呆，黑黑的古井，看了一会儿，古井里面突然伸出一只苍白的手，这只手狠狠地掐住了他的脖子，用力地将他往井里面拉。

这里面是一个深渊吗？马岩吭都没有吭一声，整个人就被那只白色的手扯下了古井。

咕咚一声，马岩摔下了古井。站在马岩身后的人都吓死了，呆呆地看着马岩往井里面摔下去。此时，大家愣住了，那一具被他们扯上来的骷髅突然咆哮了一声，整个骷髅活了过来，像是一个魔鬼，张着双臂向大家扑过来。

长篇盗墓小说

大唐阋王墓

DATANG BINWANGMU

"闹鬼了。"有个人大叫一声就往大院外面跑去。

这个人撒腿就跑，其他几个人也跟着逃跑，有一个反应比较慢的，刚刚走出第一步，就被那个邪恶的骷髅扑倒了，骷髅张牙舞爪，张口就要去咬那个人的喉咙，一双长长的手臂已经捆抱住他，他挣扎着叫道："七哥，放过我，放过我。"

骷髅枯黄的牙齿咯吱咯吱地响着，它没有放过那个人，手指骨都已经抓到了那个人的肉里面，那个人痛苦地大叫着，眼看着骷髅就要一口咬断自己的喉咙，他赶紧闭上眼睛。哪知道，这时候有个身影站在了骷髅的身后，狠狠地敲了一棍。

骷髅的头颅骨被敲碎了，整个骷髅塌在了那个人的身上一动不动。

那个人从骷髅架子底下爬出来，看着救了自己一命的人，竟然是老爷午幽明。他得救之后马上说道："老爷，你出现得真是及时，呵呵，老爷救了我一命，我一定会好好回报你的。"他说话的时候，午幽明却没有说半句话，而是红着双眼恶狠狠地盯着这个人，一脸的怨恨，像是鬼上身一样。

那个人愣住了，此时的午幽明披头散发，脸色苍白，双眼布满了血丝，眼神诡异，嘴边一弯冷酷的笑意，已经不再是那个和蔼可亲的午幽明了。那个人不知道午幽明怎么了，看上去比刚刚要夺取自己性命的骷髅还恐怖。他赶紧说道："老爷，没什么事，我先走了，小少爷的事，你节哀顺变吧。"他现在只想早些离开这里，可是他刚刚转身，后脑勺便被午幽明重重地敲了一棍，晕倒了。

午幽明扔掉了手里面的长棍，慌慌张张地将这个人的身子拖到了古井旁边奋力将尸体扔进了古井，然后嘴里念念有词说："这下你们肯安静了吧，你们满足了吧。"说着又去把那具从井里面扯出来的骷髅搬起来扔回古井里面。

一切都安静下来之后，午幽明便趴在古井的汉白玉边沿上面呜呜痛哭。

夜幕降临的时候，古镇外面的一个野山坡上突然出现两个黑影，居高临下远望着前面的凤凰古镇，凝神静立。两个人三十多岁，一个留着山羊胡子，一个秃顶，长相有些怪异，穿着也很怪异，一个长衫一个短褂。穿长衫这个人看着古镇许久，然后掐指一算，嘴边笑道："这个地方只怕要出大事了，嘿嘿，我们等了那么久总算等到今天了。"

夜幕下的古镇，遥遥看去，一排排的灯火亮起来，整个古镇就好像一只展翅的火凤凰，看上去这个地方的的确确是一个祥瑞之地。两个人观看着，心里都夸赞不已，风水宝地甚宜居。穿短褂的人笑道："怎么？你看得出这个墓葬的走势吗？"

"天然一个凤凰嘴。"穿长衫的人笑道。

"呵呵，那批人把宝物埋葬在此的确对得起这个风水宝地，也对得起这个'凤凰嘴'墓穴，只可惜，差之毫厘，失之千里，墓穴的位置没有摆正。"穿短褂的人嘿嘿冷笑，他说得倒也在理，古镇这个地势，按照风水喝形的说法，古镇坐南朝北，机会居多。南方为朱雀之属，故类比凤凰。古镇的来龙为火形山出脉，附近的凤凰山上岔开双尖以形喝之凤凰嘴。

"我很好奇，为什么墓穴会藏在'凤凰嘴'之上呢？"穿长衫的人笑道。

"何出此言？"短褂之人不明白。

长篇盗墓小说 大唐幽王墓 DATANG BINWANGMU

"因为凤凰嘴喙当属禽鸟之形，这些乃是尖锐之样。尖锐之形的走势十之八九不会出现在墓穴之下。因为这牵涉到堂局的种种条件问题，都会和它相左。所以我觉得啊，这个尖嘴形来定墓穴似乎不在常理之中。"穿长衫的人娓娓说来，穿短褂的人点头称是，穿长衫的人又一边指着前面的古镇一边说："以古镇藏古墓，确实是个好想法，只是这个墓眼挖错地方了，要酿成大祸了，哈哈。"

"这个我们管不着了，我们只要把藏在这个地方的宝藏拿到手就是了。"穿短褂的人说。

"你看看吧，整个古镇，火凤凰的姿势，再看凤凰嘴巴那个地方，那个地方的灯火今晚竟然瞎了，嘿嘿，你看到没？"穿长衫的人指着古镇上的一个大宅子说着，穿短褂的人点点头。按照灯火形成的火凤凰形状来看，那个大宅子正好处于火凤凰的鸟嘴之处，那个大宅子没有灯火闪耀，整个火凤凰今晚看上去好像没有了鸟嘴一般。

"没有嘴巴的鸟儿活不了多久了，我们得赶紧把里面的宝藏挖走，别等它变成不毛之地之后才下手，那就麻烦了。"穿长衫的人说着已经往古镇走去，穿短褂之人突然发出一个瘆人的笑声然后提起一个小袋子也跟着穿长衫之人往古镇走去。

这两个人其实是两个盗墓贼，穿长衫的这个名字叫李夜枭，穿短褂的这个叫方孔子，两个人是合作关系，时常出没于各大古墓之中，特别是在西安一带，此地秦陵汉墓唐棺什么的几乎遍地皆是，他们俩合作也有两三年了，在关里关外的盗墓贼里面颇有名气。

李夜枭和方孔子来到凤凰古镇，盗墓贼所到之处必然有古墓出现，他们深知这个古镇孕育着一个历史极久的古墓。按照刚刚看到的古镇显示出来的各种奇怪的现象，他们已然深信不疑，这个墓穴为"凤凰嘴"喝形的古镇埋藏着巨大财富。

两人进入古镇后，顿感荒凉之气，夜晚时分，古镇静得出奇，连狗吠都少。两人慢慢地往那一家没有点灯的大宅子走去，整个古镇，几乎每家每户都亮着灯光，仅有一家没有灯火，那便是午氏大院。一个占地极广的大院，竟然一盏灯都没有，好像没有人住在里面一般，难道人都走光了吗？去拜访其他人去了吗？有些难以想象，古宅关着大门，四周静悄悄，淡淡的夜色里面，这一座明清式建筑看上去好像一只佝偻的怪兽。

"这个地方好奇怪。"方孔子念道。

李夜枭四周看了看，古宅大门紧锁，四周的白色高墙有几米高，要是攀爬进去实在不容易，他正琢磨着怎么办的时候，古宅的大门突然开了，一个披头散发的女人疯疯癫癫慌慌张张地从里面跑出来，看到李夜枭和方孔子二人扑哧傻笑了几声然后指着两人说："里面有鬼，有鬼，你们小心点。"这个女人说完之后抱着蓬乱的头发尖叫一声就往古街外面跑去，好像真的是撞鬼了一般。

这个女人正是把午重阳弄丢了的阿翠。

李夜枭和方孔子面对疯掉了的阿翠，互视一眼，方孔子笑道："真是诡异，搞什么名堂？"

"无聊扮鬼吓人吧，老方，今晚咱们无论如何都要找到这里面的古墓，嘿嘿，现在大门没有关上，我想正是咱们的好机会。"李夜枭阴鸷地笑着说。没有错，从整个古镇的地形来看，他们要找的古墓便藏在午氏大宅里面。他们俩坚定不移地相信在这个大宅里面会找到他们想要的东西。

但是深夜造访，他们俩倒是不敢大意，要是被发现自己是盗墓

长篇盗墓小说 大唐豳王墓 DATANG BINWANGMU

贼，只怕整个古镇的人都会驱逐他们吧。他们俩不得不小心翼翼，盗掘这样的古墓，风险不小。他们计划着暗地潜入古宅，然后找到古墓的墓眼，接着便盗出"墓宝"，悄无声息地将古墓一掘而空，到时候，只怕谁也不知道他们两个盗墓贼曾经到过这个地方。但是，现在却有些不妥，刚刚来到古宅前，便遇到阿翠这个疯婆子，而古宅变得诡异无比，出现这样无常的事情，两人是防不胜防。

"真要进去吗?"方孔子问李夜枭。

"嘿嘿，跟我走就是了。"李夜枭跨出一步来到古宅的大门前，侧着身子就往大宅潜去，方孔子挠挠后脑勺，说道："好吧，我倒要看看这里是不是真的闹鬼了。"他也跟着潜进古宅。

午氏大宅很阴森，因为没有半点的灯火，里面的天井走廊看上去很幽暗，每一根柱子每一根房梁，好像都潜在着一只幽灵似的，幽灵就趴在上面偷偷地看着你，一动不动，两只深邃而恐怖的眼睛盯着你。在这样阴森恐怖的古宅里面摸黑行走的确是费力，李夜枭在前，方孔子在后，两人慢慢随着古宅的回廊前行，走到一个厢房的时候，房子里面突然啷当一声，有个人在那不停地叹息说："报应来了，报应来了。"

李夜枭和方孔子很不解，靠着窗口去探望，只看到一个五十多岁的老头子坐在一张椅子上面，暗淡的夜色，也看不清楚他整个轮廓。不一会儿，老头子突然点亮了他前面桌子上的油灯，油灯一亮，随风摇曳一下。窗外的两人吓了一跳，老头子正是午氏大宅的主人午幽明，他满脸的鲜血，蓬乱的头发，邋遢的衣衫，整个人颓然坐在一张椅子上面，灯火明亮，仔细去看，他的衣衫上沾着不少肮脏的血迹。

"报应来了。"午幽明嘴巴里面不断念着。

"老方，把他绑了吧。"李夜枭轻声说道。

"也好，不过，真不知道这个老头怎么了?"方孔子点头答应，他们俩知道这个古宅发生了变故，看到古宅主人午幽明这个恐怖的样子，然后看到四周一个人也没有，他们俩不禁想着把午幽明给抓起来，没准还可以从午幽明的嘴巴里面套出古墓墓眼。然而说到要抓午幽明，两人不禁有些头皮发麻，他们在诸多古墓里面出生入死，眼前午幽明邋遢而血腥的样子的的确确让他们俩有些心惊，灯火明亮，幽幽的夜晚，这个古宅显得无比的阴森。

回廊之间，如同有万千鬼魅在回旋而舞。

房间内的午幽明一动不动，苍白的眼睛盯着桌子上的油灯，像是被诅咒了一般。

李夜枭和方孔子互相看了一眼，打算慢慢地潜进去一把将午幽明逮住。不过，正等着要行动的时候，午幽明干咳一声，嗵的一下站了起来。窗外的两人赶紧缩了缩身子，他们可不能打草惊蛇。从窗口的缝隙偷偷看去，午幽明突然弯下身子，只见他非常费力地抬起一个人，不，那是一具死尸，一具全身裸露的女死尸，黄色的灯火下，肮脏如同乞丐一样的午幽明突然抬起一具胴体白皙的女人尸体，诡异异常。李夜枭和方孔子吓得汗毛直竖，女尸的胸口插着一把剪刀，整个胸脯全是已经凝结了的黑红的血迹。

"报应来了，报应来了。"午幽明嘴巴里面念念有词。

"他想干嘛?"方孔子忍不住细声问李夜枭。

"不知道，他好像是杀人了。"李夜枭摇摇头，带着猜测的口吻说。

"不管怎么样今晚我们一定要找到古墓，这个老头子怎么办？现在去把他抓了吗？"方孔子问了一句，李夜枭沉思了一会儿，要是去抓午幽明，他们两个也不怕对付不了，可是，如果这个古宅里面还有其他人，到时候午幽明惊叫起来，那就不讨好了。但是，眼看时间紧迫，午幽明并非大善之人，要是动手，倒也有些难。

李夜枭一时间拿不了主意，房间里面的午幽明却是往门外走了出去。

李夜枭和方孔子赶紧找地方躲起来。

眼见着午幽明扛着那具裸体女人的尸体，慢慢地走出房门，他看上去呼吸有些不畅，似乎很吃力，如果这时候扑上去把午幽明摁倒，倒不失为一个好主意。但是李夜枭和方孔子没有动手，而是定定地看着午幽明扛着尸体往天井走去。

"他没有发疯吧？"方孔子冷笑。

"最好没有，走，我们去会会他。"李夜枭突然变得大胆起来，从黑暗中一跃而出跟在午幽明的后面。方孔子嘿嘿一笑，也跟着走出来，他轻声叫住午幽明："嘿，三更半夜，你这个糟老头在干什么呢？"

李夜枭和方孔子突然出现，午幽明吓了一跳，他回头看了两人一眼，岿然不动，然后口气冷冷地说："你们少管闲事，我在养鬼呢。"说完之后提起步子又往前面走去，好像李夜枭两人不存在。午幽明提到"养鬼"，方孔子呵呵一笑，说："是吗？有那么好玩吗？我也想试一试。"他想跟过去，李夜枭却是扯了他一把，然后轻声说："老方，你别急，这里面有古怪，真不知道这个老头子故弄什么玄虚，我们小心点。"

李夜枭这么提醒，方孔子点点头，看着午幽明佝偻的身影，心里寻思："他扛着一个死人，是要干嘛呢？这个古宅看上去也不是什么大吉大利的地方，李夜枭说得对，我得小心点，不然吃了亏，把命给赔了，可够愚蠢的。"

"前面有一口井。"李夜枭突然说道。

方孔子赶紧往前面看去，大宅里面的那个古井已然在他们面前。

午幽明这个时候正好走到井边，他二话不说，身子一抖，扛着的那个女尸便被他扔进了古井里面。看着女尸被午幽明扔进古井，隐隐还听到古井里面一阵鬼哭狼嚎，像是一群饿鬼正在扑食女尸。午幽明这时候吟吟一笑，李夜枭和方孔子未来得及开口，午幽明突然诡笑着一转身，手里面一把明晃晃的剪刀往二人身上刺过来，这把剪刀刚刚还插在女尸的胸脯上。李夜枭眼疾手快，他一把推开愣住了的方孔子，然后整个人顺势朝午幽明撞过去，剪刀削过了他的肩胛，却也哐当一下摔出了几尺之外。

"王八蛋，你还想杀了我们不成。"方孔子恼羞成怒，看到李夜枭把午幽明扑倒，自己赶紧上前来，一边按着午幽明一边从自己的袋子里面取出一根粗绳子将午幽明五花大绑起来。看到李夜枭受伤，不禁问道："没事吧？"

"我怎么会有事呢？嘿嘿。"李夜枭一边说着一边找出一块帕子将肩胛上的伤口紧紧裹住。午幽明失手被抓，他一声也不吭，就是傻笑着，看着李夜枭和方孔子，他好像不打算大叫几声，让附近的人来帮忙。午幽明如此冷静，倒是在李夜枭两人意料之外。

"怎么处置他？"方孔子指着午幽明问。

"这个王八蛋好像杀人了，他是在毁尸灭迹吗？"李夜枭说道，说午幽明在毁尸灭迹，感觉也不对，午幽明这个人一脸镇定，杀了人还能这么的镇定，一脸的理所当然，只怕不是疯了就是遭遇了什么大变故。他现在有些后悔自己来得不是时候，怎么就撞上了古宅的主人杀人呢？真是邪门。如果午幽明是毁尸灭迹，这个也不是很可疑，整个古宅，现在居然一个人也不见了，刚刚进来的时候，他检查过古宅的四周，古宅里面很干净，房间里面也很干净，四周都井然有序，不像是没有人住。

"李夜枭，咱们又不是探长警长什么的，不管他了，先把他打晕了再说。"方孔子琢磨着要想找到古墓宝藏，还得先打晕了午幽明，免得他碍手碍脚。李夜枭点点头，他似乎很赞成这样的想法。方孔子嘿嘿一笑，伸手便要去敲午幽明，午幽明这时候却是疯狂地大叫起来，说道："你们听我说，听说我，你们放了我吧，不然，鬼还会害人的。"

"鬼吗？"方孔子怔了怔，这个世界上哪里有鬼？他不禁觉得好笑，他还想着把午幽明打晕，李夜枭却阻止了他，李夜枭说："听他说说吧。"方孔子看了一眼李夜枭，笑道："你觉得不对劲吗？"李夜枭冷笑，说："福居之地，已然凶宅，我倒是想知道这里出现了什么？"李夜枭对午幽明的一番话深有怀疑，午幽明看上去有些神经不正常，但是其沧桑而从容的脸色，让李夜枭顿时心里有种想倾听他要说什么的意愿。

方孔子自然理解李夜枭，李夜枭是个好奇心极大的人，如今他们俩来到这个古宅，遇到了一幕幕不可思议的事情，眼前这个杀人凶手，古宅突然间的静寂，还有刚刚来到古宅时那个疯疯癫癫的阿翠。他们刚刚在古镇外面的时候就看到古镇灯火形成的"火凤凰"

形状出现了缺陷，凤凰嘴巴没了，而"火凤凰"的嘴巴正好是这个午氏古宅。

他们俩心里清楚这里面有着不可告人的玄机。

"我虽然不知道你们俩是什么人，你们深夜造访，我不想说什么，我想警告你们，嘿嘿，如果不想被我杀了喂鬼的话，最好快点离开这里，三十年一遇，古宅总会死几个人，天注定的报应，我也不想杀人，我真的很无辜。"午幽明说着说着就呜呜痛哭起来，李夜枭和方孔子听都没听懂，二人一脸茫然。午幽明的话确实很诡异，李夜枭问道："你是这里的主人吗？"午幽明点点头，方孔子问："那你刚刚扛着的那个女人是你杀的吗？"午幽明点点头，方孔子问："她是什么人？你为什么要杀她？"

"她是我的丫鬟，我杀了她，呵呵，是我杀的，我不杀她不行啊，井里面的鬼肚子饿了，它们需要吃东西了，它们饿了三十年了，饿了整整三十年。"午幽明神神叨叨地说着。方孔子看了一眼李夜枭，然后看了一眼前面不远处的古井，那口古井变得诡异无比，他问午幽明："井里面有鬼？"午幽明说道："千真万确，只要好好地喂它们七天七夜，就平安无事三十年，一切都平平安安了。"

"你没有发疯吧？还是发高烧了？"方孔子觉得午幽明说得很荒诞，不禁伸手去摸了一下午幽明的额头，试探一下是否发高烧烧坏了脑子。午幽明呵呵一笑，说道："我清醒得很，我比谁都清醒，我不知道你们是来干嘛的，是想偷东西吗？嘿嘿，我警告你们，你们最好不要靠近那个古井，不然的话，小心没命。"

"你在里面养了什么？蛇？还是什么猛兽？"方孔子不禁揶揄。

"不，那里面的东西不是我养的，古井自从古宅建立以来便存在

长篇盗墓小说 大唐幽王墓 DATANG BINWANGMU

了，古井里面是鬼，一窝鬼，这一次，我已经是第二次遇到了，三十年一遇，这个诅咒永远也打破不了，每到三十年，古井里面沉睡的饿鬼睡醒了，我们午氏的人就要杀人给它们吃，七天七夜之后，它们继续沉睡，长年累月，我们午氏的人成为了这些井下鬼的仆人和奴隶。"午幽明说着说着，李夜枭哈哈大笑，说："你脑袋秀逗了吧。"午幽明脸色立马严肃起来，说："你们不相信吗?"

"信你才怪。"方孔子也笑道。

"嘿嘿，我的儿子重阳不幸摔下了古井，我五十多了才得一子，就这样没有了，我痛恨啊，可惜，我又不能造孽，我午幽明这一系算是断子绝孙了，古井里面的恶鬼，我又不能违抗它们，我不想被它们杀死，我只有像我的祖先一样，把身边的人杀死了然后扔给它们吃，吃饱了，一切又平静了。"午幽明说着，脸上突然露出一丝笑容，煞有介事的样子，李夜枭和方孔子都沉默了。午幽明还以为他们俩觉得自己说的是笑话，便把早上自己儿子不幸摔进井中，然后井里面的恶鬼出来吃人的事一一述说，接着又把古井里面蓄鬼，他们午家一代又一代的人喂养这些鬼的事情顺了顺，整件事情的来龙去脉说了个清清楚楚。说得李夜枭和方孔子二人是一愣一愣的。

老午家建立这个古宅之时，古井便存在了，当时还说要把这口古井给填了，但是古井还可以供水，为了轻便，古井保存下来。午氏大宅建立之后，繁衍了几代人，古井一直给他们提供水源。但是，后来古井突然间枯了，井里面再也没有水了，午氏的人感觉很奇怪，但是，适逢大旱，也就没有理会。用水也改到了去外面挑，然而有一个夜晚，井里面突然出现了怪事情，午氏的一个家奴从井里面捞出来一具骷髅。

当时可把午氏祖辈们吓死了，喝了那么年的水，突然出现一具骸髅，整个午氏大宅的人都慌了，为了保住午氏大宅，之后便有了杀人祭尸的事情。他们都把那些骸髅当做是恶鬼，为了保护古宅的人，当时午氏的家主觉得应该杀人去祭尸，这个还很管用，杀了人扔进古井，七天七夜之后便平安了。时隔三十年，古井里面的恶鬼又会闹起来，然后再是杀人祭尸，然后再是三十年。就这样，这一个秘密的规矩在午氏的传人里面暗地流传。午幽明二十多岁的时候便见到了古井的恶鬼，那时候他的父亲也是用杀人祭尸的方式来镇住古井里面的恶鬼。

时隔三十年，午幽明怎么也想不到第一个祭尸的人会是自己来之不易才两岁多的儿子。

午幽明知道恶鬼苏醒了。

午幽明唯一的办法就是杀人，然后才能保平安。

这些匪夷所思的故事被午幽明讲得绘声绘色。午幽明一丝不苟的样子，让李夜枭和方孔子无比的错愕。等午幽明说完，李夜枭沉思了半晌，突然对方孔子说道："我知道了。"方孔子问："知道什么？难道你相信这个老头子的话吗？"

李夜枭突然一拍方孔子的头，说："我知道了，我知道了。"然后走到了古井前面去，一副兴高采烈的样子。

"喂，你要干什么？你不怕里面有鬼吗？"方孔子嘲笑道。

"你们不信我吗？我都是亲眼所睹，我说的都是真话。"午幽明一再解释。

"神经病，你觉得你说的这些故事能把我们吓走吗？你自己作奸犯科杀了人，掩饰不了的，你等着被执行死刑吧，我真不明白你为什么杀人？捏造这些鬼怪的事情很好玩吗？我们又不是三岁小孩，信了你我们岂不是很幼稚？"方孔子说道。

那边的李夜枭却是一声惨叫，方孔子回头去看的时候，李夜枭不见了。

"李夜枭，你干嘛去了？"方孔子急了，赶紧跑到古井边，四周看了看，静悄悄的一个人也没有，探头往古井里面看，幽暗无比的古井看上去如同一个深渊。"掉下去了吗？"方孔子暗忖着，午幽明则在背后阴鸷地笑道："报应来了，报应来了。"

"他怎么了？"方孔子瞪着午幽明凶巴巴地问，李夜枭突然不见了，这多半和午幽明有关，这个古宅越来越神秘莫测，方孔子心急了。午幽明看着方孔子，然后笑道："古井里面就是一个地狱，哈哈，他死无葬身之地。"方孔子听他这么一说，狠狠地给了他一个耳光，然后骂道："你给我老实点，你说，古井里面到底有什么？"按照午幽明的说法，李夜枭八成是摔进井里去了，可是好好的怎么就摔进去了呢？一定有什么古怪吧？古井里面会是什么？所谓的"恶鬼"吗？方孔子当然不会相信有鬼的存在。

"我不是说了吗？叫你们不要靠近古井，你们偏不听。"午幽明说。

"你还在胡说八道，哼，我要好好地教训你。"说着，方孔子狠狠地看着午幽明，目露凶光，午幽明被吓住了，叫道："你想怎么样？你不要靠近我，你的朋友肯定被鬼吃了，他的死跟我没有关系，一点关系也没有，我一心想帮你们，我真的想帮你们。"他这般求饶，一副极为畏惧的样子，方孔子哼了一声，说："你到底说不说实话？这个古井里面，你到底做了什么手脚？不许跟我说鬼。"

"我说的都是事实，真的。"午幽明语气坚定。

"你这个王八蛋，李夜枭要是死了，你也休想活命。"方孔子说着一把将午幽明提起来。

方孔子力气倒是很大，他比佝偻的午幽明高出两个头，午幽明身子瘦小，被方孔子提起来，倒也不需费劲。午幽明狂叫："饶了我，饶了我。"方孔子骂道："你就是个疯子，你这个杀人凶手，今天我方孔子就要替天行道了。"他一面说着一面把绑在午幽明身上的绳子解下来，然后把瘦小的午幽明推到了古井旁边。

看着黑洞一般的古井，午幽明叫道："不要，不要这样。"

"你说古井里面有鬼，我方孔子打死也不相信，我要你证明给我看。"方孔子说。

午幽明立马哆嗦不已，他叫道："真的有鬼，真的。"

"那你去见鬼吧。"方孔子在午幽明的背后用力一推。

午幽明惨叫一声，整个人陷入了古井的黑暗里面去。

"李夜枭，你这个混蛋，你等着我把你带上来。"方孔子又是生气又是心急，他生气李夜枭太冲动摔下了古井，这个古井看下去深不见底，摔下去，岂不是摔得粉身碎骨。想到这些，方孔子赶紧跑到午幽明的房间里面把那盏油灯拿出来，然后把绳子系在古井不远处的一张石凳子上面，另一端则系在自己的腰部。他来到古井前面，往井里面看了几眼，然后又把油灯伸下去照了照，古井在灯光下依旧浑浊不清，像一滩墨水。

想到午幽明所说的那些鬼怪的事情，方孔子心里突然一阵不安。

古井越看越神秘，越看越诡异。

本来不相信午幽明的那一番话，多看了古井几眼，方孔子心里

长篇盗墓小说

大唐幽王墓

DATANG BINWANGMU

不禁有些疑神疑鬼。

"李夜枭，你这个家伙是死是活呢?"方孔子犹豫了。

下古井的话，找到的可能就是李夜枭的尸体了。

古井里面似乎很凶险，午幽明被自己扔下去后悄无声息。

"好吧，李夜枭，老子这辈子欠你的。"方孔子说了一句，啐了一口，也不管什么凶险，弯下身子，手举着油灯，然后把脚伸进古井，慢慢地顺着另外一条已经放下古井的绳子往幽黑的古井底部爬去。

# 第二章　井中尸

其实李夜枭是自己主动往古井里面跳的，他落到古井里面之后便有些悔意，忘记告诉方孔子一声了，他心知自己这样的举动方孔子会很不理解甚至会以为自己被鬼怪拽下古井。不过，到了古井底部，李夜枭就无所谓了，往古井上面喊了几声，上面一个回应也没有，他知道自己喊了也白喊，方孔子完全听不到。

李夜枭一时激动往古井纵身一跃，还以为自己会摔死，想不到古井的底部有一层十分柔软的东西撑着，这是一层软如海绵的沼泽。李夜枭跳下来之后，两腿便被柔软的沼泽黏着，古井虽然黑得不见五指，但还是可以感觉到脚下松软的沼泽如同面团一般。

古井底部有一股很强大的气流，这股气流直直吸着被泥团黏住了的李夜枭。李夜枭感觉到气流来自前面的井壁，他感到有些不可思议，古井的底部应该是封闭的，怎么会有那么强大的气流畅通无阻呢？细看，在井壁那边有一个一人之高的洞门。

李夜枭心里窃喜，他觉得自己没有白白跳下来。这口古井无比的神秘，也不知道隐藏着怎么样的一个大秘密。他最喜欢探险了，这样的古井，真的令他激动不已。他用力甩掉脚下的泥沼，往那一股气流走过去，然后进入洞门，李夜枭稍稍看了一眼，有些昏暗的光线，勉勉强强还可以看得到里面的构造。

长篇盗墓小说　大唐豳王墓 DATANG BINWANGMU

这是一条弯弯曲曲的过道。

过道看上去还很深，里面也不知道隐藏着什么。一个巨大的古宅里面隐藏着一口神秘莫测的古井，古井里面定然是有着许多不可告人的秘密。李夜枭得意了，赶紧从怀里拿出一根蜡烛，然后找到随身携带的火柴，嚓，点燃了蜡烛，火红的烛光照亮了整个过道。

古井也开始明亮起来，李夜枭拿着蜡烛四周扫了扫，发现过道上有不少的泥脚印，过道旁边也沾满了泥沙。李夜枭沉下心来，仔细去查看那些脚印，没有脚趾头，样子奇形怪状，不像是人的足迹。李夜枭往前面看了一眼，过道的四周可能是因为太潮湿的缘故，四壁长满了青苔，一派绿油油的样子。李夜枭小心翼翼地往过道里面走去，这时候身后嘭的一声，有个人哎呦一声叫了一下，像是谁被扔下了古井。

李夜枭想回去查看是谁？

前面突然又传来一声惨叫，像是有人被什么东西咬住了一样，令人毛骨悚然，身后是谁也顾不得了。他觉得太古怪了，先前被午幽明扔下古井的那具裸体女尸竟然消失掉了。

他意识到古井里面除了自己之外，似乎还有活着的东西。

是猛兽吗？这个可能性比较大，如果说是人的话，谁会在这个古井里面？这里面能生存吗？如果是午幽明说的什么鬼怪之类的，那只是无稽之谈罢了。女尸被扔下来后不见了，也没有发现什么血迹，李夜枭断定古井里面可能有某些猛兽，或者是巨蛇之类的。

想到这些，李夜枭不禁小心提防起来，如果遇到什么猛兽巨蛇的话，他可不能大意了，可以把一具尸体扯走的东西，绝不是好惹的。

前面传来了惨叫，古井的过道变得异常的不安宁。

举着蜡烛，随着光亮，李夜枭慢慢地往过道前面走去，长满了青苔的过道，气味一点也不好闻，有种臭水沟般的味道。李夜枭捂着鼻子，慢步走着，走了二十多米的时候，他发现不妙了，在那些绿油油的青苔里面竟然爬着无数的小青蛇。

这些小青蛇随着他前行，慢慢地跟在他的后面，虽然没有攻击李夜枭，但已令他心中不安，他瞥了一眼，那些小青蛇根本不是一两条，而是密密麻麻数也数不清，一开始藏在了绿色的青苔里面看不清，现在移动了，他感觉整片青苔都在移动，好像自己看到的并不是什么青苔，而是趴在过道壁上满满的青蛇群。

李夜枭不禁起了一层鸡皮疙瘩，他看到了那些小蛇头，绿豆大的蛇眼珠，一颗一颗亮晶晶的。

或者是忌惮他手上的蜡烛，这些小青蛇没有对他造成什么伤害，李夜枭赶紧加快脚步往前面走，没多久，前面突然出现了一片火光，他不由得朝那团火光走过去，眼看手里面的蜡烛快烧完了，他需要光明，想不到古井下面的这个过道会是那么的深长。有火的话或许有人，想到这个，李夜枭胆子大了许多，显然，下到古井里面的人不止他一个。

他不知道对方是什么目的，但是，如果蜡烛没有了，自己哪里敢掉头回去呢？前面那一段路，四周可是爬满了小青蛇，如果被咬到，死不了也会落个终身残疾。火光越来越闪耀，李夜枭快走到火光的时候赶紧把手里面就要烧完的蜡烛扔掉，然后一个跨步往火光明亮处跃过去，他站住脚的时候，身子却是不由得一绊，险些摔倒，好像踩到了什么。

李夜枭回过神来，发现火堆的四周一个人影也没有，火堆显得很凌乱，好像被什么东西踩到然后弄乱了，火把这里一根那里一根。灰烬哪里都是，一股浓烟飘飘荡荡的绕着整个过道，他四周看了几眼，一个人也没有，但是火是从哪里来的呢？谁点的火？他轻声叫了几声，没有一个声音回答他。

李夜枭叹了一口气，回头去看自己刚刚踩到的那个圆木状的东西，吓了一跳，竟然是一只断了的手臂，血淋淋的。李夜枭险些叫出声，他愣愣地看着那根手臂，心情变得很沉重，这个地方也变得邪恶起来。那根手臂，沾满了鲜血，上面还有被咬的痕迹，锋利的牙印，撕裂的伤口。李夜枭干咳了一下，他发现手臂前面的手掌拳握着，五指之间好像捏着什么东西似的。看上去握得很紧。李夜枭很好奇，走过去把紧紧箍起来的五根手指掰开，叮当一声，一块玉质圆形的东西从断臂的手心里面掉出来。

这个东西晶莹剔透，质地细腻，通透嫣红，色若凝霞，红如血肉一般。看到这个片状的小东西，李夜枭心里乐了，他认得这个东西，这可是一块不可多得的宝物，叫"红玉髓"。

"红玉髓"是一种橙色到红色之间的半透明玉髓。在藏传佛教中和蜜蜡、砗磲、珍珠、珊瑚、金、银并称为"佛家七宝"，是供佛修行时候的最佳持有宝物之一。"红玉髓"又叫做"麦加石"，因为它表明呈现出红色，形同血肉一般，又有"血肉石"之称。它常常被加工成珠类、凸圆形和雕刻品。

当然，李夜枭手里面拿着的这一块，却是不一般，因为它所体现的并非手工艺价值，而是历史价值，李夜枭看到上面的时期，有"天宝"迹象，应该是盛唐遗珠。想到这个，李夜枭心里得意无比。

这一枚"红玉髓"，上面雕刻着不少的纹饰，像是腾飞的凤凰，又像是什么异兽，重要的是上面的斑驳字迹，显示其是天宝年间的贡品，似乎是来自波斯埃及地区。

趁着火堆的明亮，李夜枭环视四周，前面好像有一个石门，石门上雕刻着一龙一凤，龙凤交缠在一起，中间是一块八卦形状凸出来的石块，四周则是各种奇形怪状的石头，不像是刻意雕刻出来的，但是有模有样，仙人状，鬼怪状，野兽猛禽状。李夜枭把"红玉髓"收到怀里，拾起一根火把便往那个石门走去。

走到石门面前，李夜枭便有些慌了，这个石门并不是普通的石门，竟然是用无数的骷髅堆积而成。看着那些骷髅扭曲的形状，各种悲惨的样子，想象着他们的尸骨被堆积成这个石门的时候那种挣扎，令人有些头皮发麻。这样一座尸骨遍布的石门，谁敢轻易去碰一下呢？森白的骨骼，深埋在石门的泥土里面，有全露的，有半裸着的，手骨、头骨、盆骨、肋骨等等，纵横交错，使得整个石门变得恐怖无比。

李夜枭想不通当初制造这个石门的人是什么想法？是要吓走想要进入石门的人吗？李夜枭想了一会儿，然后伸手往石门中间那个凸出来的八卦形状的地方摸去，这个显然是一个机括，搞不好想要打开石门便得从这里入手。

李夜枭进入过不少的古墓，也见过很多这样故弄玄虚的机括。

当李夜枭的手接触到石门上那个八卦形状的时候，他整个人震了一下，像是触电一般，他想把手取走，想离开这个石门。但是，他动弹不得了，他的手被那个八卦状的东西紧紧地粘住。他左右四顾，这个石门果然不同寻常。"搞什么？"他心里骂了一句，但是手

长篇盗墓小说 大唐邠王墓 DATANG BINWANGMU

还是被紧紧地吸住，李夜枭焦急的时候，石门突然发出几声闷响。

石门突然在抖动，像是要慢慢移开。

不，抖动的不是石门，而是石门上面掩埋着的骷髅，那些一截一截的骨骼竟然发出咯咯的声音，跳动着，好像要从石门里面蹦出来一样。李夜枭感到一阵不安宁，这是怎么了？森白的骷髅要从石门里面跑出来吗？他看到几个头骨竟然在磨牙，咝咝咝咝地磨着那些快要掉光了的牙齿，像是一只只饥饿难耐的饿鬼。

"不好。"李夜枭心里着急，可是手被那个石门紧紧粘住了。

要是石门里面镶着的骷髅跑出来，自己必然会遭到骷髅的伤害，到时候只怕五马分尸都没有那么难过。他是个盗墓贼，久战沙场，这一次却是不淡定了。突然，石门里面的骷髅咯哒一声，一只骷髅的手从石门里面伸出来一把抓住了李夜枭的手腕，李夜枭不由得紧皱眉头，手骨很用力，就快要把他的手腕捏碎了。这一刻，石门里面的那些骷髅躁动不安了，一只只森白的手从石门里面伸出来，然后向李夜枭的那只手抓去，像是要把李夜枭也变成一具骷髅一般。

李夜枭看着自己的手遭到骷髅的攻击，那个拿着火把的手赶紧往前面甩去，火焰四射，那些骷髅倒也不畏惧，继续往李夜枭的手抓来。李夜枭火大了，心里懊恼不已，用胳肢窝把火把夹住，然后从口袋里面拿出一瓶酒，喝了几口，喷在了前面石门的那些骷髅上面，嘴巴里面再含住一口，然后重新拿着火把放到嘴边，把含着的酒往火把上面喷，火遇到了大把的酒，顿时烧成了一片，一直烧到前面那个骷髅石门上。

骷髅们陷身火海，一具具变得扭曲，痛苦挣扎着。

李夜枭奋力一抽，被粘着的那只手总算是松开了。

石门已经被大火淹没，镶在石门里面的那些骷髅也不再蠢蠢欲动。

火势渐渐蔓延，整个石门都被大火烧烤着，里面的骷髅有些都被烧焦了，一股恶心作呕的气味令李夜枭有些晕眩。

等石门上的大火慢慢地熄灭，石门里面的那些骷髅一一烧焦之后，李夜枭再一次来到石门前，他是铁了心要到石门里面去看看了。不过这一次，石门经过了大火的烧烤之后，突然轰轰地移动了，慢慢地出现了一个圆形拱门，可供一人出入。

李夜枭心里明白了，这个石门原来是利用热量打开的，经过大火的焚烧之后便可移动，如果没有一定的热量，不管怎么样它都不会移动。这个设计实在是巧妙至极，李夜枭很庆幸自己偶然之间使用了火烤，不然的话，要打开这个石门，谈何容易呢？他端详着石门，发现石门已经被烧得黑不溜秋，地上满满一层是骷髅烧成的灰烬。

石门自己移动了，李夜枭拿着火把上前去仔细地查看一番。他不想再碰到什么难题，这个古井下的地道，很显然是人为建造出来的，自己一心到这个古镇找一个埋藏着无数宝物的古墓，这一刻，他知道没有白来，古墓便隐藏在这个古井里面。

井下大墓。想到此，李夜枭激动无比，在外面听午幽明述说着一切的时候，他便有不少的怀疑，现在他跳到了古井里面来，经历了这一系列的古怪，发现这里面和古墓墓道无异，而且暗含各种精巧的设计，很显然，这里很早以前便经过一番建造，绝对不是井水激流冲出来的地下水道。李夜枭越是往古墓这方面想，人就越是精神，可谓是踏破铁鞋无觅处，得来全不费工夫。

长篇盗墓小说 大唐幽王墓 DATANG BINWANGMU

李夜枭和方孔子结伴到这个古镇，一早便查到这里隐藏着一个大型古墓，如果不是碰上午家这一次的变故，而午幽明疯疯癫癫地说井下有鬼，李夜枭也不会发现古井里面有墓迹。

石门半掩，李夜枭等不及了，举着火把就要往前面去，哪知道刚刚走到石门前的时候，前面突然吹来一阵阴风，一阵森寒无比的阴风，吹得李夜枭瑟瑟发抖，整个人像突然大病一场似的。他看着石门里面，怎么会有那么大的风呢？里面隐隐约约也看不到什么东西，阴风阵阵，不停地往外面吹，呼啸着，像是在冬天里面咆哮的北风。

李夜枭感到有些冷意，整个人站到一边去，不至于被阴风吹到。

石门里面影影绰绰地突然冒出来几个身影，这些身影如同木偶一样，左右摇摆，在朦胧的石门里面嗒嗒地往外面走。李夜枭心里面突然感到不妙，他在进入古井的时候，便知道这里面还有其他人，他不知道会是谁？这时候遇上，心里多半有些不好意思。但是，比自己早到一步的这些人会是谁呢？别的盗墓贼吗？

被别人捷足先登，李夜枭心里有些不畅快，看着石门里面即将要走出来的人影，李夜枭突然产生了一股恨意。不过，他很好奇，除了自己和方孔子之外，还会有谁知道这个古墓呢？他静静地等待着，古墓隐藏着什么秘密呢？墓主那么的匠心独运将自己的墓陵藏在一个古井下面。石门里面吹来的阴风变得小了，脚步声变得大了。

李夜枭暗叫一声不好，石门里面的脚步声越来越清晰的时候，他发现不对了。

这种脚步声很规矩，根本不像是人的脚步声，一步一步，几乎都是一样的音阶，像是木偶，像是有东西故意推动着人走。寻常人走路每一个脚步应该都是不一样的，轻重不一样，脚步声自然不一样。而前面的脚步声，有点像是人推着布偶在移动。李夜枭想到这个，心里面不禁愣住了。

脚步声慢慢靠近，笃笃，笃笃，有点像木屐的声音。

石门里面的影子渐渐变得清晰了，是一群"人"，影子有一人之高，他们组成一个排列，然后慢慢地往石门外面行来。李夜枭沉住气，一个在诸多古墓里面出生入死的人，胆子自然不会小。看到石门里面的影子慢慢移出来，他还有些激动，他想知道真相是什么。

第一个影子跃出来了。

李夜枭暗地叫了一声："果然有些诡异。"

那个影子不是人，透过火光看去，那个影子长得有些恐怖，穿着一件锦绣长袍，当然，锦袍有些破烂，不像是新衣。它双臂下垂，看不到手脚，脸上则是被一块白布纱蒙住，也看不到五官。这是一个很奇怪的"人"，在这个"人"的身后，一字型排列着七个跟它一模一样的。李夜枭愣了一下，一股腐臭的味道传进了他的鼻子，他深知，这八个东西并非活人，而是八具从棺材里面爬出来的古尸。

"中招了。"李夜枭暗暗叹着气，那些古尸突然发出咝咝的声音，然后双臂一展就往李夜枭这边扑过来。李夜枭赶紧往回跑，古尸嗵嗵嗵地跳跃着追赶他。惹上了八具古尸，李夜枭觉得有些莫名其妙，棺材里面的古尸怎么就活过来了呢？

被邪恶的古尸追杀，李夜枭只有跑，也想不了那么多了。回到火堆那里，李夜枭便停下来。他看着将自己重重围住的古尸，看得出，这些还是女尸，李夜枭不禁好笑，午幽明老说古井里面有鬼，想必便是这些古尸在作乱了，古尸睡了三十年然后就醒一次，午幽明这个家族的人便要杀些人扔进古井里面喂饱它们，然后等它们入睡。这些说得很悬疑，李夜枭现在看到了这些活生生的古尸，心里对午幽明的话将信将疑。

古尸饥饿了跃出了古井，然后吓着了外面的人吗？为了可以长期住在古宅里面，为了跟古尸和睦相处，午家的人妥协了，三十年便喂养古尸一次吗？午家的人傻了吧？他们不会全家搬走吗？很显然，这里面有一个极大的秘密，一旦这个秘密将要被发现的时候，午家的人就开始隐瞒，不惜一切代价来掩饰。

当然，这些得见到了午幽明才明白。

李夜枭现在必须想办法对付眼前的这些古尸，身为盗墓贼，他还是第一次遇到这么凶险的古尸，古尸一般都有灵气，在棺材里面躺了那么多年，灵气汇聚，然后死而复生，当然，所谓的"生"，不是说它活过来重新为人，而是说它突然可以活动了，有一定的生命力。

眼看古尸一个个地朝自己扑过来，他左移右闪地躲着，据说古尸有毒，整副尸骨因为长年累月的腐化，产生大量的毒质，然后遍布全身，要是被碰到或者被伤到，会非常危险。尸毒难解，不比虫毒和蛇毒。李夜枭提心吊胆，在古尸里面乱蹿，古尸动作比较木讷，如同玩偶一般，手脚似乎被长线牵制着一样。

所以，李夜枭躲过它们不是很费力。

但是这样被纠缠着，实在是浪费时间。李夜枭这时候从身上拿出那瓶酒，酒还有一半，他似乎要把这八具古尸给烧死。他一边躲着古尸，一边喝着酒，然后把酒吐到了掌心，接着咬破自己的手指，让血滴到手掌上面。血腥味一浓，古尸们就疯狂扑上来，它们似乎对血腥味有着很强烈的反应，因为它们本身就是缺少血液。一个个变得更加强悍，不停地朝李夜枭抓过去，恨不得一口将他撕咬掉。

"来吧，来吧。"李夜枭身子一拐，躲到了一具古尸的背后，一伸手，那只染血的手按在了古尸的背后，古尸嗷嗷狂叫。

别的古尸嗅着血腥味，一下子就把那具印着血手印的古尸瞬间撕裂。李夜枭感到好玩，想不到这些古尸只知道血腥味，而不能辨别你我他。李夜枭看到古尸剩下了七具，得意了，躲在另一具古尸的后面，然后把血手印按在古尸的身后，结果古尸又被别的古尸撕裂了。

这个方法还真不错，手上粘着血迹，而酒气则可以避去血腥味，一下子，古尸混战一团，你撕我咬。

八具古尸彻底完蛋之后，李夜枭便往石门那边走去。

前面不知道还有什么凶险，不过，他已经进来了，就不能畏怯。

走进了石门里面，里面朦朦胧胧，也不知道是怎么回事，刚刚的那一股强烈的阴风已经停了。石门里面好像很空旷，但是，朦朦胧胧的分不清哪里是哪里，自己的火把的明亮度变得弱了，隐隐约约地也就看得清周围一两米的地方。四周像是围着一层迷雾，他能感受到的只有脚下，凉凉的，湿气很重，似乎还有些水渍。李夜枭也不管这些，举着火把慢慢地往前面移动。

"你是什么人？"突然一声喝令。

李夜枭呆住了，突然，他身边亮起了好几个火把，李夜枭吓了一跳，想不到这些人一直在自己身边，而自己完全不清楚对方的存在。这时候，对方先打招呼，他心里不禁感慨，还好还好，这些人没有对自己下毒手。

对方一共有五六个人，举着火把，一个个灰头土脸。李夜枭打量着这些人，心里明白了，原来真的有人比自己先到了。他看着这些人说："你们又是什么人？"那些人没有回答他的问题，李夜枭呵呵一笑，他突然觉得自己的问题多余了。要知道他现在可是处于劣势，人家是几个人，自己是孤军奋战，双拳难敌四腿，自己认了吧，于是笑道："我一个小盗墓贼，闲来没事到井里看看，听说这里面风光无限，我现在发现，名副其实，嘿嘿，真的名副其实。"

"嘿嘿，想不到除了我们还有别的人知道这个古墓。"有个人走过来，一直绕到李夜枭的身边，这个人不是别人，正是跟了午幽明二十多年的马岩。不错，马岩自己跳到了古井里面，和李夜枭一样没有摔死，还发现了古井里面竟然隐藏了一个古墓。他本来就是盗墓贼出身，不，应该说是一个古玩家出身，特别地喜欢收集各种奇珍，因为多年前知道午幽明的这个古宅隐藏着一个巨大的古墓，所以一直潜伏在午幽明家，二十多年来，他一直在找古墓墓眼所在，但是，整个古宅，他找了个遍也一无所获，花了二十多年，辛辛苦苦，直到今天，午幽明的儿子午重阳失足落井，他才幡然醒悟。

二十多年了，他唯一遗漏的便是这个古井。

当然，古井一早便被遗弃了，很少人会注意到这口古井的存在。马岩在午幽明的身边，也很少听到有人提起古宅的天井里面还有一个古井。这一次，午重阳摔下古井，加上二牛和七哥入井救人去而不回，马岩便觉得古井里面有蹊跷。他想到找了二十多年的东西就要找到了，心情激动便跳进了古井，别人还以为他是被鬼怪拖下去了。

到了古井里面，马岩已经知道，古墓便藏在古井里面。

紧接着，马岩便到外面将几个要好的盗墓贼带进来，一同将这个古墓处理掉，他做的一切，神不知鬼不觉，谁也想不到他马岩会是一个盗墓贼，谁也想不到就在午家出现变故的时候，马岩带着一群盗墓贼正在古井里面作业。

午家因为古井的缘故，跑的跑，散的散，就剩下午幽明一个人守着这个古宅。

午幽明肆意杀人，谁都害怕了。留在古宅里面无非是等死，谁愿意呢？古井里面又有那么多鬼怪，随时随地都会害人。古宅突然间变得冷冷清清，也给马岩这一帮盗墓贼提供了机会。然而，马岩没料到，李夜枭和方孔子会出现。

马岩不认识李夜枭和方孔子，当然，李夜枭也不认识马岩。

马岩这一生处心积虑，步步为营，无非就是要盗走这个藏在古井下面的古墓，李夜枭的出现，让他有些好奇，同时也很恼火。这个古墓他一直认为只有他们知道，所以他刚刚想杀了李夜枭。那些古尸便是他们放出去的，可惜，李夜枭打赢了八具古尸。马岩知道李夜枭有些本事，所以杀心暂时收起，戒心倒是很大。

马岩可不会让别人把自己辛苦得来的成果拿走。

"我只是路过罢了。"李夜枭笑了笑，说。

"嘿嘿，你真不老实。"马岩冷冷地说。

"什么不老实呢？我真的是路过，我看到这个古镇风水不错，然后进行了一系列的研究发现这是个藏墓圣地，我想，这么好的一个地方不会没有人发现吧，所以我怀疑此地有古墓。我到了这个古宅，遇到了古宅的主人午幽明，发现他喜欢杀人然后把人扔到古井里面，我便觉得这里有问题，所以下来看看。"李夜枭说得很认真，毫无隐瞒的意思，他的话，马岩思考了一会儿，然后低声骂道："午幽明这个老家伙真是会坏事情。早知道就把他给弄死了。"他好像信了李夜枭的说法。这时有个盗墓贼问马岩："老大，这个人该怎么办呢？"然后凶狠地盯着李夜枭。

"喂，喂，盗墓归盗墓，杀人归杀人呐。"李夜枭叫道，他可不想马岩这帮人对他做些什么，他又说道："所谓不打不相识，或许我还可以帮你们。"他说完这个，另外有个盗墓贼说："老大，听他这么一说，他好像是个风水先生，应该有用。"马岩这才回头看了一眼李夜枭，然后说道："我知道你有点本事，刚刚我的地下赶尸竟然没有把你给驱走。"

"地下赶尸？"李夜枭看着马岩，这个马岩真不简单，竟然会玩"地下赶尸"这样的邪门歪道。回想起自己刚刚遇到的那八具古尸，又在众多火把下看到这群盗墓贼身后摆着八个烂棺材，他总算是明白了。

马岩这伙人本来就没有杀人的意思，他们只是想把靠近古墓的人驱赶。那八具古尸本来毫无灵性，已经腐朽不堪，谁知道马岩偏偏会"地下赶尸"这样的邪术，"赶尸"本来是湖南湘西一带的神秘巫术，而"地下赶尸"则是在湘西赶尸里面提炼出来的可以驱使古墓古尸的奇异方法。会"地下赶尸"的人可以把古墓里面的古尸唤醒，然后操纵古尸为自己服务，当然，古尸的行径只能在古墓内。

李夜枭以前听说过"地下赶尸"，那些人只是利用一些药物让古尸可以活动罢了。不过李夜枭这还是第一次见识到。刚才他还以为午幽明说古井里面有鬼的话是真的，现在知道马岩会"地下赶尸"，他才明白，刚刚的古尸是马岩操纵的，并非午幽明说的什么鬼怪之类。李夜枭看着马岩，笑道："嘿嘿，想不到你比我高明多了。"

"你到底是什么来头呢？"马岩对李夜枭的身份还很怀疑。

"我没有什么来头，普普通通的一个盗墓贼罢了，不过我发现今天我是大有收获了，像这样隐藏那么深的古墓，里面肯定是聚集了大量的宝藏吧？让我加入你们吧，大不了我不要你们的钱也不要古墓里面的宝物，我就看看，看看就走人。"李夜枭笑道，他心里明白，马岩这帮人好像是遇到大麻烦了。李夜枭算是个心思细腻的人，看到马岩他们一个个灰头土脸，身上粘满了泥巴，一脸疲惫，显然，他们进入这个古墓已经很长时间，而且还没有找到任何有价值的东西。

"杀了他埋在这里谁会知道呢？"有人提议道。

"杀人不好。"有人不赞成。

"对，杀了我对你们有什么意思呢？到时候造成不干不净的多不好，反正我对你们也没有害处，说白了，咱们盗墓贼，四海之内皆兄弟，反正是你们先找到这里，我肯定没有什么想法，我自认倒霉，我来的不是时候。"李夜枭是千客气万客气，他真不想惹什么麻烦，盗墓贼遇上盗墓贼虽然没有什么情与义之说，但他还是想息事宁人。

"哼，谅你也不敢耍花招。"马岩说道，他算是放过李夜枭了，"把你赶走，还真怕你叫人来把这口古井给填了，杀了你我们太缺德，留着你也好，不指望你帮上什么忙，只是想告诉你，你给我规规矩矩的，不要耍小聪明。"

"我会的，我会的。"李夜枭马上颔首说是。

"现在这个人对我们没有什么威胁，咱们也不要理会他，小三子，你给我盯紧他就是了，其他的人跟我继续去挖，我就不信我们

长篇盗墓小说

大唐幽王墓

DATANG BINWANGMU

几个人不能把它挖出来。"马岩吩咐着,然后带着几个盗墓贼往里面走去,李夜枭四周看了看,他当然不知道他们在挖什么,犹豫之际,那个叫小三子的从后面踢了他一脚,叫他跟上去。

李夜枭心里对这一伙盗墓贼很不服,但是,他不想惹事,所谓虎落平阳被犬欺,他也认了,小三子叫他走,他也就抬起脚步跟着马岩这一伙人往前面走去。这个古墓的规模倒是不小,从墓道上就可以看出,这个墓陵的主人是个有钱的主,想到这个,李夜枭心里分外的得意。

跟着马岩他们往前面走,渐渐变得清晰了,李夜枭心里明白,刚刚在外面那些朦胧的雾气是马岩他们故意烧出来,保护自己盗墓的。他们进入古井的时候,虽然心里面清楚没有人会发现,但是他们不敢大意,留了一片烟雾,万一出现了什么差池,有别的盗墓贼进入这里,浓雾会迷住对方的方向,他们也好做准备。就好像李夜枭刚刚突然闯进来,马岩他们虽然很震惊,但有已经制造好的迷雾,这么一来,李夜枭已然是瓮中之鳖。这样放迷雾的办法,马岩这一伙人最喜欢用了。

李夜枭轻易被逮住也不是没有原因的。

清楚了马岩这些盗墓贼放迷雾,李夜枭也认栽了。在火光的照耀下,他没少留心眼,古墓这时候变得有些冰凉,走了一阵子后,马岩他们便停下来,俯身拾起了挖掘工具往一个坑里面挖。这个坑挖了有一米多深了,是一个圆形的坑,直径两米左右。周围看不出有什么特别之处,洞壁上长满了青苔,不远处传来一些滴水声,像是在一个溶洞里面。李夜枭突然问道:"你们这是在干什么?"

"嘿嘿,你想知道吗?"马岩问李夜枭。

"你说呢？"李夜枭反问一句。

马岩顿时笑道："告诉你也无妨，我们也是刚刚发现的，古墓里面藏着宝物的棺材埋在地底下了。"古墓里面的宝物一般是陪葬品，但是李夜枭有些想不通，外面堆放着八个棺材，那里面一点宝贝也没有吗？就是干巴巴地放了八具尸体吗？那些尸体想必是故意留下的，而真正的宝物却是藏在别的地方，墓主的真正棺椁也在别的地方，那八具古尸，是冒充的吧？

别人误以为古墓里面埋葬的是那八具古尸，却发现盛装着古尸的棺材里面并没有什么值钱的东西，以为这是一个穷古墓就放弃了挖掘。其实真正的墓主却是埋在另外的地方。李夜枭知道很多古墓喜欢玩这种以假乱真的把戏，这个古井下藏着的古墓也不例外。

李夜枭思考着的时候，马岩他们突然哇地一声惊叹不已。

"好大一块玄武碑。"有个盗墓贼叫了起来。

"玄武碑？"李夜枭赶紧凑过身子去，在那个圆形的坑里面，他们好像挖到了什么东西，铁锹敲着发出很脆的音质，有人说是玄武碑。李夜枭看过去，感觉也像，在那些盗墓贼的脚下，是出现了一个类似于龟背一样的东西。玄武碑这样的东西在古墓里面一般是用来镇邪辟邪保护棺椁的，巨大无比，要找到古墓墓主的棺椁还得要翻开来，对盗墓贼而言，玄武碑这样的东西是一件十分麻烦的事情。

"铜浇的，蛮坚硬的，嘿嘿，看来要用炸药了。"有个盗墓贼说道。

"先把它整个碑刻挖出来再说。"马岩说着继续下铲子，其他的盗墓贼也挥动着铲子。李夜枭在一边静静地看着，不多久，一块石碑慢慢地出现在大家的眼前，石碑下面是一只青铜浇铸的玄武，也就是一只长相十分狰狞的老龟。老龟身上的条纹很粗犷，看上去上面还雕刻着其他的古怪纹样，吉祥纹、云雷纹、芝草纹等等。大家的目光注视在玄武背上的那一块一尺来高的石碑上面，那上面刻满了大大小小的文字，都是一些符咒类的图案，马岩一伙人没人看得懂。李夜枭远远看去也看不出什么，又不敢靠太近，只好在一边默不作声。

"启动它吧。"有个盗墓贼对马岩说。

马岩这时候已经把双手搭在了石碑上，只见他慢慢地旋转着石碑，说来也奇怪，石碑在马岩的转动下开始慢慢扭动。李夜枭不得不佩服，马岩这一伙盗墓贼还真不是盖的，太专业了，看到玄武背上的石碑便知道怎么回事。技高人胆大，这句话真没有说错，李夜枭不得不佩服了，心里暗想，他们就没有想过后果吗？

马岩不顾后果地去转动玄武碑，此刻，大家都静下来，似乎玄武碑转动了，这里面的古墓主棺便会出现一般。哪里知道玄武碑移动，整个古墓突然像遭遇了地震一般，轰隆隆地震动不已，这一下可把大伙吓坏了。马岩却没有停止转动那块小石碑，他还在转着，嘴巴里面好像念着什么。李夜枭很不解，但是他知道马岩如果不松手接下来便要出事了，玄武上面的小石碑似乎牵制着整个古墓的建造，他叫道："快放手。"马岩没有理会他，李夜枭一步跳到前面去，一掌把马岩推开，然后叫道："你会害了大家的。"

李夜枭这样的举动，令马岩火冒三丈，还没有人敢这样反对他，他叫道："小三子，我叫你看好他，你跑哪里去了？"大家转眼去看小三子，刚刚李夜枭站着的地方哪里还有小三子的影子，大家清清楚楚地记得小三子听从了马岩的命令在李夜枭的身后盯着他的，哪里知道小三子这时候悄无声息地不见了。

"这小子去哪里了?"大家感到不妙,马岩转头对李夜枭叫道:"你想干什么?"李夜枭用身子护住玄武碑,然后说:"你不能再转它了,会出人命的。"马岩上前一把揪住李夜枭,骂道:"你知道这块石头下面藏着多少财富吗?你给我滚一边去。"他正骂着的时候,身边有个人叫道:"老吴,老吴。"马岩烦了,叫道:"又怎么了?"

"小三子不见了,老吴刚刚过去找他,可是,我看到有个黑影把老吴叼走了。"有个盗墓贼瑟瑟地说着,马岩听完,松开李夜枭,跃下玄武碑,手里面握着一把铁锹,他问那个盗墓贼,说:"老吴真的过去了?"他看着前面,阴森森的一片,刚刚烧起来的雾气还在弥漫着。那个盗墓贼点点头,其他的盗墓贼也跟着说看到老吴出事了。

"有没有看清楚是什么东西?"马岩问道。

盗墓贼们都是摇摇头,有个盗墓贼说:"这个古井一直有古怪,赵四爷已经死在了外面,不能再死人了,小三子、老吴现在危在旦夕,我们不能见死不救。"他说完抄起一把铁锹就往前面走去,马岩这时说道:"咱们一起过去看看到底是何方神圣?真有什么鬼怪,咱们可不要跟它们客气,见一个杀一个。"他说完也跟着走上前去,其他的盗墓贼一一拿起工具跟在后面。李夜枭知道他们遇到了麻烦,四周看了一眼,这时候自己打开这个玄武碑可是最佳时机了,但是,如此落井下石不像是他的作风。

李夜枭在地上看了看,捡起一把锄头就跟在了一众盗墓贼的身后。

李夜枭还没有追上来,已经有个盗墓贼叫道:"是小三子,是小三子的尸体。"

长篇盗墓小说

大唐嫔王墓

DATANG BINWANGMU

盗墓贼们围成了一团，李夜枭走上前来，前面血淋淋地躺着一具尸体，尸体的身躯已经血肉横飞看不清，头部却还在，在火把照耀下，正是小三子的人头，看上去很安详，但是大家都被吓住了，小三子的身躯被撕咬得腐烂不堪，一阵阵恶臭传过来，马岩叫道："赶紧挖个坑把他给埋了。"说着赶紧在小三子的尸体身边挖坑，大家心里悲痛，他们在一起很久了，兄弟突然死去，心中极为难受。把小三子的遗体埋掉后，大家的表情都变得僵硬无比。是谁把小三子杀害了呢？看着那些凌乱的伤口，真不像是人为的。

"老吴看来也倒霉了。"有个盗墓贼开始感慨。

"老大，你不是说你已经把这里的邪物清理了吗？为什么还出现这样的情况呢？"有个盗墓贼很不满。马岩无话可说，他们进来的时候，赵四爷被害了，也就是李夜枭在外面看到的那堆火，那只断臂便是死去的赵四爷留下来的。每一次盗墓，大家都会先让马岩在古墓里面转一圈，把古墓隐藏的不祥之物驱走之后，他们这些干苦力活的才会进入古墓进行挖掘。马岩一开始便对整个古墓进行了勘查，赵四爷虽然莫名其妙地死掉了，马岩还是敢说他已经清理过古墓的一切，想不到这里面的邪气依旧很浓。

"怪不得老大。"有人说。

"我知道是我的错，我现在再清理一遍，可能刚刚动玄武碑的时候触动了这些恶心的东西，这一次我一定将它们斩草除根。"马岩说着，提起铁锹，向四周看了看，他这个人会写巫术也懂些茅山道术，对于古墓中的邪物，他还是有把握驱除的。他拿出一把香火，在上面洒了一些药物，然后拿来一个火把，把洒了药的香火点燃后，就往地上插，一根一根地插，在前面围成了一个太极图案。马岩这样

047

的做法是想把古墓里面的妖孽吸引出来吗？李夜枭在一边看着，他觉得可笑，这般装神弄鬼有什么用呢？马岩虽然有"地下赶尸"的本领，但是他还是不相信马岩会有这样的能耐。马岩把香火弄好之后，就盘膝而坐，他似乎在等待鬼怪出现然后一举歼灭。

李夜枭笑而不语，那些香火烧到一半的时候，古墓里面突然出现了一个女子的哭声，嘤嘤哭泣，这个声音时强时弱，散布在整个古墓里面。听到这个神秘的哭声，大家不寒而栗，这是人的哭声吗？有个盗墓贼说："出现了，大家小心一点。"他警告着大家，大家马上把手里的盗墓工具抓得紧紧的。而那个哭声慢慢地飘来，环绕在这个古墓，有些悲凉，像是受了委屈之后躲在房间里面哭泣的女孩，如怨如诉，令人寒心。

"就是她了。"马岩突然站起来，这一刻，前面突然飘过去一道白影，转瞬即逝，马岩看到后就追了上去，其他的盗墓贼却是愣愣的。李夜枭也看到了那个白影，他不知道自己该不该管，此时他笑道："这个东西不会害人的，大家小心点就是了，何必惹它呢？"他这么说，盗墓贼们都瞪着他，有个人说："赵四爷死了，小三子也死了，老吴估计也死掉了，这个仇不共戴天，不管它是什么东西，我们都要把它清理干净。"

"你们还真是够义气。"李夜枭不禁苦笑。

前面的哭声慢慢地变弱，渐渐地消失了。

"给它溜掉了。"马岩一边骂着一边走回来说。

"人家是故意来逗你们玩的，咱们还是去找宝藏吧。"李夜枭建议。马岩骂他："你少管闲事。"他回来之后，将自己点燃的那些香火抓了一把，然后给每一个盗墓贼都分了几根，叫他们拿着香火分头去找刚刚那个哭泣的女人，见到之后，格杀勿论。盗墓贼有马岩给他们壮胆，一个个显得特别的英勇，拿着香火纷纷往前面走去。此时前面传来了一声凄厉的哭喊，像是受了极刑之后的痛苦。盗墓贼们听到这个女人的叫声，一个个变得很奋勇，快步往前面走去。李夜枭定定地站着，他似乎被盗墓贼忘记了。

李夜枭觉得马岩这一伙盗墓贼很幼稚，他静静地站着，盗墓贼们已经去前面搜索那个古怪的哭声来源了。经过那一声惨叫，女子的哭声又出现了，特别特别的凄凉，把整个古墓变得无比的阴森，这女人的哭声实在令人讨厌。李夜枭站了一会儿，前面一点动静也没有，对他而言，他实在不想多管闲事。他想回到玄武碑那边查看，这个水汽很重的地下古墓，有些令他晕厥。湿气太重了，腐臭味也浓，马岩他们挖出来的玄武碑眼看就在眼前了。

李夜枭突然感到身后有些冰冷，他停住脚步。

"是谁?"李夜枭回身叫了一句，眼前突然出现了一个白色的影子。

那个影子像一个帘子，在古墓里面流通着的气流中摇曳，也不知是人是鬼？与此同时，还飘来一股醉人的酒气，不，应该说是酒香，几乎和这个白色幕帘同时出现。李夜枭想走上前去看，只见那个白色的幕帘摇动了几下，嗖的一声，一支长箭从白色幕帘的背后发出来，射在了李夜枭的脚尖前。

"你想干嘛?"看到这个东西没有直取自己性命，李夜枭问道。

"你们都该死。"那个白色幕帘摇晃着，一股从地狱里面发出来的阴森声音令李夜枭有些不适，李夜枭顿觉头晕，他眼前的这个白色幕帘突然变成了千百个，摇摇晃晃，令人眼花缭乱。李夜枭干咳了一下，摸了摸鼻子，然后笑道："我说你这样子有意思吗？你骗得过那些人却骗不过我。"白色幕帘嘿嘿冷笑着，说："你们都得死。"说完，它突然消失了，李夜枭怔住了，前面却传来一声惨叫，好像是谁被什么东西咬了。李夜枭赶紧往前面跑去，一个盗墓贼躺在了地上，整个胳膊好像被什么东西咬下来了，一副痛苦不堪的样子，李夜枭见状赶紧扯下一块衣服给那个盗墓贼止血。

"有鬼，真的有鬼啊。"那个盗墓贼惊慌失措。

"你别喊了，喊了也没有用。"李夜枭淡然说着。

"那个家伙牙齿好锋利，我根本就看不清它的样子，你去叫老大他们小心点，我的手就这么废了吗？"盗墓贼一边叮嘱李夜枭一边看着自己的手臂，然后痛哭流涕，十分的愤怒。李夜枭淡定地帮他包扎，把他的话当耳边风："喂，你知道被什么袭击了吗？"盗墓贼摇摇头，李夜枭四周看了看，突然捡起了盗墓贼被咬掉的那只断臂，然后仔仔细细地看了一下，嘴角突然露出一股笑意，说道："小儿把戏，嘿嘿，没有把你咬死你还真是幸运。"盗墓贼点点头，又说："那个东西毛茸茸的，攻击力很强，一下就把我给扑倒了，我根本就没有力气招呼它，真不知道是什么东西。"

"你们老大应该会没事的。"李夜枭说。

"但愿如此吧，你自己也小心一点，别给那东西咬死了。"盗墓贼说。

"嘿嘿，这个你放心，我们就在这等着吧，古墓里面变得杀气重重，随时都会死人的。"李夜枭眼睛盯着四周以防万一，回想到刚刚那个白色影子，心事重重，古墓里面真的存在鬼怪吗？有些说服不了自己，看到马岩一伙盗墓贼那么认真对付那只鬼怪，李夜枭心里

长篇盗墓小说 大唐幽王墓 DATANG BINWANGMU

也很疑惑，他们难道一直被那个来无影去无踪的白色影子暗算吗？李夜枭思考着，马岩他们突然出现在他的面前，看到有个同伴受伤了，有人叫道："你出事了吗？"

"没事，还好有这个人。"那个被咬伤的盗墓贼瞥了一眼李夜枭。

"此地不宜久留，我们先把宝藏找到，然后再撤。"马岩说完便向前面的玄武碑处走去，其他的盗墓贼也跟了过去。李夜枭跟在后面，心里暗想，这个变化也太快了吧？刚刚还叫嚣着要杀了作乱作魅的人，现在居然置之不理。马岩的想法令李夜枭始终琢磨不透。

马岩神色凝重，回到了玄武碑那边，他一屁股坐在玄武碑面前，唉声叹气，他好像对古墓有些失去信心了。李夜枭这时候才发现，和马岩一起去的盗墓贼少了一个，看来是被杀害了。盗墓贼们心情都很沮丧，剩下的盗墓贼不多了，死的死，伤的伤。

"老大，没有办法启动它了吗？"有个盗墓贼问马岩。

"我正在想，它跟别的镇墓碑不一样。"马岩很无奈地说着，看来他还是没有参透眼前这块玄武碑的秘密。李夜枭突然笑道："我来帮忙吧。"他没有等盗墓贼回应过来，整个人已经站到了玄武碑上面，他这么明目张胆，马岩这一伙人有些不满，但是，李夜枭说可以启动玄武碑，他们只好认账了。出现了变故，他们只想着早些挖出宝物然后功成身退，迅速离开这个古墓。

李夜枭在玄武碑上面慢慢地观察，玄武碑的确是铜水浇筑而成，上面密密麻麻的文字和图案，他看得不是很清楚，这个碑在底下埋得久了，而且这里水汽很重，整个龟背碑身都出现了大量铜绿锈迹，有些地方已经腐化了。

重点是在龟背上的那一块小石碑。

那是个像拳头般大小的一个凹下去的印记，印记里面没有生锈，李夜枭伸手去摸了摸，然后从身上取出一枚长针，他把长针放进那个印记里面，有磁性，是的，那一块地方显然是用磁石镶在里面的。李夜枭叫人拿个火把给他，在火把的照耀下，印记里面的纹路，似曾相识，是在哪里见过呢？

这个是不是巧合呢？李夜枭从怀里拿出来那块"红玉髓"，二话不说，赶紧把"红玉髓"塞进了小石碑上面的那个印记里面。轰隆隆，古墓再一次像遇到了地震一般，晃动了好几下。大家有些慌乱了，李夜枭却很淡定，此间，玄武碑突然自己转动起来。

李夜枭从玄武碑上面跳开，他不敢相信，那个死去的赵四爷断臂里面拿着的居然会是打开玄武碑的"红玉髓"。这是怎么回事？李夜枭感到很怪异，看着马岩这些人的表情，他们正为了玄武碑的转动而雀跃不已。难道马岩他们没有发现赵四爷手里面握着一块"红玉髓"吗？李夜枭心里疑问很多，沉默了片刻，他突然被一个盗墓贼狠狠地抱住，那个盗墓贼叫道："打开了，真的打开了。"盗墓贼们接近疯狂，李夜枭却一副冷漠的表情，因为在他的正对面，隐隐约约地飘着一块白色幕帘，那个飘来飘去的东西一直在注视着他们吗？李夜枭盯着那个白色幕帘，这到底是什么东西？他看着马岩一伙，马岩他们好像没有发现这个白色的鬼魅般的东西。等李夜枭回过神来，那个白色的幕帘不见了。

转眼间就消失，李夜枭叹了一口气，他真想去会会这个鬼魅。

轰隆一声，一道白光透露出来，玄武碑从中间裂开一个大口子，里面隐约出现了一条阶梯，看到白光四射，盗墓贼们欢呼雀跃，有个心急的大呼一声跑上前去，想着钻进那一个裂缺的口子，他太心急了，一声惨叫，他整个人突然被撞飞出来。

盗墓贼摔在了地上，整个胸口出现了一个很大的窟窿，血流不止。

那个缺口一声咆哮，一个黑影从里面一跃而出。

"什么东西？大家小心戒备。"马岩狂叫，那个心急的盗墓贼失血过多死去了，其他人一片恐慌，那个黑影从裂缝里面跳出来后，后面接二连三又跳出来几个。李夜枭在一边看着，心里好笑，那些黑影出来后，大家便看清楚了它们的样子，它们被一圈圈的白布纱包裹着，从头到脚，包裹得严严实实，像是被故意制造出来的，它们四肢很长，比一般的人长出一尺左右，出来之后生龙活虎，好像很久没有活动了一般，一个个伸展腰肢，嘴巴喘息，样子暴躁无比。

"尸魅？"李夜枭嘴巴里面念着。

眼前这些东西长得的的确确如同尸魅，"尸魅"乃是用药物泡制出来的怪物，它们如同一具尸体，但是拥有魅性，被激活后如同鬼怪一般。"尸魅"的存在，一般是墓主生前找来一些药学大师泡制而成，死后留在古墓之中可以防盗贼。这些"尸魅"与复活的古尸无异，但是灵活性更强。马岩看到这些"尸魅"，呆若木鸡，"尸魅"和"地下赶尸"截然不同，"地下赶尸"的那些古尸根本就没有复活的意思，而是被他利用药物驱使使得古尸貌似复活罢了。"尸魅"却不同了，它们完全是自主控制自己。

尸体和鬼魅结合在一起，有着强大的邪念，它们本来是守墓之物，现在马岩等人触动了玄武碑，使藏在玄武碑下面的"尸魅"受到了惊扰，此刻，"尸魅"已经活过来了。看到眼前四只"尸魅"，盗墓贼们赶紧抄家伙。

“我们该怎么办？”马岩这时候冷不丁地问了李夜枭一句。

马岩本是一个经验老到的盗墓贼，可他还是第一次遇到“尸魅”这样的东西，向来都是他在利用古尸骗人，现在遇到真的活尸了，他不禁有些无奈。李夜枭被马岩这么一问，整个人愣了一下，呵呵一笑，对于他而言，“尸魅”也是第一次遇到，以前也只是在一些古籍里面知道药物可以泡制出“尸魅”来守墓。但是，成功泡制出“尸魅”的例子非常的少，这样的怪物也不是一朝一夕可以泡制出来的。

眼下“尸魅”已经发现了他们，马岩他们有些胆战。

马岩那边的盗墓贼死伤了好几个，现在连李夜枭一起也就剩下四个还站着的。“尸魅”一阵舒展之后，突然转过身子来望着李夜枭一伙人，接着便是愤怒地捶胸顿足，眼看就要扑过来。

马岩一伙人额头已经爬满了豆大的汗珠。

“三十六计走为上计，跑啊。”李夜枭大喊一句转身就跑，他一喊，“尸魅”们就一跃而起往盗墓贼们扑过来，马岩等人惊叫着赶紧跟着李夜枭后面往外面跑去。

# 第三章　黄金俑

　　李夜枭突然就跑，实在是出人意料。马岩等人还以为李夜枭会有什么方法逃过此劫。然而"尸魅"狂追，李夜枭跑出去，马岩等人紧追着，"尸魅"在后面一边嗷嗷叫着一边伸着爪子要抓人。本来还以为可以顺利将藏在玄武碑下面的宝物一一盗走，谁也没想到会遇上"尸魅"。盗墓贼们惊慌地往墓道外面狂奔，吃奶的力气都快使完了。谁也不想死在"尸魅"的手里。

　　来到了迷雾重重的地方，李夜枭大叫一声："赶快躲起来，我想办法杀了它们。"这个地方的雾气还是无比的浓重，这里本是马岩他们要对付别的盗墓贼用的，这一刻倒是派上用场了，大家跑进去后，浓雾翻滚，为了烟雾更浓一些，马岩把怀里面剩下的"熏烟"全部都点燃了。

　　"尸魅"们疯狂地在外面叫着，让躲在烟雾里面的盗墓贼毛骨悚然。大家屏住呼气，心脏在胸腔里剧烈地跳动。额头上已经沁满了汗水，是生是死呢？谁也不知道。那些凶残的"尸魅"还在嗷嗷狂叫，声音如同一把把长刀插进了盗墓贼们的胸口。

　　"怎么办？怎么办？"马岩紧张地念着，他想找李夜枭，可是李夜枭进入浓雾里面就消失了，他明白，李夜枭不是他们一伙的。他本来盯着李夜枭进来，眼睛一直没有离开。他对李夜枭从来就不是很放心。但是被层层烟雾围着，眼睛完全看不到身边有什么，李夜枭跟丢了。现在的李夜枭在干嘛呢？去杀"尸魅"吗？或者已经逃生了？

马岩心里面又恨又气，自己注定和这个古墓无缘吗？他费了那么多心思在这个古墓上，不惜在午家二十多年，他拼命地帮助午幽明发财，而午幽明却是个抠门的家伙，赚回来的钱财，哪允许马岩轻易染指。马岩恨午幽明，但是他心里惦记着这个古墓，与古墓里面的宝藏相比，午幽明那点财产微不足道。好不容易发现了午家大宅的古井下便是自己要找的古墓，哪里知道古墓凶险万分，死了好几个兄弟了，他真是不甘心。

被"尸魅"包围着，马岩真想出去拼命了，难道就这么算了吗？想到这些，马岩心里面真是痛不欲生，想要出去做最后的一拼，勇气又提不上来。

正在惊慌失措的时候，外面突然传来了一阵幽幽的哭泣，和之前的那个"女鬼"的哭声差不多。哭泣声又出现了，马岩的心里无比的忐忑，这个哭声到底是谁发出来的呢？哭声依旧很凄惨，盗墓贼们的心吓得都快蹦出胸腔了。遇到了"尸魅"已经够绝望的了，眼下那个"女鬼"的哭声又出现了，它们都是在守护古墓的吗？盗墓贼感觉到大难临头了，嘴巴里面纷纷念着阿弥陀佛，躲在迷雾里面，一个个的快被逼疯了。

哭泣声渐渐变强，此刻，"尸魅"发出的嗷嗷声竟然在慢慢地减弱。

不一会儿，"尸魅"的声音突然消失了。

"怎么回事？"马岩一愣，突然身边蹿出来一个身影，正是李

长篇盗墓小说
大唐幽王墓
DATANG BINWANGMU

夜枭。

李夜枭突然往迷雾外面跑去，马岩疑惑，不过他也没打算说什么，李夜枭消失在眼前之后，他心里感叹一句："这不是去送死吗？"外面除了邪恶的"尸魅"之外还有那个神龙见首不见尾的"女鬼"呢。

马岩心里面实在不能理解，可是，没多久，哭泣声消失了，只听到李夜枭在外面大叫道："你们出来吧，我们安全了。"安全了吗？盗墓贼们不敢相信，犹豫了很久，马岩才带着盗墓贼们往迷雾外面走出来。

出来之后便看到李夜枭直直地站着，手里面好像还拿着什么东西正在细细观察研究。

"尸魅"消失不见了，外面就只有李夜枭一个人，盗墓贼心里面不禁暗暗佩服起李夜枭，是他救了大家吗？当然，看情况，一定是李夜枭把"尸魅"和哭泣的"女鬼"打败了。安全了，盗墓贼们脸上总算是露出了笑意，纷纷围到了李夜枭的身边，当然，因为关系不是很熟，看到李夜枭一丝不苟的神色，他们也不敢多嘴，只见李夜枭手里面捏着一撮黑色的毛发，这撮黑色毛发也不知道是从哪里来的。看到马岩他们出来，李夜枭欣然一笑，说："今晚什么诡异的事情都有了，嘿嘿，咱们去把玄武碑下面的宝贝挖出来吧。"

李夜枭救了他们一命，盗墓贼心里感激不尽，李夜枭本来没有发言权，现在说起话来，盗墓贼倒是把他当成老大了。马岩站在一边，一脸的不爽，问道："就这样去吗？那些东西呢？你全部收拾了吗？"他对李夜枭这个人心存敬畏，但是以他桀骜不驯的个性，哪里愿意和李夜枭一起分享这个井下大墓。

"放心吧，今晚有贵人相助，我们不会再有差池的。"李夜枭得意洋洋地笑着，盗墓贼们完全不解。李夜枭已经往玄武碑那边走过去，马岩看着李夜枭的背影，心想："这个深藏不露的家伙，等一下我一定不能放过他，谁也别想跟我抢。"他招招手，带着剩下的盗墓贼跟着李夜枭往前面去。大家来到玄武碑的面前，那里面因为李夜枭的一块"红玉髓"玉佩，已经打开了一个裂缝，正好容一人下去。李夜枭二话不说，就往裂缝里面跳下去。马岩不想让李夜枭捷足先登，招手叫身边的盗墓贼赶紧跟进去，自己则殿后。

举着火把，李夜枭带着其他盗墓贼已经进入了玄武碑下面，这里出现了一个旋转的阶梯，螺旋状，一阶一阶都是用晶莹剔透的玉石砌成，在幽暗的空间里面，亮晶晶的石阶也算是指明了道路，即使灭掉火把，没有了火光，踏着眼下这些玉石石阶，一样不会迷路。这些堆砌成螺旋状阶梯的玉石，不时还会发出各种颜色，有草绿、紫罗兰、柠檬黄、海蓝等等。七色斑斓，如同一条彩虹深深地往地下伸去。

看到这番夺目的色彩，盗墓贼赏心悦目，心情突然变得极好。他们盗墓无数，还是第一次看到用玉石制造的阶梯，有些甚至开心地弯下腰去摸那些亮晶晶的玉石。

"头都转晕了，什么时候才能走到尽头啊？"走了一段石阶后一个盗墓贼抱怨道。

螺旋形的石阶一直往地下延伸，大家往下转着走，头有点晕是正常的，好像要往地心走一样。下面的玉石石阶还在微微发光，好像深不见底的深渊一样。有些盗墓贼心烦意乱，马岩骂了声："住嘴。小心跟着往下走就是了。"

李夜枭一声不吭，带着大家慢慢顺着螺旋状的阶梯踩着一块块精美玉石砌成的石阶往下面走去。马岩在后面赶着那些有些害怕的盗墓贼，在马岩的心里，他开始相信自己的判断，这里的的确确是一个富得流油的古墓，连古墓的石阶都是用精美的玉石砌成，不过，当盗墓贼得意洋洋的时候，李夜枭却在给他们泼冷水，他说："你们别高兴，这些石头不值钱的。"

"怎么可能？"李夜枭的话马上引来一片质疑声。

"这些石头叫萤石，值不得几个钱。"李夜枭说着，马岩心里顿时黯然，他弯腰去摸了摸，这些五彩斑斓的石头，看上去是那么的夺目，然而真的是经看不经用。萤石，马岩还是知道的，刚刚是头脑发昏，一时间竟然辨认不出。李夜枭又说了："这些石头拿来辟邪治病还差不多，想卖个好价钱很难。"

"嘿嘿，我们可以把它们挖出去然后磨成'夜明珠'，到时候以假乱真，大赚一笔。"马岩笑道，因为"夜明珠"乃是稀有之物，以前的人也喜欢把萤石磨成"夜明珠"的样子，然后拿出去招摇撞骗。萤石和夜明珠之间，除了稀有之分，倒也没有什么太大的差别，把萤石变成"夜明珠"，的确可以大捞一笔。

"想法虽好，难以成真。"李夜枭哈哈大笑。

"你笑什么？有什么不能成真的呢？"马岩问道。

"难道你还真想把这些萤石挖出去吗？"李夜枭反诘一句，马岩顿时无话可说，他可没有那么多的心思来挖这些萤石，即使挖出去了，又哪里有时间把它们变成"夜明珠"呢？老老实实盗墓去，发财哪里还得等萤石变成"夜明珠"。

"到了。"李夜枭突然冒出一句，盗墓贼们都愣了。

眼看下面还有无数层的彩色石阶，怎么说到了呢？明摆着还要继续往下走，看着一层层盘旋而下的萤石石阶，大家很不解。李夜枭此刻往前一跳，大家心惊，以为他要摔下洞底，哪知道他竟然可以悬空而立，踩在了黑乎乎的洞中。大家惊讶不已，这怎么可能？明明还有那么多层的石阶，李夜枭没有走下去，反而跳出去，而且没有掉下去。

"喂，愣什么呢？这里是块玻璃，掉不下去的。"李夜枭解释着，大家才明白是怎么回事，纷纷从石阶上跳下来走到李夜枭的身边。原来真的是一面大镜子躺在这里，它把石阶照在镜子里面，大家还以为石阶继续向下伸展，深不见底。李夜枭拿着火把四处看了看，他们正站在一面很厚的镜面上，看着镜面里面自己的影子，大家心里都倒吸一口气，镜子上面的自己竟然不是本人，而是一个个脸蛋歪曲身子变形的怪物，盗墓贼们吓得半死，狂呼："我们怎么了？我们怎么变成了那个样子？我们变成了什么？"然后不停地去摸自己的脸蛋和身子，他们不敢相信镜面里面倒映的自己，那个变形了的，丑得无法形容的样子，如同死去的鬼魅一般，刚刚还好好的，怎么瞬间就变成这个鬼样子了呢？

大家惊慌的时候，李夜枭干咳了一声，说："这是镜子的问题，你们瞎着急什么？"

"干嘛在这里立一面那么大的镜子呢？"马岩问道。

"辟邪用的吧。"李夜枭呵呵一笑，他也不知道为什么会在古墓里面藏那么大块的镜子，这个镜子倒映着上面的萤石石阶，让人产生幻觉，以为这个古墓是个无底洞而知难而退。在镜面上走了一圈，李夜枭突然从身上拿出一把小刀，一把就扎进了镜面。唧当，镜面破碎，大家一股脑儿往下面摔去。李夜枭的举动，盗墓贼们来不及阻止，身子一晃，随着镜面裂开，一个个跌到了镜子的下面去。

镜子破碎，大家都摔下去，哗啦哗啦几下，里面竟然是一个水池，盗墓贼们总算是歇了一口气，他们在掉下去的那一瞬间还以为自己要死掉。现在摔进了一个水池里，他们又是奇怪又是庆幸。李夜枭叫道："大家赶紧游过去吧。"说完，水花飞舞，他已经往前面游去。盗墓们看得清楚，那个方向有亮光，一闪一闪的不知道是什么东西，看到李夜枭游过去，他们争先恐后地跟着。

到了亮光这一边，出现一块方形的大石头，石头靠着一面墙。大家爬上石头之后发现前面的墙上有个门，李夜枭已经走了进去。马岩四处看了一眼，墙上面涂着不少的彩绘，万马奔腾，旌旗飘扬，刀光剑影，这是一幅沙场厮杀的壁画。

看到那些士兵你我厮杀，流血无数，尸骨遍地，大家都冒冷汗，这样悲壮而血腥的画面，在这个幽幽的古墓里面有着一股肃杀的气息。盗墓贼们此刻不敢多看，一一钻进了门，门里面就是那个一闪一闪发光的地方。

没有错，这里便是古墓墓主的墓室了，里面很宽敞，堆满了萤石，四周的墓壁上，各色的萤石闪闪发光，点缀着整个墓室，使得墓室里面五彩斑斓，美妙无比，令人眼花缭乱。

完全想不到墓主会将大小不一、色彩不一的萤石大批量地堆积在墓室里面，盗墓贼不禁心中感叹，好美啊。

马岩承认这是他盗过的古墓中最绚丽最美妙的一个。闪闪发亮的萤石，如同璀璨无比的星辰。大家在色彩里面陶醉，李夜枭却叫道："棺椁都还在，宝物却没有，都在棺椁里面吗？"

在李夜枭的面前，横竖摆着十二口巨大的黑棺。

棺椁黑乎乎的，在光彩夺目的萤石布置的墓室里面极不显眼，一共十二口，横摆着八口，竖着四口。黑棺看上去很简易，和普通的棺材无异，唯一不同的是普通的棺材一般都是涂满了朱砂，而眼前的棺材却是像涂满了墨水一样黑不溜秋的。

很难想象，为什么要把棺材弄成黑色？这不是一件吉利的事情。这个墓室里面，除了点缀在四周的萤石之外，也就这十二口黑棺了。别说李夜枭很诧异，马岩等人也很失望，他们一直以为这里面储存着无数的宝藏，就是十架马车也拉不完，想不到这个古墓除了棺材，其他的什么都没有。

马岩此刻心情很低落，他辛辛苦苦二十多年，现在竹篮打水一场空，心里那个憋屈。他看着前面的黑棺，一挥手，叫道："宝物一定在棺材里面，你们给我去掀开它们。"他最后的期望都在前面的黑棺里面，即使黑棺能存的宝物不多，如果装得满满的话也值得了。

马岩一下令，盗墓贼们就往黑棺走去。

李夜枭一声不吭地在一边看着，嘴巴不停地笑，现在来到了墓主的墓室，马岩他们人多势众，也不怕李夜枭能怎么样。盗墓贼们去撬开黑棺，李夜枭自然不会多说什么，他就四周走走逛逛，对他而言，在这样的环境里面，他占不到半点的便宜。

"喂，你到底是谁？"趁着盗墓贼们去撬黑棺，马岩突然走到李夜枭的面前，问。

"我不是谁，呵呵，你别多心了，我跟你们一样，平平庸庸简简单单的一个盗墓贼罢了。"李夜枭说道。马岩冷冷地看着李夜枭，他笑道："你以为我会相信你的这些鬼话吗？这个古墓，你一定比我还

长篇盗墓小说 大唐 DATANG BINWANGMU 邠王墓

了解吧。我花了很多心思在这个古墓上，现在才知道，有人比我还多心思。"李夜枭这时候呵呵一笑，说："好吧，我承认，我是对这个古墓很有兴趣。"

"你都知道些什么？"马岩追问。

"安史之乱。"李夜枭淡淡地回答。马岩一愣，摸了摸下巴，然后说道："你是个明白人，这个古墓的确和安史之乱有关系。"李夜枭说："当年安禄山一伙杀到了长安，李隆基带着皇宫里的大大小小往西蜀逃跑，当时战火纷飞，大唐的军队节节败退，但是他们没有向安禄山妥协，而是分散各地伺机行动，为了保证军队的金钱物品，李隆基逃出长安的时候，派出了八个军队将宫里面的宝物运出来然后埋掉，等到有一天大唐军起色了再挖出来作为军饷。嘿嘿，我说得没错吧？"

"不错，当年安禄山造反之后，攻城拔寨，势如破竹，大唐军一时间抵挡不住这一股锐气，只好以退为进，等待时机，所以效仿越王勾践卧薪尝胆，当时也就出现了藏军饷的事情。话说这个的确是个好主意，藏起来的这一批宝物后来真的起了大作用了，后来郭子仪、李光弼率领大唐军反击的时候，也正是得到了这一批宝物的帮助。"马岩接着说。

"哈哈，只可惜，当时八支负责藏宝的军队有一支失踪了。"李夜枭笑道。

"不错，郭子仪和李光弼大力回击安禄山的时候，李隆基命人把藏宝的军队找回来，那时候已经隐藏起来的军队只回来了七支，有一支久久没有回音。有人说这一支军队私吞了宝物，已经逃到了塞外去。久而久之，安禄山兵败了，李隆基回到了长安，一切得以恢复的时候，大家都忙着开庆功宴，哪里还记得这么一支小军队。史书上也就有零星的记载，都已经遗失了，想不到，今时今日，我们还能找得到。"马岩说。

"是的，当时有一个姓午的将军，他负责第八个运宝的队伍，这是一个很神秘的队伍，听说当时只说有七支军队运宝，其实，暗地里，还隐藏着第八支。姓午的将军则秘密地进行了这一次的运宝行动，我总在想，他行动这么神秘，运的到底是什么呢？在他的背后又隐藏着什么样的阴谋呢？总而言之，这支神秘的押宝军队，引来了不少人的好奇心，也有不少人想打这一支军队的主意。所以，这一支军队虽然进行得很隐秘，但是，天下没有不透风的墙，军队从大唐的国库兴化坊出长安就被一股神秘力量给盯上了。来到外面的时候，那股神秘力量就和军队动手了。他们看到李隆基那么重视这一支押宝军，心里觊觎里面的宝物，不惜对抗天子而掠宝。当时的午家军誓死护宝，最后斩杀了所有的贼人，但是，从此之后，午家军也消失了。"李夜枭说道。

"听说那一场恶战中姓午的将军断了一条腿，为了避免继续遭到劫掠，他们退进了一个村子里面，然后安营扎寨。还没有离开长安多远就遭到了这样的重创，士兵死伤无数，将军负伤，他们不敢回头，却也走不到目的地。姓午的将军很无奈，所运输的宝物是运不出去了，回去的话必然被杀，因此，他们商量之后决定在村子里面暂时居住下来。为了保护所运输的宝物，他们建造了一个古墓把宝物藏起来。"马岩说道。

"村子便是如今的凤凰镇，嘿嘿，午氏大宅便是那个午将军的府邸，午幽明是午将军的后人。午将军经过那一战，断了一只腿，没多久，因为恶化，午将军便死掉了。他是一位很受爱戴的将军，士兵们便建造了这个墓陵给他，同时把所运输的宝物一起放到这里彻底隐藏起来，从那以后，谁也不想提起这件事，生怕传了出去掉脑袋。"李夜枭笑着说。

"不错，午将军没有消失掉，而是隐藏起来了，后来郭子仪等人反击安禄山的时候，他们其实也知道，但是因为没有完成任务，他们根本不敢露脸，也只有隐姓埋名，藏在凤凰镇里面。久而久之，古井藏古墓，这件事情，根本没有人知道，也渐渐被遗忘了。"

"那你呢？你又是什么人？怎么知道这事的呢？"

"嘿嘿，这话是我该问你的吧。"

"我吗？嘿嘿，该说的我会说，不该说的我不会说，这个古墓虽然有故事，可我觉得故事还不完整，这里面蹊跷还很多，当然，这里是午将军的墓陵是不错的。不过牵涉好像还不少呢，我想我会慢慢找到答案的。我现在就想知道当年李隆基叫他们运了什么宝物离开。"

"拭目以待吧。"马岩看了一眼那几个还在想办法打开黑棺的盗墓贼，然后对李夜枭说："午幽明也是个笨蛋，古井里面的玄机他竟然一点也不知，哎，害得我在他家隐藏了那么久，二十多年才发现这个古井里面不一般。我本来还以为午幽明是那个午将军的后人会知道些什么，想不到，午将军他们完全隐瞒了后人，是想彻底地把那些宝物埋掉吧。"

"这个我就不懂了。"李夜枭摇摇头说。

"不怕告诉你，我的祖上便是午将军的一个部下，他参与了当年的运宝，因为那一战，他是为数不多的幸存者之一，也参与了古墓的修建。"马岩笑道。李夜枭总算是明白了，马岩本来就是凤凰镇上的人，他的先祖是午将军的部下那很正常，马岩知道古墓宝物的事情，想必也是从他的先祖那里知道的。马岩继续说："二十多年前我在家里面的一面墙中找到了一块砖头，上面刻着几十个字，提到了这一批宝物，也提到了午将军，这便是先祖留给我的唯一线索，但是宝物具体藏在哪里，先祖没有说明白。也连累我故意去亲近午幽明还在他家做了二十几年的奴仆，按照砖头上面的字，我慢慢查证，翻阅各种天宝年间的古籍残书，想不到，古墓藏在了古井里面，哈哈，皇天不负有心人。"

"果然如此，嘿嘿，也难怪，还是有人不想这批宝物消失掉。"李夜枭笑道。

"不过，我一番苦心，只怕还是要作废了，眼看这个古墓，几乎没有什么值钱的东西。那几口棺材，我想，那是午将军的遗骸吧，其余的即使装的是宝物，又值几个钱呢？我真是愚昧。"看着马岩沮丧的样子，李夜枭没有说什么，马岩对那一批大唐宝藏期望过大了，金山银山什么的，只怕只是他一厢情愿。午家军誓死保护的，难道真的一文不值吗？李夜枭感到很奇怪，不过，他也不会多想什么，他的目的说是为了宝藏，是怕方孔子这个守财奴不肯和他一起来，其实，他心里完全不是为了财宝而来，他只是想验证一些东西。在这个古墓里面，他还没有找到自己想找到的，古墓里面，疑点重重，可不是那么的简单。李夜枭思考着的时候，马岩说："我觉得你野心不大，如果真的有什么值钱的东西，我也不怕分你一点。"

马岩这会儿和李夜枭聊过之后倒是变得有些友好了。

李夜枭瞥了马岩一眼，然后笑道："不需要了。"他说完就对前面的盗墓贼大叫："喂，你们这样是打不开的，让我来吧。"他大步走到前面的黑棺前，招手叫盗墓贼们先退开。他在黑棺前面走了一圈，端详了黑棺许久，叫盗墓贼们把手里面的火把交给他。盗墓贼们对李夜枭倒也没有什么戒备了，火把递给了他。李夜枭吟吟一笑，说："这些都是黑铁打造的棺材，里面有个小设计，需要用火烤一下。"他说完拿着火把放在黑棺前面一个凸起的角状物体底下，让火焰炙烤着那个地方。

当然，大家很不理解他这样的做法，但是，似乎很管用，没多久就见到黑棺吧嗒一声，那个角状的东西掉在了地上，李夜枭用手去推了推黑棺的棺材盖子，棺盖轻轻地移动着，盗墓贼们一一走过来围住了黑棺。不远处的马岩看到李夜枭轻而易举地就把黑棺打开，心中对李夜枭暗暗佩服，忍不住也走过去。

黑棺打开，一道金色耀眼的光芒从漆黑的棺材里面冒出来。

大家纷纷看过去，一阵惊叹，马岩忍不住拍大腿叫道："发达了，发达了。"李夜枭面无表情，眼睛盯着黑棺里面的那一具"黄金俑"，心里有些诧异，想道："这便是要给李隆基陪葬的'黄金俑'吗？难怪李隆基那么重视午将军这一支运宝队伍。"

"黄金俑"金光灿烂，从头到脚有一米五左右，身上贴满了黄金，一片片的，如同汉代的"金缕玉衣"、"银缕玉衣"一般，但是，这不是一件衣裳，而是整个人，从俑的头部到脚部全是黄金打造，看上去黄灿灿，耀眼无比，而且精雕细画，俑的五官四肢，还有身上的战甲都经过细致的雕琢，上面的纹路流畅而柔和，刻工实在独到，鬼斧神工。大家被"黄金俑"镇住了，如此精致的俑，盗墓贼们还是头一次见到，都忍不住要上前来摸一摸。

马岩识货，像这样的"黄金俑"，他还是第一次遇到，这个价钱不用说了，要是运到外面去，有眼光的人一定不会放过它。此时激动的心情让他头脑发昏，他夺走了李夜枭手里面的火把，然后叫上自己的兄弟们拿着火把去把剩下的十一个黑棺都打开。

按照李夜枭提供的方法，盗墓贼们踊跃开棺，这一开可是不得了，十二具"黄金俑"陈列在大家眼前，金碧辉煌的"黄金俑"发出的光芒完全把墓室里面的萤石发出的七色光芒给覆盖掉，整个墓室全是金黄色。大家你看看我，我看看你，脸上也全是金色，不由自主地哈哈大笑起来。马岩心情极好，忙吩咐兄弟们把"黄金俑"从黑棺里面扛出来。马岩心中极度满足，总算是没有白来，之前的担忧一下子全没有了。

"我可以分你一具。"马岩突然回头对一声不吭表情麻木的李夜枭说。

"不用了，我只想看看而已。"李夜枭笑道。

"看看？看什么？"马岩愣住了。李夜枭盯着那些已经被扛出来正立在自己面前的"黄金俑"，微微一笑，说："就它们。"马岩呵呵一笑："我真不相信这个世界上还有不喜欢黄金的人，你是第一个，难道你来这里不是为了这里的财宝？你这个小子很可疑呢，嘿嘿。"李夜枭此时低下头思考了一下，然后说："我是为了它们来的，但是我不为了带走它们，我只是想看看它们。"

"是吗？真是莫名其妙。"马岩对李夜枭的话倒不是很相信。

"当然，该看的我都看了，还好，跟我想到的一样，这些'黄金俑'果然是午将军这一支军队负责，我已经没有什么好遗憾的了。"李夜枭没有再隐瞒，他表明自己就是为了看"黄金俑"而来。马岩问："原来你早就知道'黄金俑'在这里吗？"

"之前只是在猜，现在证实了。"李夜枭冷笑着。

"看来你的目的还是在这些价值连城的'黄金俑'上面，我想，我不应该让你活着出去，不然的话，嘿嘿，我们可要倒大霉了。"马岩眼神突然冒出一股杀气，他直勾勾地看着李夜枭，心里面蕴藏了无穷杀机，他现在找到了"黄金俑"，绝不会让第三方知道这个事情，他虽然不知道李夜枭的来历，但是李夜枭的身份绝不寻常，如果把"黄金俑"运到外面之后，李夜枭把这件事说出去，就麻烦了。李夜枭说自己是个盗墓贼，对价值千金的"黄金俑"却不屑一顾，对于马岩而言，这一点他就怀疑了，他怀疑李夜枭不会轻易放过这十二具"黄金俑"。

"呵呵，你们发你们的大财，我过我的日子，我想，以后我们没有必要再见了。"李夜枭说完转头就往墓室外面走去，他撇清了，也不想给自己惹太多的麻烦，他知道，马岩这些人不值得他去斤斤计较。他现在找到了自己想找的"黄金俑"，而且也仔仔细细地看过了。现在，他没有任何的留恋，就想着方孔子，自己一个招呼都不打就坠入古井，方孔子一定心急。想到方孔子的担心，李夜枭心里更是着急离开古墓回到上面的午氏古宅。

可是，马岩这个人心肠歹毒，怎么肯轻易放走李夜枭呢？他吹了一个口哨，古墓里面突然晃动了一下，"黄金俑"身后的那十二口黑棺突然摆动起来，发出咯吱咯吱的声音，好像里面有什么东西正要往外面爬出来。看到黑棺摆动，马岩嘿嘿冷笑，突然飞身而起，在黑棺前面贴满了各种符咒，然后又念着各种咒语。

不一会儿，黑棺啪的一声震飞了，黑铁打造的棺材瞬间破裂，十二条白色的影子从黑棺里面蹦出来。一边看着的盗墓贼吓得赶紧躲起来，他们对李夜枭心存好感，只是马岩是他们的老大，老大想让谁死谁就得死，他们拦不住的。看到黑棺爆裂，十二具白色骷髅从黑棺里面跳出来，他们知道李夜枭的死期不远了，心中不由得感慨万分。

黑棺里面有两层，上面一层有存放"黄金俑"，而下面则是摆放着一具骷髅，骷髅显然就是午将军他们跟抢劫者拼杀时战死的将士的遗骸。遗骸和"黄金俑"同时放在一个黑棺里面，他们是死后也要和"黄金俑"不离不弃，也要保护李隆基的这些"黄金俑"。刚刚打开黑棺的时候，李夜枭没有在意这些骷髅，马岩却看到了。

李夜枭知道马岩会"地下赶尸"这样的邪术，看到骷髅飞出，他心里暗叫不好，在古墓上面一层的时候，那八具古尸已经够他折腾的了，眼下十二具白色骷髅，一个个张牙舞爪的在马岩的咒言邪术驱使之下向自己抓过来。本来白色的骷髅渐渐地变成了黑色，整个骨架也变得无比的灵活，腾挪起来生龙活虎，狰狞的样子凶残无比。

"'黑尸咒'吗?"李夜枭狂叫起来，因为这一次和那八具古尸不一样，古尸动作笨拙，自己轻而易举即可击溃，眼下的骷髅，变黑了之后灵活无比，蹿来蹿去有如活猴。他听说过"黑尸咒"这样的法术，可以驱使死去的骷髅为自己效力，被控制的骷髅会完全变成黑色，然后听从控制者的命令，杀人放火，无所不能，而且不达目的决不罢休。马岩这个人不但会"地下赶尸"而且还会"黑尸咒"，这让李夜枭很头疼，他本来不想再惹马岩他们，但是马岩现在是拼了最后一口气来施展"黑尸咒"，这是要置他于死地。

马岩这边有几个人，还选择这样的黑巫术。李夜枭心里明白，他得想办法逃生才行，黑色的骷髅嗞嗞怪叫着跟随马岩的指令向李夜枭扑过去，然后便是一阵撕咬，它们手臂长，爪子锋利，牙齿尖锐，十二个环绕过来，李夜枭腾挪着身子，还好自己身手不赖，要是被骷髅抓伤，那便离死期不远了。李夜枭好不容易找到了"黄金俑"，现在遇到了"黑尸咒"，他心里百感交集，和十二具骷髅打斗，他可不乐意，找到了一个空隙，拔腿就往外面跑去。

李夜枭跑得快，十二具骷髅一哄而上追着他，哪里给他余地。

只要接到了主人的指令，它们就不会善罢甘休，除非李夜枭毁掉它们。李夜枭明白这个道理，他一边拼命地奔逃，一边想着该怎样对付这些被激活了的骷髅。马岩这个人真是无比的歹毒，看到李夜枭被骷髅追杀，心里得意无比，被"黑尸咒"追杀的人没有一个可以活着的。现在他对几个兄弟笑道："这一次，咱们总算没有白费功夫，到时候把它们卖了发大财了，咱们就退出江湖了，哈哈。"盗墓贼们听到马岩这么说，纷纷点头。李夜枭被施了"黑尸咒"的骷髅追杀，是没有活的可能了，他们跟过马岩盗墓，也看过马岩利用"黑尸咒"对付别的盗墓贼，被激活的骷髅追杀，结局都是惨不忍睹，比五马分尸还惨，几乎没有人能活着冲破"黑尸咒"。

"大哥，这些'黄金俑'我还是第一次看到，想不到大唐还会有这样精湛的技术，比起那些'金缕玉衣'什么的毫不逊色呢。"盗墓贼们此时都来到了马岩的身边，看着摆着面前的十二尊纯金打造的"黄金俑"，满脸欣然，算是满载而归了。

"大哥，咱们把它们全都运出去吧。"有个盗墓贼已经迫不及待地要将"黄金俑"带走。马岩嘿嘿一笑，他走到"黄金俑"面前看了几眼，然后扫视着眼前的几人，经过一番艰辛，从发现午家古墓藏在古井里面，他便召集自己的兄弟来帮忙，从进入古井到现在找到了古墓墓室，兄弟死了几个，眼前的这几个，灰头土脸，跟着自己出生入死，实在不容易。以前自己刚刚开始盗墓的时候，这帮兄弟就在他身边，这么多年了，后来他潜入了午幽明家，这些兄弟便各奔东西，如今为了这个大唐古墓，他们又在一起盗墓。想到这些，马岩的心里打了个寒颤，看着劫后余生的几个兄弟，他说道："好兄弟，别怪我了。"

"大哥，你胡说什么呢？我们还要靠你发财呢，怪你什么？"有个人笑道。

"是啊，一起发财，同甘共苦，同舟共济。"马岩嘴巴里面念着。

"大哥，我说你今天怎么变得这么矫情了，哈哈，要是真可以退出江湖，那也是好事。"有个盗墓贼说着，马岩突然走到他的面前，冷冷地说："是啊，真的离开了，未必不是件好事。"那个盗墓贼瞪着马岩，他脸色变得很痛苦，好像突然遭到了什么重击一样，整个人躺了下去。马岩手持一把匕首，狠狠地插在了那个人的心口，那个人死掉了，其他人呆若木鸡，有人叫道："大哥，你这是干什么？"马岩没有回答，一转身，匕首划破了那个人的喉咙，其他人想逃跑，但是还是被马岩追到了，盗墓贼全部被马岩杀掉。看着兄弟们的尸体，马岩冷笑着，手里面那把沾满了自己兄弟血液的匕首扔在了地上，他知道，十二具"黄金俑"是祖上拼了命去保护的东西，这些可是当年的午家军用性命换回来的，这是属于他的，只属于他的。

马岩走到"黄金俑"的面前，抚摸着这黄澄澄的俑尊，心里面激动不已，现在，谁也抢不走这些宝贝，全部是他一个人的了。

马岩在"黄金俑"身边转悠着，发现每一个"黄金俑"的背后都镂刻着一个图案，走近一看，是一些带着狰狞脸孔的武官图案，这些武官凶神恶煞一般，手里的兵器剑拔弩张，奇怪的是这些武官的胸前都佩戴着一枚元宝，金灿灿的元宝里面刻着一个字。

"莲"、"绽"、"之"、"野"、"天"、"宝"、"兵"、"锋"、"真"、"龙"、"之"、"境"。

十二个字，字体是颜真卿的，端庄雄伟，笔力遒劲。马岩端详着这些字，然后组合起来，不过，他绞尽脑汁也想不出这其中的奥妙。看着浑身是金的"黄金俑"，马岩也不想那么多了，这十二个"黄金俑"已经够他好几辈子的开销了。

可是，就在他得意的时候，"黄金俑"突然滚动起来，发出各种吓人的声音。马岩不知道怎么回事，"黄金俑"居然自己移动了，一个撞到一个，然后倒在地上，接着便是满地的滚动，懒驴打滚一般。马岩吓住了，这些"黄金俑"怎么了？好像是有什么机关将它们锁在一块，眼看着"黄金俑"晃动着，马岩还没明白怎么回事，一个"黄金俑"就把他给压住了。

马岩叫苦连连，可是，没有人能帮助他。

在他的身边全是被他杀死的兄弟，"黄金俑"的重量，马岩哪里承受得起，他肚子里面的五脏六腑都快被挤破了。一声惨叫，其他的"黄金俑"纷纷向马岩砸过来，然后堆在了马岩的身躯上面。

李夜枭跑到外面的螺旋形的石阶那里，被施了"黑尸咒"的骷髅穷追不舍，他很懊恼，只有继续往上面跑，踩着晶莹剔透的萤石石阶，后面的骷髅咝咝怪叫，邪恶万分。好几次，李夜枭都差点被抓伤，还好他身子灵活。如果逃不出古井的话，李夜枭可能真的会死掉，被骷髅猎杀，他很烦躁，又不敢太大意。

眼看就快到玄武碑了，上面突然出现了一个身影。

李夜枭马上大叫："方孔子，小心'黑尸咒'。"他喊完之后就跳出了玄武碑的那个缺口，追着他的那些骷髅也跟着一一从缺口里面蹦出来。外面的那个人正是方孔子，他看到李夜枭突然冒出来，还引来十二具骷髅，大叫道："李夜枭，你搞什么？怎么惹上这些混蛋了？"李夜枭只顾喘气，被骷髅追了那么久，他几乎要虚脱。看到了方孔子，也在意料之中吧，自己跳进了古井，方孔子不会见死不救，他无论如何都会下古井找自己，只是他来得也太晚了一点，这是李夜枭料不到的。

"交给你了。"李夜枭瞄了一眼方孔子，轻声说道，说完了就跑到一边坐下，然后从怀里面拿出一根烟点燃，每一次盗墓结束，他都喜欢抽一口，烟味虽然难闻，却已经成了习惯。这一次，虽然没有顺顺利利地离开古墓，骷髅还在嚣张，不过，他觉得已经算完事了，因为有方孔子。看着方孔子绷紧了的脸，他忍不住笑道："老方，别让我失望啊。"

"我什么时候让你失望了？一边待着去吧。"方孔子说着从怀里面拿出几颗弹珠一样的东西，然后往那些跳出来的骷髅身上扔过去，那些东西撒出去之后，一阵霹雳，火花四射，骷髅们被熏得晕头转向的时候，方孔子身子一抖，往前面冲过去，他手里面也不知道什么时候多了一把小刀，只见他一跃而起，小刀锋芒四射，随着滚滚的黑烟霹雳，方孔子旋转着身子，手里面的小刀不停地挥舞。地面上咚咚咚，不一会儿，十二颗圆滚滚的头颅骨滚了一地，方孔子的

长篇盗墓小说

大唐幽王墓

DATANG BINWANGMU

小刀收了回来，几乎是眨眼间，十二具被施了"黑尸咒"的骷髅完全被破解，被割掉的头颅骨在地上咯吱咯吱地磨着牙，但是已经动弹不得了。

"老方办事，靠谱。"李夜枭站了起来，看着散了架的十二具骷髅，不由得赞美方孔子，然后提着步伐往外面走去。方孔子叫住他："喂，李夜枭，里面发生了什么？宝贝呢？你说要给我的黄金呢？"李夜枭站住了，斜视着方孔子，微微一笑，说："老方，这里的宝贝有妖气，拿不得，你的手干净点才好。"

"呸，呸，每一次跟着你盗墓，你总是说古墓里面的财物碰不得，我就不信邪了，凭什么别的盗墓贼能拿，我们不能拿，我们也是盗墓贼，喂，喂，喂，李夜枭，你是不是故意让我一辈子穷下去呢？这一次我还指望发点横财。"方孔子极为不满地说。

"你来晚了。"李夜枭摇摇头，说道。

"来晚了吗？噢，有别的盗墓贼在这里，是吗？我就知道，刚刚我进来的时候，一直有个鬼东西跟着我，要不是我放火赶走它，估计没命了。"方孔子说着，李夜枭怔了一下，然后问道："鬼东西吗？是不是一个白色的影子？"方孔子点点头，说："对啊，你也遇到这个人不人鬼不鬼的混蛋了吗？"李夜枭顿时沉默，自己跳到了古井里面，方孔子肯定会下来找自己，而且很快会和自己接头，想不到，自己在古墓里面走了一圈才遇上方孔子，原来方孔子是被那个白色的影子缠住了。方孔子继续说："那个东西也不知道是什么来历，装神弄鬼的，我本来和午幽明这个死老头一起下来，后来走丢了，然后便是他的惨叫，我循声找到午幽明的时候他已经死掉了，不知道哪里来的一头野猪把他的四肢完全咬断，惨不忍睹。我当时便知道古墓里面有凶煞邪魅，后来便给那个神秘的东西盯上了，它三番五次想要我的命，还好我不赖，耍了个小计谋骗过了它，然后放了一把小火，险些把它给烧死，可惜还是给它溜走了。"

"这个人，她到底想干什么?"李夜枭沉吟着。

"喂，快点告诉我，那个东西到底是什么?"方孔子追问。

"我，我怎么知道?你自己不是和她交手了吗?你连对手都没有看清，你搞什么嘛?"李夜枭笑道，他也一直有所猜疑，那个白色的影子，还有那些鬼哭声，那头咬人的野猪，到底是什么关系，古墓里面除了自己和马岩等盗墓贼之外，到底还有谁在?

那家伙速度很快，我没有看清楚。"方孔子很无奈地说。

"现在呢?"李夜枭问，方孔子四周看了一眼，说："估计逃跑了。"

"那我们也该走了，此地不宜久留。"李夜枭继续往前面走去。

"那宝贝呢?"方孔子很不情愿。

"天宝兵锋，莲绽之野，真龙之境，花舞大唐春，我已经找到宝藏了。"李夜枭笑道。

"什么狗屁不通?"方孔子哪里明白李夜枭的意思，心里不服气李夜枭放弃了古墓的宝物，犹豫不决间，李夜枭渐行渐远，他郁闷无比，叫道："好吧，老子今天再依你一次，这宝贝我也不要了。"走在前面的李夜枭忍俊不禁，叫道："找到'莲绽之野'，那才是我们发财的地方。"

# 第四章　莲绽之野

西安城南郊的一个面馆里面，李夜枭和方孔子正狼吞虎咽着，这家面馆的"裤带面"极为爽口，那油撒辣椒的味道喷薄而出，香喷喷的好吃极了。

他们刚从凤凰镇赶到西安，肚子已经饿得不行，一路上方孔子有许多的问题，比如为什么要那么心急地离开凤凰镇？什么是"莲绽之野"呢？李夜枭一路上都保持着沉默，一声不吭，也不给方孔子解释。急匆匆地离开凤凰镇，方孔子还能理解，盗墓贼嘛，速战速决，免得被发现了。午氏大宅发生了命案，死了不少人，主人午幽明下落不明，这事要是调查起来，他们俩准会惹上麻烦，还不如早点离开早轻松。虽然没有什么收获，但李夜枭一副心满意足不虚此行的样子，让方孔子觉得莫名其妙。

吃饱之后，李夜枭伸伸懒腰，笑道："老方，我们这一次发大财了。"

"怎么说？怎么说？"听到李夜枭肯说话，方孔子的心一下子就沸腾了。

"午氏大宅古井里面的那个墓陵根本没有什么值钱的东西，我下去走了一圈，虽然说是个大唐古墓，但是连个开元通宝什么的都没有。"李夜枭说到这里，方孔子愤愤地一拍桌子，骂道："我们这不是白去了吗？我们观看午氏大宅那个位置的时候，确实是一个藏墓的风水宝地，可是宝贝怎么就没有了呢？"李夜枭呵呵一笑，说："你说呢？"

"难不成有人捷足先登了，唉。"想到这个，方孔子真打不起精神来。

"这个我不知道，嘿嘿，不过，我跟你说，我们这一次可真没有白去。"李夜枭这时候把在古墓里面找到十二尊"黄金俑"的事情告诉方孔子，方孔子听得目瞪口呆，愣了很久才拍桌子叫道："李夜枭，你这个混蛋，你还说里面没有值钱的东西，那个黄金什么的不是吗？你自己不喜欢，我可喜欢，你这个大白痴。"他这么叫着，整个面馆的人都看着他，他顿时感到自己失礼了，赶紧低下头，嘴巴里面还不忘抱怨李夜枭："李夜枭啊李夜枭，我说你真是个混蛋，你到底存的是什么心呢？在那个古井下面，我们差点没命了。"

"你别不高兴，重点不是在这里。"李夜枭一副深沉的样子，方孔子有些不明白他的意思，瞪着他，问："那在哪里呢？"李夜枭想了一会儿，低声说："我在里面找到了一个大宝藏的线索，就在那十二个'黄金俑'身上。"听到"大宝藏"三个字，方孔子变得很敏感，他看着李夜枭，嘿嘿笑道："真的有大宝藏吗？就在你说的'莲绽之野'吗？"

李夜枭点点头，然后告诉方孔子，"莲绽之野"是他在"黄金俑"背后看到的，他相信这个地方埋着一个大唐古墓，里面的宝物价值连城。据李夜枭的了解，李隆基把八个运宝的队伍派出来之后，午家军消失了，而午家军所运输的正是李隆基要来陪葬的十二个"黄金俑"。因为发生了变故，有人盯上了午将军，中途大战了一场，击溃敌人之后，午家军退入了隐蔽的凤凰镇，之后一直躲在凤凰镇。而"黄金俑"没有运输到李隆基指定的地点，那个指定的地点便是"莲绽之野"了，那个地方，到底是个什么地方呢？李隆基那么重视这一次的押运，很显然，那个地方埋藏着一笔不可估计的财富。当时，反攻安禄山的时候，有一笔宝藏没有找到，这一笔宝藏和"黄金俑"是一起的，现在"黄金俑"出现了，那笔宝藏很快就会被找到了。想想，当年安禄山造反，李隆基很无奈，大军压境，他除了逃跑之外，心里面肯定想着把皇宫里面值钱的东西——藏起来，以便自己回宫之后，或者自己的军队反击的时候需要，这个唐玄宗李隆基心眼还真多。

李夜枭猜测，午家军那一次的运输，其实是一个幌子。当时肯定有一批比午家军所押运的"黄金俑"还宝贵的财富，因为被宫里的投降派看中了，李隆基为了保护那一笔财富，故意安排了午家军把自己的陪葬品"黄金俑"运出皇宫，当投降派盯上了午家军的时候，那一笔真正的财富才缓缓出宫。所以说，午家军只是李隆基的牺牲品，掩人耳目罢了。后来被隐瞒的午家军看清了李隆基的面目，他们选择躲起来恐怕就是因为心里面憎恨李隆基这个计划，因此，当时所谓的八路军队只找回来七路。

"听你这么一说，我恍然大悟了，李夜枭，你说的这些有依据吗？"方孔子问。

"有，不过很少。"李夜枭笑道。

"那你都是自己猜测的吗？我的娘啊，李夜枭，你就凭着自己的猜测就说有个大宝藏，我还不如去把那些'黄金俑'挖出来，这些才是真真实实的宝贝，你说的这些，虚无缥缈，也不知道是真是假，唉，这一次被你害惨了。"方孔子感到李夜枭的话有些靠不住，心里面怨恨良多，又很无奈，他和李夜枭在一起好几年了，了解李夜枭的个性，他喜欢挑战，又冥顽不灵，为了找到自己想要的，其他的都可以放弃。

方孔子越想越气愤，李夜枭这一次明摆着就是赌一局，什么大唐古墓宝藏的，到时候千万不要猴子捞月一场空就行了。他看着李夜枭，摇摇头，觉得眼前这个盗墓贼没救了，然后长叹一口气，说："跟着你混，除了喝西北风还是喝西北风。"他这么说，李夜枭只有苦笑，然后说："老方，找到了'莲绽之野'，我们就知道该不该喝西北风了。"

"说得轻巧，莲绽之野，莲绽之野，这个地方在哪里呢？你以为你是神算子啊，人家刻着的几个字，你算一算就知道在哪里，再说了，莲绽之野什么的根本不像是一个地方的名字，中国那么大，就算有个什么莲绽之野的地方，你怎么找呢？即使找到了，是不是那个埋葬宝物的莲绽之野都说不清。"方孔子平时粗里粗气，考虑问题的时候还挺会瞻前顾后，说了一大堆李夜枭想都没有想过的问题，逗得李夜枭哈哈大笑。看到李夜枭这么笑自己，方孔子抿抿嘴，想了一下，盯着李夜枭的眼睛，轻声问道："难道你知道莲绽之野在哪里？"

"你总算猜对了。"李夜枭微笑着说，说完的时候，方孔子已经一拳打在了他的胸口，然后闷闷不乐地说："你这是消遣我呐，明明知道很多，居然故意让我乱想，干嘛不早说呢？害我瞎担心，不过，即使你知道在哪里，我觉得还是很不靠谱。"

"我觉得你该好好地相信我。"李夜枭很镇定地说。

"屁啊，我相信过你好多次了，就说上一次，辛辛苦苦挖了一个汉王墓，你倒好，全把里面的财物分给附近的老百姓，我是一分钱也拿不到。"方孔子还在埋怨。

"那个地方的百姓日子过得实在不好，你也看到了，现在军阀混战，都忙着抢地盘，哪里顾得上老百姓的生活呢，我和你还可以在面馆里面舒舒坦坦地吃上一碗面，他们一年到头只怕连碗面都吃不上吧。"李夜枭说完，方孔子叫道："喂，喂，你在说我很抠门，很没爱心，很自私吗？"李夜枭嘿嘿一笑，说："我可没有那个意思。"

"你就是有这一层含义，李夜枭，你瞧不起我吗？"方孔子有些生气了。

"哎呀，我可没有瞧不起你方大爷，你想多了吧？"李夜枭叫道。

"唉，不管你了，那你告诉我莲绽之野在哪里呢？"方孔子轻声问着。

"远在天边近在眼前。"李夜枭脱口而出，方孔子立马火冒三丈，叫道："兄弟一场，你居然耍我吗？你故意的，故意不说是不是？"他发火了，想着怎么教训李夜枭的时候，李夜枭已经走到面馆外面去了，还向他招招手叫道："老方，别忘记结账了。"

方孔子气得七窍生烟，但是李夜枭已经大摇大摆地走了，他还不是得老实巴交地去把面钱付了。出了面馆之后，他快步追上李夜枭，然后说："接下来你要干什么？去挖莲绽之野吗？"他倒是忘事忘得快，刚刚还在愤然中，现在已经是另一番嘴脸，诚心去跟李夜枭打听"莲绽之野"的事情。李夜枭瞥了方孔子一眼，然后说："我还得去找一个人。"方孔子疑惑不解，问："找什么人呢？"李夜枭想了一会儿还是不说，大步往前面的一条小巷子走去。

方孔子一肚子的郁闷，李夜枭总是神神秘秘，他心里的想法，方孔子完全不理解，问他，他也不说，方孔子好想打他一顿。跟着李夜枭走进一个小院子里面，方孔子正想去问李夜枭跑到这里来干嘛，院子里面突然传来一阵喝酒划拳的声音。方孔子疑问着，李夜枭已经拍拍他的肚子，咧嘴笑道："等一下帮我多喝几杯。"方孔子顿时苦脸，正想反驳我可不是你的酒保，又想，有酒喝，难道这个院子里面有熟人吗？可以请李夜枭喝酒的人，自然不会认不得他方孔子方大爷。想到喝酒，心里爽了，他得意的时候，李夜枭已经喊了一声："老狂啊，喝酒归喝酒，这院子也不派人盯着，小心贼子路过呐。"

"老狂吗？"方孔子愣住了，他还是第一次听说这个"老狂"。

"嘿嘿，穷人家有哪个贼子会光顾呢？人家能当贼只怕也不是白痴。"一个厨房状的小屋子里面传出来一个雄浑无比的声音，嗓子还有些嘶哑，看来酒喝了不少。李夜枭笑道："老狂最近哪里发财呢？唉，你小子整天哭穷，脸皮真厚。"这时候，那个小屋子的门嘎的一声打开了，一个四十多岁的汉子走出来，揉揉眼睛看到是李夜枭，然后哈哈大笑："老枭啊，嘿嘿，什么风把你吹来了？我还说有哪个贼子敢来我这小院子呢，原来是你，那就正常了，知道我荷包的人非你莫属了。"方孔子看到这个人，心里知道这便是李夜枭嘴巴里面说的"老狂"，不过很尴尬，李夜枭认识老狂，老狂也认识李夜枭，而自己，不认识老狂，老狂也不认识自己，他的脸突然红了，轻声问李夜枭："什么来路呢？你怎么认识人家了？"

"同道中人，我的老相好了。"李夜枭回答着已经走到老狂面前，然后和老狂拼命地寒暄。方孔子在一边看着，这个老狂长得孔武有力，还光着膀子，眼睛很小，鼻子很大，络腮胡子一大堆，霸气外露，很彪悍的一条汉子。通过李夜枭的介绍，这个老狂真名叫张狂野，跟他们一样也是盗墓的，不过，他盗墓和他们俩不一样。张狂野是团伙型的，自己和李夜枭基本算是单干。看到张狂野，方孔子很不理解，李夜枭找这个盗墓贼，是叙叙旧呢，还是为了大宝藏的事情。当然，如果是大宝藏的事情，方孔子心里突然不爽了，这种好事怎么能让别的盗墓贼知道呢？

不过，经过方孔子的观察，他发现李夜枭和张狂野好像也不是很熟。虽然不熟，来者是客，张狂野真的把他们俩拉进了小屋子里面喝酒去。进入小屋子，里面东倒西歪的有六个汉子，看到李夜枭和方孔子来，他们也很热情，又是夹肉又是倒酒。

"老狂，最近没有开工吗？"喝了一小口，李夜枭便问。

"嘿嘿，最近变懒了，不想干活了。"张狂野笑道。

"你们好像只挖大墓，挖一个，够吃好几年，嘿嘿，偷懒也是应该的。"李夜枭说。

"先别说了，难得见面，喝酒。"张狂野给李夜枭倒满了，李夜枭摆摆手，指着方孔子说："我这个兄弟号称酒中神仙，你们有种就跟他喝。"他这么一说，方孔子冷汗直冒，他啥时候说自己是酒中神仙了？李夜枭的说法，他真不敢恭维，可是，这种场面，很喜欢喝酒的他哪里控制得了肚子里面的酒虫子，也不顾李夜枭怎么说，和那些已经喝得七七八八的大汉继续端酒碗。张狂野笑了笑，看着方孔子说："看得出这个兄弟打小泡酒缸里面，老枭，你呢？不喝一口。"李夜枭笑道："我喝过了。"张狂野有些不乐意了，哼了一声，说："盗墓贼哪里有不喝酒的？不喝酒怎么盗墓呢？老枭，你别逗

083

我了。"

"我喝酒容易出事，嘿嘿，等一下忘了正事那就不好了。"李夜枭笑道。

"哟，为了正事来的吗？咱们向来你走你的阳关道，我走我的独木桥，嘿嘿，老枭，你肚子里可不要打什么坏主意，我老狂可吃不消。"张狂野笑道。

"在你老狂的面前，我等鼠辈算什么呢？"李夜枭说。

"别，别，你小子可是一肚子的坏水。"张狂野对李夜枭好像戒心蛮大的。

"我坑谁也坑不到你老狂的头上，是吧？"李夜枭看着方孔子和那些大汉喝得正欢，他这一次来是找张狂野合作的，很多事情他不想方孔子捣乱，他和张狂野闲聊，等方孔子喝得差不多了，他才好说话。张狂野这时候放下酒碗，看着李夜枭，想了想，说："你是个小跳蚤，即使我是只狮子，也奈何不了你。"李夜枭知道张狂野心里对自己的畏惧，他以前名头是比较臭，于是拍拍张狂野的肩膀，说："你甭担心，我觉得你不会失去这一次发大财的机会，嘿嘿，老狂，试一试吧。"张狂野看着李夜枭，怔了怔，说道："你想用什么迷魂术来套我呢？"李夜枭嘿嘿冷笑，说道："大唐古墓，唐玄宗秘宝。"

"这个，嘿嘿，这个有些虚。"张狂野笑了笑。

"你想要具体一点的吗？我觉得这个已经很具体了。"李夜枭看来还不想说出心中所想。

"我考虑考虑。"张狂野嘿嘿一笑，对于李夜枭这个人，他是处处提防，他知道李夜枭最近有活动，找到自己，想必是看在自己人手众多，他心里面盘算过了，这一次李夜枭肯定是大动作。本来还想从李夜枭嘴巴里面套出一些什么，李夜枭嘴巴很紧，肯定是怕自己知道了宝藏所在地之后先下手。李夜枭是个精明的人，张狂野也不好多做歪想。

"给你一个晚上的时间。"李夜枭说。

"就一个晚上吗？"张狂野觉得有些紧迫了。

"你不愿意，我不强求，反正好处少不了你，我也可以找别人，西安城可不止你一个盗墓贼，比如九街铁葫芦老爷子，还有上坊的老蔡，我都可以去找。"李夜枭这么说，张狂野倒也不好意思了，喝了一碗酒，干脆地拍桌子说："好，这一次我张狂野跟你老枭混。"

"一言为定。"李夜枭伸出手来，张狂野哈哈一笑，伸手和李夜枭握了一下，然后说："反正我闲着也是闲着，有老枭你出马，咱们也不怕赚的钱少。"李夜枭笑道："放心吧，把宝物挖出来之后，我来负责出货，等钱到手了，咱们平分，你知道的，我李夜枭的买卖一直都很响亮。"张狂野点点头，笑道："嘿嘿，这点咱们知道，不过老枭你这个老滑头可是狡猾得很，我们可不容易对付呢，嘿嘿。"李夜枭听张狂野这么一说，赶紧把自己面前的那一碗酒一口闷了，然后笑道："我是诚心诚意的，你可不要想歪了，哈哈。"

"什么诚心诚意？李夜枭。"方孔子这时候已经喝得醉醺醺的，他酒量看来不是很好，他来到李夜枭的身边，搭着李夜枭的肩膀，然后傻呵呵地问着。李夜枭推开他，笑道："老方啊，我早说你喝酒不行了，你还那么拼命，你说你对得起谁？"方孔子给李夜枭这么一说，心里很烦恼，他拿起一碗酒一口闷了，指着李夜枭叫道："我能喝。"

方孔子还嚷着倒酒，看来真的天昏地暗了，张狂野很担心，跟李夜枭说:"你的这个兄弟没事吧?"李夜枭笑而不语。张狂野看着方孔子,酒兴大起,叫道:"兄弟你真是豪迈,我欣赏你,来,我跟你喝一碗。"说罢端着酒碗来到方孔子的身边陪着方孔子大喝,方孔子一沾酒人就忘事了,他这个人本来酒量不是很好,但是很喜欢喝酒,每一次喝酒都会被整得很惨,但是,每一次的酒席,他都不会拒绝。

李夜枭看着方孔子快要醉死了还在那喊着自己还能喝,不禁好笑,张狂野这些人倒也尽情尽兴,方孔子喝不倒就要把他喝倒,一个接着一个给方孔子敬酒,有些已经趴下了。

看到方孔子慢慢地倒下去,李夜枭站起来,张狂野叫住他:"老枭,你想干嘛去呢?"

"嘿嘿,这份唐玄宗秘宝,我和你两个人吃,吃不过来,还得找一个人。"

"不是吧?还有你我吃不消的宝藏吗?"张狂野很惊讶,又很惊喜。

"当然,帮我把我那个兄弟照顾好吧。"李夜枭说完这句人已经迈出了小屋子,张狂野愣愣地看着李夜枭离去,心中暗想:"他还要去找谁呢?唉,不管了,不管了。"在他的心里似乎已经打定主意跟李夜枭干一次。

这时候正是民国年间,盗墓猖狂,特别是位于一些古都附近,诸如西安、洛阳、南京等,时常有盗墓贼出没,盗墓贼趁着战火纷飞,大捞油水。

在当时的西安城,盗墓贼李夜枭可以说是最有名气的一位,关于他的传奇多如牛毛。在当时,做盗墓贼可以说是杀千刀、晦门楣的事情，可干这一行却也不易。不过，当时驻扎在西安的守备司令罗大宝对于盗墓事件却是睁一只眼闭一只眼。

盗墓贼的出没便越发地频繁，就连罗大宝这个司令长官也忍不住加入，勾结盗墓贼李夜枭大干一番，发发横财。不过那个时候，李夜枭的名字不叫李夜枭，而是叫"倒斗钩"，当然，他自从改名字叫李夜枭后，"倒斗钩"这个鼎鼎大名的盗墓贼就消失了。

罗大宝是一位虔诚的佛教徒，对于佛教文化甚是着迷，最喜欢的便是收藏跟佛教有关的各类佛家宝贝，只要是与佛有关，他一点也不会吝啬。在他的家中，各个佛家流派的宝物，各类佛像菩萨，金的银的，石的玉的，如来、弥勒、观音、罗汉等等佛家诸贤应有尽有花样百出。其他诸如佛经、佛器、佛像等也是不计其数，大多数都是从盗墓贼手中获得。

以前李夜枭还叫"倒斗钩"的时候，罗大宝和他联手，专门盗取佛家礼器法器珍奇精品。

在一次盗墓过程中，罗大宝伙同李夜枭得到了一本陈旧手抄本古典《大孔雀经》，此书的扉页上书写了一个极为有趣的传说——"佛光血葬"。

"佛光血葬"讲的是一个佛家的墓葬故事。

当时的六祖慧能在圆寂之前，火葬自身。整个身体只留下一只右手，这便是后人称之为"金佛手"的六祖右手。

当时的僧侣从大火里面拿出这一只手的时候，已经不再是肉身，整只手变成了金的。

后人对于这一只金佛手可是崇拜至极。

当时最为普遍的说法的是谁得到了这一只金佛手便是感召了六

祖的佛光，死后以金佛手陪葬，即可成为"佛光信使"。

所以，只要是迷信这个佛家故事的人，都对这一只金佛手痴迷不已。

只是故事归故事，金佛手长什么样子？落入哪一个角落？已经无从说起。

这一只金佛手又被戏剧化地称作"大梵天之手"，可谓是神秘色彩极为浓重。

这个故事的流传不是很广泛，作为佛家文化的仰慕者，罗大宝可不会不知道这个诡异而神秘的故事。之前，罗大宝不大相信，那时候，多半是僧侣口中传言，大多人只当是流言蜚语。

手抄本《大孔雀经》扉页所出现的"佛光血葬"，无疑是一个有力的证据。

这个证据令罗大宝一时间迷恋上了故事里面的金佛手。

自从知道这件事后，罗大宝可是没少花心思，四处打听，是哪一个人最后得到了金佛手。民间传说谁得到金佛手即可成佛，在不少的古墓里面，罗大宝派人去采探的时候也发现了不少成仙成佛的痕迹。

令罗大宝心动的还有一个故事，那便是位于"八仙"之末的曹国舅，也是因为得到了这么一只金佛手，以金佛手陪葬后化身"佛光信使"，最后修得正果成为了"八仙"之一。

话说这个曹国舅，《宋史》有其传，本名曹佾，字公伯，曹彬之孙，宋仁宗的老婆曹皇后的弟弟。这个曹国舅，性情和易，通晓音律，热爱文学，喜欢做诗，在当时被封为济阳郡王，经历了大宋好几位皇帝，一帆风顺，平步青云，到了七十二岁才寿终正寝。

　　《神仙通鉴》和《东游记》里面说，曹国舅天性纯善，不喜欢大富大贵，反而迷恋仙道，因为自己的弟弟骄纵不法，肆意妄为，自己非常的厌恶，深以为耻辱，最后一气之下跑到山中修炼，最后遇到了同为八仙的汉钟离和吕洞宾，遂拜之为师，最后修成仙道。

　　在罗大宝的心里，其实不然，曹国舅得道成仙并非是得到了汉钟离和吕洞宾二仙的指引和教诲，而是因为知道了得金佛手者得道成仙之说，所以在他做济阳郡王的时候就不惜人力财力物力四处打听"金佛手"的下落，最后在一个陵墓里面找到了金佛手，临终之前叮嘱自己的后人将金佛手给他陪葬，最终成为了八仙之末。

　　罗大宝作为一位热爱佛学的人，得道成仙可是他的夙愿。所以知道了"佛光血葬"有存在的证据后，他就自比曹国舅，决定四周打探金佛手的下落。那时候和罗大宝合作的是李夜枭，李夜枭在罗大宝那里得到不少的好处，对于罗大宝的要求，他自然在所不辞。

　　罗大宝在西安城有权有势不说，还有自己的一大票军队，能和他抗衡的人可谓是少之又少，那时候，罗大宝以不许盗墓作为幌子严惩盗墓贼，很多盗墓贼遭殃。

　　李夜枭想要四处作案，自然得拉拢罗大宝这个土军阀。

　　为罗大宝寻找金佛手，李夜枭可谓是不遗余力，但是，这个故事太玄了，"金佛手"这事李夜枭根本就不相信，因此，他答应了罗大宝，但是迟迟找不到"金佛手"，最后他逃跑了，改名换姓叫李夜枭。

　　深夜，李夜枭来到罗大宝的府邸，一进大厅，罗大宝已经在大厅里面等候多时，见到了李夜枭进来，他冷冷地盯着李夜枭。李夜枭一声不响地逃跑后，他火冒三丈，派人去追查李夜枭，不过，李夜枭为人机警，派出去的人基本无功而返。李夜枭逃跑之后，罗大宝怀疑是他把"金佛手"拐走了。李夜枭这一次回来，罗大宝还想直接把他给杀了，不过想想，李夜枭还敢回来找自己，想必是和"金佛手"有关。看到李夜枭，他招呼都不打，直接就问："怎么样？找到了没？"

"哈哈，这一次你放心，我找到了。"李夜枭说话的声音不大，他人也不大，瘦瘦小小，年纪三十几岁，皮肤黝黑，贼眉鼠眼，看上去相貌特古怪，说话倒很斯文。

"是吗？什么时候动手？"罗大宝大悦，问道。

李夜枭说："不急，要找到金佛手，还得找一样东西。"

"什么东西？"

"'金龙'。"

"什么东西？"

"司令，这个不解释了，呵呵，反正啊，你等我的好消息就是。"

"李夜枭，我不是不相信你，我只是了解了解情况。"罗大宝似乎不是很相信李夜枭的话，毕竟李夜枭有过不老实的时候。对于罗大宝的质疑，李夜枭很无奈，他笑了笑，说："好，我说了，你想得到的'金佛手'在'燃灯古墓'里面，可惜没有找到'金龙'，我们就找不到'燃灯古墓'在哪里。"

"那我们去找'金龙'。"罗大宝沉吟了一会儿才说，看来他是有些相信了李夜枭的话。

"嗯，这个是必须的。"

"那你知道金龙在哪里吗？"

"舞马丘。"

“需要我的帮忙吗?”

“你说呢?”

“呵呵,只要你能把金佛手找到,我什么都愿意出。”

“好说,好说。”

“这一次全靠你了。”

“司令,说真的,你真的认为金佛手可以帮助凡人得道吗?”

“我不知道,我想,我们很快会知道的。”罗大宝笑道。

“呵呵,司令,说真的,‘佛光血葬’也好,‘金佛手’也好,我看不见得有什么神力。当然,只要有好宝贝,我赴汤蹈火不在话下。这些年我们俩挖掘过不少的佛家神墓,盗走不少的佛门至宝,我想,咱们该满足了。”

“你是一个盗墓贼,你怕什么?”罗大宝眉头一沉,有些不满意地说。

“我不是怕,嘿嘿,只要你能给钱,我什么坟墓都敢去。”

“那你就先帮我把金佛手找到,钱不是问题。”

“嘿嘿,我说司令,即使金佛手不能令人升仙,应该也可以卖一个好价钱吧,到时候,只怕也亏不了。我跟你说了吧,‘燃灯古墓’在众多的佛家古墓里面据说是最隐秘和神秘的,里面有一个‘慈航宝坑’,听说金银珠宝车载斗量,要是得到了,何止富可敌国?”

“我不管,我只想得到金佛手,其他的留给你们。”

“哈哈,爽快,司令,我提醒你一句,关于‘燃灯古墓’,可不止我们这一伙盗墓贼知道,我这一次得到‘燃灯古墓’的消息可是花费了不少心血。很可惜,出卖消息的人把这个消息同时卖给了不少的盗墓贼,我看,我们这一次麻烦了。”

"哼，是不是那个自以为有点墨水的何翰林？"罗大宝冷哼一声，问。

"司令说呢？"

"我就知道是这个书呆子，你们不急，有我撑腰嘛。"

"盗墓贼和盗墓贼之间的斗争，可不是跟司令想的那样，有时候，还是我们自己来解决吧，我只是希望司令可以稳住其他不相关的人，要知道，这一块地面可不止你一个司令，其他的军官财阀政要豪强都盯着呢。"

"哼，谁还敢跟我罗大宝抢？"

"司令，你是冲着金佛手去的，他们呢？冲着'燃灯古墓'里面的'慈航宝坑'，我想，咱们最好不要和他们有太多的冲突，要是真打打杀杀起来，那就不好玩了，要是把金佛手的秘密传出去，司令，你想想，这个金佛手还有你的份吗？"

"有道理，好吧，那些人我会招呼他们的。"

"何翰林说'金龙'在舞马丘，可惜那个地方的百姓不让我们靠太近，所以司令你还得走一趟才可以万事大吉。"李夜枭总算是把这一次来的想法说出来了，舞马丘这个地方居住着不少人，要想盗墓，必定会引起轩然大波，这一次找到罗大宝，李夜枭希望他可以动用点军事手段。

"对付那些刁民，这个甭担心，我知道了。"罗大宝领会到李夜枭的意思。

"这一次我李夜枭一定会给你一个满意的答案。"李夜枭说完就离开罗大宝的府邸，对他而言，他才不在乎罗大宝想要什么"金佛手"，他运筹帷幄，他要掌控住整个局面，这一次盗墓，经过他的精心策划，已然十拿九稳。

盗墓贼大多数唯利是图，他李夜枭也不例外。

舞马丘位于西安城外南郊的一个小村庄边。这个地方地势平缓，草木森森，茂密无比，时常云雾缭绕，鬼魅异常。为什么唤这个地方叫"舞马丘"？很少人能说得清楚，这个名字好像在唐朝的时候就已经存在了。

舞马丘不是一般的地方，这里每天一到夜幕临近的时候，就会升起很浓很浓的烟雾，浓浓的烟雾把整个舞马丘笼罩住，有时候烟雾大了，连进出舞马丘的路径都看不到了。舞马丘每天晚上都会冒出雾气，这个也不算稀奇，稀奇的是你只要问到舞马丘，附近的很多村民就会劝说不要去惹那个地方，他们都听到过舞马丘有鬼哭。

其实在清朝的时候，据说舞马丘是专门用来杀头的地方，因而冤鬼冤魂很多，一年下来，鬼哭狼嚎这种事情经常发生。当地的村民们心知这是鬼怪作祟，因此对舞马丘这个地方奉若神明，不敢太靠近。尽管舞马丘里面的鬼怪并没有对他们造成什么伤害，村民们还是避而远之。再说了，历年来，村子里风调雨顺，粮谷丰盛，男欢女嫁，从来没有遭遇过天灾人祸，从心理层面说，村民多少相信是因为舞马丘里神灵鬼怪的庇佑。

村民们一直不敢对舞马丘有所侵犯，如果谁不小心进了舞马丘，村长就会带着村民对进入舞马丘冒犯里面神灵的人进行鞭笞。久而久之，不但自己村里的人不可以对舞马丘不敬，而且外来的人更加不能有所侵犯。村里的人怕外面来的人带来厄运，触怒神灵，会给村子带来不祥之气。每一代的村民都坚信祖训，好好地保卫着舞马丘。祖上也有留言，舞马丘里的神灵是不可侵犯的，谁触怒它，村子就会万劫不复，村里的人全部会死掉。

当然，这是可笑的，完全是迷信到了极点。没有亲眼所见亲耳所闻，这些村民的愚昧，实在是可笑到了极点。

不过不管怎么样，村里的人都信了，因为舞马丘一直都是迷雾重重，鬼叫声时常出现。

李夜枭离开了罗大宝的府邸后，马上去张狂野的地方找好伙伴方孔子，方孔子喝得醉醺醺的，已经趴在了酒桌上。其他的人也都醉了，一个堆着一个睡觉。看到这一番情景，李夜枭只能微微一笑，然后找了个房子躺在床上睡了一觉。第二天他便去叫醒方孔子和张狂野他们。经过一番商讨，李夜枭和方孔子决定先去"莲绽之野"舞马丘，张狂野他们做好准备再去。当然，李夜枭去找罗大宝的事情，没有谁知道，因为李夜枭已经不是"倒斗钩"，他和罗大宝的关系，方孔子也不知道。

李夜枭离开罗大宝之后才遇到方孔子的，两人一拍即合，成为了一对常年合作的盗墓贼，关系特好，凡是有盗墓行动，两人总少不了在一起。方孔子也是一个极有名的盗墓贼，强强联手，盗墓不是问题。

这一次李夜枭跟罗大宝说找到了"金佛手"的线索，罗大宝是大力支持，听说"金佛手"在传说中的流油宝墓"燃灯古墓"里面。李夜枭所做的一切，方孔子还蒙在鼓里，不过，他对李夜枭总是千依百顺，李夜枭的做法，他丝毫不会去置疑。

李夜枭对舞马丘这个地方向来很有研究，老早便盯上了。他这个盗墓贼可不一般，文史研究可不比那个精通天文地理的何翰林差，据他自己说还留过洋。李夜枭毕竟不是本地人，他做盗墓贼也不知

长篇盗墓小说 大唐嬪王墓 DATANG BINWANGMU

道是什么时候的事情，关于他自己，他一般不会提起很多，有着少许的神秘感，所以，他说自己留过洋，大家半信半疑，不置可否。

其实也甭管，李夜枭的盗墓技巧和古玩知识真不输人。刚刚出道便得到这里的守备司令罗大宝的赏识，确确实实混得很开。李夜枭带着方孔子来到舞马丘时，罗大宝的军队已经在这里扎营。看到军队，方孔子很诧异，盗墓这种事，要是被军队知道，就惨了。方孔子看着李夜枭，李夜枭面无表情，他心知这是李夜枭一手安排，也不好多嘴。

罗大宝是事先做好了准备，因为这一次不打算惊动当地的居民，只好借一借军威，先在舞马丘开个军事用地。罗大宝不是一个没有脑子的人，他和李夜枭合作，经常就使用这样的方法，建立军营是假，盗墓是真。

李夜枭跟罗大宝说过之后，罗大宝马上派人到舞马丘来做好准备了。

但是，要在舞马丘搭建军营可不是一件容易的事情。虽然说，军威如虎，但当地的居民就是不给这些军官将士们一个好落脚的地方。一听到有军队来，要把舞马丘占领，他们群情涌动，纷纷来到了村子外面，老老少少男男女女的把罗大宝的军队拦在了村口，死活不让军队进入舞马丘。

村长还和一个军官吵得脸红脖子粗，眼看就要动起手来。军队的安排是归罗大宝管，李夜枭看了看，他只负责盗墓，因而没去瞎掺和，带着方孔子就往村子里面走去。方孔子这点却是看不过去，一边随着李夜枭走，一边说："李夜枭，这些军队是你借来的吧？他们行不行呢？感觉这里的村民挺反感的，打起来可不好。"

"你看出来了吗？"李夜枭笑道。

"嘿嘿，就知道是你搞的鬼，哪里借来的兵呢？"

"罗大宝那。"

"啊，那个罗司令啊，他好像不是很喜欢盗墓贼，你怎么跟他勾搭上了？"

"给他点好处呗。"

"想不到这个地方的人那么不好惹，看来借来军队是必须的。"

"事关村子的生死风水，是你的话，你会不暴动吗？"李夜枭笑着说。

"可是，明明就没有什么鬼神啊。"

"这个很难讲，世界上再奇怪的东西都有，你想，这百姓的信仰很不容易动摇。希望罗大宝能把他的任务做好，稳住村民，我们可以尽快地进到舞马丘的古墓里面去。"

"李夜枭，你相信舞马丘有鬼吗？"

"呵呵，这个不好说，这里面阴森森的，没有鬼，也会有不少恶心的东西。"

"那咱们可得小心一点。"

"放心，咱们是来找'金龙'的，那些污秽东西应该不会对我们怎么样。"

"'金龙'吗？什么东西？"

"这个你先别管。"

"李夜枭，我是直接对你负责的人，你可不能有什么意外，到时，我不好交代，我自己面子上也过不去，我方孔子做事是不会让自己有任何差错的，我既然答应了你，就要来保护你，我当然不能让你出事。"

"知道你为我好，我会照顾自己。"

"我就是怕你太过自信，一个人不可以太自信，也不可以太自卑。李夜枭，你太自信了，总会吃亏的。"

"唉，你真啰嗦，我知道的。"

"我怕你太自信，然后变成了自负，最后就是自取灭亡。"

"方孔子，你这个盗墓贼还蛮有脑子的嘛，很会想东西，不过是想太多了。"

"李夜枭，你就别称赞我了。我啊，大老粗，笔墨没有多摸一下，哪里有你那样聪明，小小年纪就到处混，见识可比我多得多。"

"唉，别说了，说得我都惭愧了。"李夜枭摸摸额头。

"李夜枭，这一次，你要好好拿出实力来。"方孔子看着李夜枭说。李夜枭呵呵一笑。这时候，方孔子却是跳起身子蹿到李夜枭背后，骂道："小鬼头，你们想找死吗？"李夜枭反应过来，方孔子已经把一个小男孩抓住，其他的小男孩哭着叫着："小羊角被抓了，快去叫羊角叔。"几个人一哄而散，分头去找什么羊角叔。

"怎么了？"李夜枭莫名其妙地问方孔子。

"这群小鬼想要对你打弹弓，我可不允许。"方孔子把手里提着的那个七八岁的小男孩往地上一扔，那小孩子顿时呜呜地哭，说："坏蛋，大坏蛋，我讨厌你们。"

"还嘴硬，看我不好好修理你。"方孔子拿出一把小刀在小男孩面前晃了晃，说："你再哭，我把你的眼睛挖出来，呵呵，我最喜欢修理你这种调皮的小孩子。"

"你是个大坏蛋，你也是个坏小孩。"那小男孩也不怕，看到方孔子的胡子，伸手去抓，方孔子躲开，小孩反而咯咯地笑。方孔子的下巴是留着一撮黑黄色的胡子。

"小朋友，你为什么要用弹弓来打大哥哥?"李夜枭一边蹲在小孩子面前问，一边叫方孔子把小刀收好。那小孩子抹抹泪水，说："你们要把大恶魔吵醒，我讨厌你们。"

"大恶魔? 是什么?"方孔子立马问。

"大恶魔就是舞马丘里面的怪物，你不知道吗?"小孩子很惊奇地说。

"我不知道。没听说过这种东西。"

"那你知道吗? 大哥哥。"小孩子转过头来问李夜枭。

"我啊，呵呵，我不知道，你说给我听听。"李夜枭苦笑。

"大恶魔就是很大很大的恶魔，它会吃人的，听爸爸说它有一个房子那么大，手长长的，脚掌跟脸盆一样，眼睛跟皮球一样，嘴巴更大，里面长满了一颗颗很长很锋利的牙齿，吃起人来，一口一个，很可怕，很可怕。"小孩子很天真地说着。

"世界上哪里有这种鬼东西?"方孔子郁闷着。

"有，有，爹爹都说有了，大恶魔就睡在舞马丘那里。"小孩坚持自己的说法。

"是吗?"方孔子白了小孩一眼。

"嗯，它就睡在那里，已经睡了好多年了，我不许你们吵醒它。"小孩子说。

"为什么?"李夜枭轻轻地问。

"因为大恶魔睡觉的时候不会吃人，他醒了后会把我爹和我娘还有村子里的人吃掉，大恶魔醒了，就会给我们的村庄带来灾难。"小男孩很天真地说。

"是这样子的吗?"李夜枭摇摇头,问。

"嗯,大恶魔天天在睡觉,它的呼噜声好响的,我们全村的人都会听到。"

"呼噜?是鬼叫吧。"方孔子说了一句。

"不是鬼叫,是呼噜,你可真笨。"小孩子强辩着说。

"你,你,唉,我何必和你过不去,算了。"方孔子压抑着说。

"所以,拜托,拜托你们,不要把大恶魔吵醒,好不好?"小孩子看着李夜枭,楚楚可怜地说。"你们把大恶魔吵醒了,村子就会完蛋了,我的爹爹娘亲都会死,我们都会被大恶魔吃到肚子里面去。"小男孩说着哭泣不已。

"这样子哦,那很难办哦。"李夜枭用手为小男孩擦泪,说。

"为什么?我求求你们。"小男孩哀求着。

"因为外面那些军官我们并不认识,我们不是来吵醒那个大恶魔的。"李夜枭说。

"那他们是喽。"小孩子把泪水擦干,站了起来,用充满仇恨的眼神看向村口外的军官,他拍了拍身上的泥尘凶巴巴地往村口外冲去。

"咱们和那些军官虽说不认识,但他们的头头罗大宝我们却是认识的,你居然骗一个小孩子。"方孔子偷笑着说。

"我有什么办法,他的父母都在欺骗他,我也可以。"李夜枭无奈地说。

"你挺坏的嘛。"方孔子哈哈大笑。

"我们谁不是在漫长的欺骗中长大的呢?"李夜枭望着天空,淡淡地说。

"杀人啦。""杀人啦。""杀人啦。"

李夜枭和方孔子两人正谈论的时候，村口传出一片尖叫声。此时，村口已经一片混乱。一个军官高高在上地举着一把手枪，向天空鸣了三枪，他大嗓门叫着："我们罗家军奉命在此扎营，保卫西安城，你们谁敢反抗，我们就杀谁。"

"你们可真没人性，居然杀人，你们这些匪徒。"一个四十多岁的男人哀声批判。人群里面没有一个人敢乱动，只有几阵时长时短的痛哭声。李夜枭和方孔子赶紧回身走到村口，往拥挤的人群里看去，众人围着三具尸体，子弹打穿了他们的心口，血还在热滚滚淌着。场面惨不忍睹，众人敢怒不敢言，个个低着头，各自想着心事。

"什么我们杀了人？你们这些俗夫，你们难道不知道我们当军人的痛苦吗？我们天天扛着枪上战场，不就是为了保一方平安吗？今天你们能高高兴兴地在这里干活、生存，还不是咱们当兵的给你们撑的天，今天我们奉令到这里扎营，你们却跑出来吵吵闹闹，完全把我们的军队给扰乱，分明是你们自己在找死，今天不杀几个人，我们怎么可以安营？安不了营，我们整个部队都要受到军纪处理，我们遭到处罚，你们很得意吗？你们明不明白？"那个军官振振有词地说着，声音很洪亮。

"你们就知道欺负老百姓。"那个四十多岁的村民很气愤。

"哼哼，你还胡说。老子毙了你。"那个军官手枪一拔，嘭的一声，那个男人脚一瘸，痛叫一声跪倒在地上，那军官说："你这疯子，天底下哪里会有什么神灵鬼怪，刚刚让你说，你说了一大堆鬼话，什么舞马丘闹鬼，老子从军十几年，经历无数战场，就是还没有遇到阎老西跟他好好地干一场，哼，那阎老西咱们也不放在眼里。死人我见多了，你少给我胡说八道，妖言惑众。要不是你是村长，我一枪崩了你。"

村长被射击，村民们哗然成怒，汹涌着要和军队干架，不一会儿，一个小孩子突然跑出来，抱起一块石头就向那军官砸过去，然后扑到中枪的男人身旁，说："爹，你的腿，你的腿。"

"小羊角，爹爹没事，你不许哭。"那个男人把小男孩搂住。

"放肆。"那个军官被小孩子扔的石头砸到，恼羞成怒，大步走到那对父子前，一把将小男孩提出来，说："你好大的胆子。"然后把小男孩远远一甩，举着手枪对准他。

"不要，不要啊。"此时，一个中年妇女跑出来把小男孩抱住。

"娘，我不怕死，他是个大坏蛋，一定会被大恶魔吃掉。"小男孩说。

"呵呵，嘴巴挺臭的。"那军官嘿嘿冷笑，手指动了一小下就要开枪。那个腿受伤的男人大声咆哮着，身子奋力前扑，一把将那个军官扑倒，两人扭打一团。"爹。"小男孩挣脱了母亲的怀抱，跑到前面来和父亲一起动手殴打那个军官。此刻，士兵跑过来阻拦，乡亲们也纷纷参与反抗，顿时是乌云压阵，不分你我，枪鸣炮响，拳打脚踢。

"打虎亲兄弟，上阵父子兵，呵呵，那小子挺勇敢的哦。"方孔子站在一边说。

"想不到，罗大宝表面刚正不阿，为人是上不给颜下不给面，一就是一，二就是二，我还以为他的军纪会很好，想不到，这天下的乌鸦一般黑，军阀都这样子，一个军队怎么给这么一个瘪三来管理，有枪就了不起吗?"李夜枭看到军官杀人,心里很激愤,可是他也爱莫能助,因为军队是他叫罗大宝派来的,自己多少有些罪魁祸首的感觉。方孔子看到李夜枭一脸的不爽,马上笑道:"唉,国家四分五裂,谁有实力谁说了算,没办法。"

"现在的政府也够腐败无能的,真希望可以看到一个崭新的国度在我华夏大地上出现,把这些臭军阀干掉。我在英格兰、法兰西的时候,唉,那里的留学生个个都是抱着激昂的斗志要回国救百姓于水火。唉,事到如今,国外的科学与民主传到这里来,有的只是一本本的书,唉,只有一本本的书籍有什么用呢?"李夜枭皱着眉头说。

"想不到,你还会操心国家大事。"方孔子很惊讶。

"我堂堂中华男儿,我能不操心吗?在国外,什么孟德斯鸠卢梭伏尔泰的书我都有浏览,他们写的东西倒很棒。"李夜枭又要开始吹牛了,方孔子捂着耳朵,说道:"不知道你说的是什么?"李夜枭脸色一沉,说:"拿破仑大帝说过,中国是一头沉睡着的雄狮,呵呵,希望他说得对,民族总会觉醒,我真期待这一天的到来。"

人家那边打得天翻地覆,他们俩却在这里闲聊。说着说着,一声巨响,是个手雷吧。爆炸声很大,爆炸结束后就清晰地听到罗大宝的声音:"你们都给我住手。"罗大宝出现了,李夜枭和方孔子瞥了一眼,看到罗大宝亲自来到,李夜枭心里面不禁冷笑一下。这个罗大宝在军政界摸爬滚打了多年才混上西安城的司令员,这阵仗真不小,他一出声,整个场子顿时静了下来,没有一个人敢多吭一声。

"各位乡亲,你们这是何苦呢?"罗大宝走到前面来,愁着脸说。

"他杀了人,长官,你看看这三个尸体,你看看他们可怜的遗孀遗孤。"有村民说。

"天啊，怎么搞的？真是悲哀，唉，财政官，你过来。"罗大宝看着横躺着的三具尸体，又看看被害人的亲属，看到她们哭哭啼啼的，可怜极了，赶紧叫财政官过来，说："好好统计一下，给她们些安家的钱，唉，她们日后的日子就由我来负责。"

"我们才不会要你们的臭钱，这些本来都是我们老百姓的血汗钱，只是被你们抢走，现在都被你们玷污了，我们才不会要。"死者的家属一致认同，不要安家费。

"看来乡亲们情绪过度了，唉，我这军队可怎么管呢？"罗大宝一脸的苦恼。

"你们要毁我们的舞马丘，要侵犯舞马丘的神灵，我们誓死反抗。"有人说。

"我看你军衔挺大的，你要给我们个公道。"有人说。

"好，谁干的？是谁干的？"罗大宝转过身来问他的部下。刚刚那个叫嚣得很厉害的军官默默地走出去，低头说："将军，我是迫不得已，不硬一些，他们根本不让我们进入舞马丘，将军，我一参军就跟着你……"嘭的一声，这个军官就再也不能说话了。

"公道自在人心，杀人偿命欠债还钱，天经地义，现在我罗大宝把这个杀人凶手枪毙，那些钱你们可以拿了吧？"罗大宝看着被害者的亲属说。他这一下子，可是把整个场子都给震慑住了，村民们顿时没有话说。

"罗大宝这个人不容小觑。"目睹了罗大宝的做法，李夜枭心里对罗大宝感慨颇多，他知道罗大宝是一个很会算计的人，真不好惹。

"各位乡亲，我罗大宝保证，接下来我的军队绝不会再伤害到大家的利益。"罗大宝看到村民对自己也没有什么成见，随即煽动民心。

"你们要把神灵惊醒，我们不许你们在这里。"村民们还是不肯妥协。

"呵呵，乡亲们是多虑了，我们把军队扎在这里，无非也是想保一方平安，你们可能不知道，山西大军阀阎老西对我们陕西虎视眈眈。近几天他的山西军已经在向西边挪移，其目的，不用说也明白。这天下，谁是王道，谁就霸道，哪个军阀不在扩张势力呢？我罗大宝把军队放在这里，是因为这里是西安城的南大门，可以说是进攻西安城的咽喉之地。我不守住这里，西安就完了，西安完了，我们也完了，你们也要完了。阎老西的军队纪律比我这军队尚差几十倍，到时，他们洗劫这里，还不是一样惊吓到舞马丘的神灵，你们不也一样的遭殃。乡亲们，你们想想吧，我把军队放到这里就可以把阎老西的军队卡住，然后把他们这嚣张之师打回山西去，你们就可以无忧无虑地过日子。"罗大宝是个文人出身，说起话来，口若悬河，晓之以理，动之以情，说得大家无话可说，一个个都在沉默思量。罗大宝心里可乐了，继续说："乡亲们啊，你们阻碍我们的军队出击，如果阎老西的山西军攻入这里，我们陕西的百姓惨遭外人的蹂躏，到时候，你们摸摸自己的心窝子，是你们欠了咱们陕西的父老乡亲啊，这罪人你们敢当吗？大家乡里乡亲，你们忍心看到老乡们给那些山西佬欺负吗？你们好好想想吧，我罗大宝拿百姓的吃百姓的住百姓的穿百姓的，我已经是拿出了最大的决心来保护大家保护咱们陕西，把那些外来的虎狼拒之门外。"

"罗司令说得好，说得好。"有个村民大叫着，看来他是给罗大宝说动了。

"唉，这可如何是好?"一个老者说。

"神灵碰不得，这连年战火的，真的在舞马丘打起仗来，那也没有好日子。"

"对呀，说得对，怎么办啊? 咱们陕西人穿一条裤子，咱们可不能负了乡亲们。"

村民议论纷纷，每个人都是一片迷茫。看到自己说的话有了点效果，罗大宝呵呵笑道:"乡亲们啊，大家有话好商量，也不是没有解决的办法，这事关整个陕西的存亡哦，我罗大宝也不敢说大话，但是阎老西若是敢来，我一定会带领我的罗家军肝脑涂地，誓死保卫咱们的父老乡亲，打他个屁滚尿流，让乡亲们平平安安地过日子。"

"罗司令看来是个好人呐。"

"罗司令真会为咱们百姓着想。"

"罗司令，你一定要好好教训那些侵犯我们的恶军阀。"

"乡亲们，我知道舞马丘里有你们的神灵，神灵是不可侵犯的，我现在就告诉众乡亲，我们只要在舞马丘扎营几天就离开，还有，如果乡亲们不放心我们走进舞马丘，我们就在舞马丘外面扎营，我们坚决不去侵犯乡亲们的神灵，你们说，这样可以吗?"罗大宝左一句乡亲，右一句乡亲，村民们已经极大地动摇了心意。

"可以，只要不侵犯神灵，你可以把军队放进来。"

"对啊，把军队扎营在舞马丘外，是不会侵犯到神灵的。"

"大家就同意了吧，何况罗司令也就住几天而已。"

"为了咱陕西的人民，为了大家有安稳的日子过，我同意了。"

"我也同意。"

"同意。"

罗大宝这一番话，把这些执拗的村民打动了，纷纷同意了让罗大宝的军队进驻舞马丘。看到村民们这番慷慨激昂，罗大宝满脸笑意，李夜枭和方孔子互看一眼，都忍不住笑了一笑。

"我不同意。"就在大家已经协调好的时候，那个被打穿了腿的男人突然叫道。

"羊角叔，你怎么不同意呢？大家都觉得罗司令的话很有理。"有人劝说。

"我就是不同意，神灵万万不可侵犯。"那个男人说。

"我也不同意，因为我爹爹不同意。"小羊角跟着说。

"羊角叔，你这是怎么了？人家罗司令都说了，不会走进舞马丘。"村民劝说着。

"天晓得，哼，你们喜欢他们来就喜欢吧，我老羊角是不会同意的。"那个男人狠狠地瞟了一眼罗大宝，对身边的妻子说："扶我回去，扶我回去。"

"羊角叔。"有人还想劝说，但那个男人已经在妻儿的搀扶下向村里走去。

"罗司令，你不要介意，老羊角他这人就是倔，他没事的。"有人对罗大宝说。

"没事，没事的。"罗大宝呵呵一笑。

"只要能把阎老西赶出去，我们欢迎的，罗司令。"

"对，罗司令，希望你好好治治阎老西。"

"一定的，一定的，有乡亲们的支持，我罗大宝一定不会辜负了大家。"罗大宝笑着，得意无比。其实，山西的阎老西是个名声不怎么好的军阀，大多数百姓都有听说，心里对阎老西印象很不好，罗大宝知道这一点，所以把阎老西拉出来做掩护。经过一番长篇大论，罗大宝的军队还是在舞马丘外面安顿下来。村民们也散开了，有些热血和热心的村民还来帮将士们搭帐篷煮煮饭什么的。

"这个罗大宝还真有一套。"看完了整个过程，方孔子对罗大宝敬佩无比，谁也没想到罗大宝轻轻松松地就把这些脾气很偏的村民说动了。

"人家怎么也是个大官，方孔子，等你当上了个大官，你也可以的。"李夜枭说。

"我可没兴趣做什么大官。"方孔子说。

"所以，这就是你和罗大宝的区别，人家当大官，也不是随随便便就当上的。"

"看来，咱们对他可要小心一些。"方孔子说着，他知道，罗大宝的出现是李夜枭安排的，这一次盗墓，罗大宝肯定要分一杯羹，罗大宝的胃口怎么样他还不知道，心里总是有些担心李夜枭没有和罗大宝说清楚。李夜枭看出方孔子的心思，笑道："罗大宝这个人不难对付，我怕的是张狂野这个人，这个人看上去不怎么样，城府深着呢。"方孔子见识过张狂野，他总算明白李夜枭去找张狂野的意思了，听李夜枭这么一说，他哈哈大笑，说："张狂野就一个痞子出身。"李夜枭说："痞子莫怕，最怕书生。我还是觉得痞子难缠一些。"方孔子笑道："呵呵，因为李夜枭你是个洋书生嘛。"李夜枭苦苦一笑，说："等罗司令把他的军队安顿好，咱们今晚就去他那里。"

"现在不去?"

"我可不想和罗大宝打太多的交道，咱们还是低调一些。"

"张狂野呢？"

"他今晚应该会来，他早就看上了这里，只是他无从下手。"

"哦，这个老狐狸。"

"这个村子里早就有他安排好的人了，你没看出来吗？"

"是吗？在哪里？我没有看到。"

"你看到还得了，呵呵，人家当卧底还会在额头上写着'我是张狂野派来的'啊。"

"不明白，还是不明白。"

"刚刚你以为仅仅凭罗大宝一张嘴能说服那些村民吗？你错了，其实，在村民里面还有张狂野的人和罗大宝对戏。"李夜枭笑了笑。"这点，怕是罗大宝自己也不晓得。"方孔子马上明白过来，说："哦，你是说最早支持罗大宝那些话的人？"李夜枭说："对，那些积极分子应该就是张狂野早早安排下来的卧底。"方孔子顿时无语了，说："你不说，我还真看不出来，你厉害。"

"所以张狂野早就看上了舞马丘，咱们要小心的是他。"李夜枭淡淡一笑。他去找张狂野，还以为张狂野没啥兴趣，到了舞马丘之后，他隐隐感觉不妙，原来张狂野早在这里安排了人手，这一点，可想而知，看中舞马丘宝墓的盗墓贼不止他和方孔子。

盗墓一般喜欢在夜深人静的时候。有人说，白天盗墓的时候，墓陵的主人会认得你，会死死地缠着你，缠着你的后代，让你的后代彻底烂尾。盗墓最好选择在夜间，特别是在没有月亮和星星的夜间，在没有自然光的世界里，那些鬼魅看不清盗墓者的样子，它们就无法找到盗墓贼报仇。所以在盗墓界，晚上盗墓一致被认为是最好的时机。罗大宝刚刚把营地弄好，张狂野就带着他的人来了，一共是二十个人，看来他这次蛮重视的，出动二十人盗墓的状况还是第一次，平日盗墓他们都是分批而出，几人一组，四处盗墓，他们唤之为"遍地开花"，这个模式，其实很多盗墓集团都在用。

"罗司令，你不赖啊，我想这里想了十多年，就是进不来，你罗司令一出面，呵呵，手到擒来，我是敬佩，相当的敬佩。"一见到罗大宝，张狂野连连夸赞。看到罗大宝的时候，张狂野总算是明白那晚李夜枭要去见的人是谁了，他怎么也想不到李夜枭会找到罗大宝，现在又多了一个分宝贝的，张狂野心里有些不爽，不过，现在可以顺顺利利地进入舞马丘，也多亏了罗大宝。他之前想过盗舞马丘，只是这里的村民很迷信，他一直进不来。

"哪里，哪里，老狂真是抬举我了，纯属抬举。"罗大宝欢乐着。看到张狂野，罗大宝心里很郁闷，李夜枭没有跟他打过招呼说张狂野也会入伙，张狂野一看就知道目的不纯，不过，罗大宝心里只想着找到"金佛手"，其他的懒得管，李夜枭这样安排，自然有他的道理，他对李夜枭依旧很放心。

"拿枪的始终比拿洛阳铲的厉害。"张狂野说。

"等一下，我就等着看你们拿铲的厉害了。我这点，不足道，不足道啊。"罗大宝笑道。

"呵呵，我们那点伎俩，难登大雅之堂，呵呵。"张狂野说。

"两位兴致不错啊。"罗大宝和张狂野说笑的时候，李夜枭和方孔子从外面走进来。看到李夜枭，罗大宝问道："咱们什么时候动手？"他已经迫不及待了。

"马上。"李夜枭点头说。

"罗将军，村民那里怎么样？舞马丘外警戒好没？"张狂野问。

"嗯，虽然我没有争取把部队弄到舞马丘里面去，不过我还是叫部下把整个舞马丘封锁住，没有我的命令，谁也进不了舞马丘。"罗大宝很自信地说。

"那最好，那些愚民，咱们最好不要让他们知道我们在挖他们的神。"张狂野说。

"对，咱们小心为上。"罗大宝说，"那些人，真不好搞，我都把自己的副官给毙了。"

"接下来就听老枭的安排了。"张狂野看向李夜枭。

"我哪里敢当，还是老狂比较熟络盗墓程序，老狂你来安排吧。"李夜枭说。

"我？呵呵，我不行。"张狂野推脱着。

"张狂野你是盗墓的巨头了，怎么可以说不行，你行的。"罗大宝催着他。

"张狂野，我们这里的人，一眼就看出你是老资格，你不胜任，我们更不行了。"李夜枭说。他是故意摆张狂野一道，他想知道，张狂野对舞马丘有多大的了解。

"那好，我就先看看。"张狂野此时给大家一说，也不好搪塞，从口袋里拿出一张图纸来，说："我早在十年前就派人到这里查看，舞马丘这个地方，一到夜里就会有很大很大的雾，在里面的可看度只有三米，而且很模糊，所以里面有什么东西我们都不好说，听说里面有鬼怪，当然，鬼怪这种东西，到底有没有，我张狂野也不好说，按照我多年的盗墓经验分析，说出来，不怕吓到你们，舞马丘里面的鬼怪确确实实是存在的。"

"真的有吗？胡说八道，怎么可能？我读了大半辈子的书。鬼怪也只有聊斋里面才存在。"罗大宝听到张狂野说舞马丘里面藏着鬼怪，心里很不爽。

"罗司令，我不知道什么聊不聊斋的东西，但是我告诉你，我几乎天天和墓陵打交道，有没有，还用你来告诉我，读书，呵，一本书，什么破玩意儿。"张狂野很激动。

"张狂野，你莫激动，慢慢讲。"李夜枭微微一笑说。

"现在就只有几个人，我不怕告诉你们，我们这些盗墓贼最忌讳的东西，一个是墓地里的机关，这是最难缠的，还有一个就是墓陵里的妖魅，有时候那些灵气，真的会让人死去。我盗墓那么多年，每年都会因为遇到鬼气而失去不少的兄弟，这些一般是不可以外传的，呵呵，整个盗墓界，没有哪一个盗墓集团不死人，只是大家都不敢说破，也没有人愿意说破，呵呵，我们这些盗墓贼说白了，就是劫匪，劫的不是活人的钱财，而是鬼怪和死人的钱财，所以我们必须清醒，要非常的小心谨慎。"张狂野说的东西若有若无，大家都打了个激灵。

"真如此吗？袁枚的《子不语》、蒲公的《聊斋》，唉，我也说不清。"罗大宝无语。

"为什么不敢说出来？"李夜枭反而好奇这个，其实他都懂的。

"因为说出来，一来没人信，二来呢，会影响生意。"张狂野说。

"生意吗？"李夜枭笑道。

"听说有鬼，谁会愿意来买鬼的东西，而且，说些亏心的话，我们这些盗墓贼偷盗出来的宝贝，有些是粘着邪气的，哪个买家不幸买到之后，有些会死，有些会倒霉，反正没有什么好下场，当然，这些事，我们是心照不宣的。"张狂野披露出来，还挺吓人的。

"那你们还卖，呵呵，你们这些盗墓的就是缺德，不仅破坏文物，还害人。"罗大宝说。这个家伙居然在这玩贼喊捉贼，一边的李夜枭笑而不语。

"盗墓的怎么了？你现在还不是和盗墓的在一起盗墓。"张狂野来火了。

"你们就是不文明，你们就是破坏历史。"罗大宝不让步。

"我们不盗，别人也会去盗，哼哼，我们破坏历史吗？我们是在发现历史。"张狂野说着喝了一小口酒。他好像是和罗大宝杠上了。

"发现历史？嗬，有那么高尚吗？"罗大宝特不满。

"我们不把历史那些宝贝弄出来，你知道个鬼历史，鬼文明。"

"你们就知道破坏。"罗大宝骂道。

"破坏？你哪一只眼睛看到了？"

"两位，先不要吵。好吗？"李夜枭不想让他们俩吵下去，做起和事佬。罗大宝和张狂野都是他找来的，可能正是因为这个，他们互相看不顺眼。罗大宝本来就暗地里面支持自己盗墓，却口口声声说反对盗墓。而张狂野也早早对舞马丘做了调查。他们都有自己的目的，可是，不爽归不爽，总不能吵起来。

"哼，总有一天，我会把你们这些盗墓贼一网打尽。"罗大宝坐到一边。

"你死了也打击不完，你歇歇吧。"张狂野笑着说。

"走着瞧，我第一个就拿你张狂野开刀。"罗大宝喝了口茶。

"你，你，你还真要和我摆阵啊。当我的面都这么说。"张狂野几乎要拍案而起。

"你们不要吵，恩恩怨怨，等把现在的事做完再聊，老狂，你接着刚刚的继续说。"李夜枭总算忍不住了，再一次制止，大声嚷着。

"那好，回去咱们再好好算账，没听说过盗墓贼会怕你们这些军阀。"张狂野冷冷发笑，又对李夜枭说："根据我派来的人打探，舞马丘不仅存在非常灵异的东西，而且还有一股我们看不到的势力控制着这里的一草一木。"

"是什么人？"李夜枭忍不住问。他心里面暗暗发现，这一次找张狂野算是找对人了，张狂野所说的那股占领舞马丘的势力是谁呢？他很想知道。

"不知道，我知道的话也不会等到今天才来挖舞马丘。"张狂野说。

"张狂野，真的有吗？你可不要吓唬大家。"罗大宝说。

"你当我白痴吗？我派来的那个手下是个道士，擅长茅山术，他说舞马丘阴气很盛，天天迷雾蒙蒙，里面的情况一直没有人清楚，足以说明，这里一直有人操纵着，他跟了我很多年，他说的绝不会错。"张狂野说着，大家心里均是一惊。

"有那么厉害吗？"罗大宝说。

"可以猜得出是谁吗？"李夜枭问。

"不知道，这种力量很神秘，鬼怪我还不怕，咱们今晚最重要的就是要提防这股力量。"

"明枪易躲暗箭难防，等一下叫大家都小心些。"李夜枭说。

"我那个手下还说舞马丘里存在'冥魂'，咱们也要做好准备才行。"张狂野说。

"什么准备？枪炮还不够吗？"罗大宝说。

"呵呵，枪炮行不行？等一下有机会见识，你就会明白的，哈哈，罗司令是该开开眼界了。"张狂野哈哈大笑，他或许觉得罗大宝是一个很幼稚的人。

"哼，就你说得对，那个道士呢？叫他来亲自说说。"罗大宝故意刁难。

"罗司令你是没有机会见到他喽。"张狂野说。

"为什么？呵呵，是你在胡说吧，根本就没有这道士。"罗大宝笑了。

"因为他死了，死在舞马丘里面。"张狂野很阴沉很阴沉地说着。

"死了？张狂野，你是在敷衍我们吧？"罗大宝很不满意地说。

"我叫他到舞马丘里面看看，到底是谁在里面搞鬼，他进去是进去了，但他进去之后，我就再也没有见过他，我想，他应该死了，如果不死，我不知道他的结果会是怎么样？舞马丘里面的那些力量，我一点头绪也没有。"张狂野感慨颇多，损失一个手下，实在是痛心的事，张狂野说到这里的时候，情绪很悲伤，那个道士跟他交情一定很不错。

"对了，张狂野，你说的那个'冥魂'又是什么鬼东西？"罗大宝想了想，问。

"'冥魂'是古时候的铁血战将的精魂。"张狂野没说，李夜枭便帮忙回答。

"对，'冥魂'是我们盗墓贼最不愿意遇见的东西。"张狂野说。

"什么？这个跟咱们来盗墓有什么关系？"罗大宝毕竟是外行，他满脸疑问。

"罗司令，看来你腹拥万书，脑藏万字，对这'冥魂'倒不怎么懂嘛？呵呵，我真不知道你这个大司令到底读过多少本书？"张狂野明显有些讥笑之意。

"书里有吗？呵，我罗大宝就是没有读过什么'冥魂'。"罗大宝说。

"'冥魂'是古墓里的守护神，具备很神奇很邪恶很强大的力量，所以对于盗墓者而言，遇上'冥魂'的确不是一件好事，有时候甚至会把自己的性命丢掉。虽然我没有真正地遇见过它们，但经过我的分析，这种'冥魂'分为三种，一种叫'秦魂'，一种叫'汉魂'，一种叫'隋唐魂'，根据很多人的盗墓经验，大致就分这三种。"李夜枭为了不让罗大宝和张狂野有太多的口角，就开口给他们说说所谓的"冥魂"。

"不是很理解。"罗大宝摇摇头。

"还读书万卷呢，哼，真是没头脑。"张狂野冷漠地说。

"张狂野，你说什么？你们这些野夫，你们才是没头脑。"罗大宝反讽着。

李夜枭叫他们俩闭嘴，然后开始解释"冥魂"。"冥魂"是古时候那些叱咤风云的大将死后的精血遇到了风云日月之精气而形成的一种带有杀伤力的灵魂，这种灵魂一般会藏在帝王之墓里面，为那些帝王守墓，尽忠职守，也可以说是古墓的守护神。

"冥魂"大致可分为三种，秦朝的时候形成"秦魂"，如"蒙恬魂"。汉朝的时候是"冥魂"比较多的一个朝代，能说出来的就有"韩信魂"、"季布魂"、"卫青魂"、"李广魂"、"霍去病魂"等等，还有汉末的"关羽魂"、"赵云魂"、"张飞魂"、"马超魂"等也隶属于"汉魂"。至于"隋唐魂"，如"秦琼魂"、"罗成魂"、"程咬金魂"、

"尉迟敬德魂"、"郭子仪魂"等等。"冥魂"需要很长的时间才能成精成魂。后来的朝代很少有这样的"冥魂"。

"完全是无稽之谈。"李夜枭解释完毕，罗大宝摇摇头说。

"无稽之谈？呵呵，如果这里真的存在'冥魂'，罗司令你会有幸看看，如果是年代远一点的'冥魂'，他的身边有着十万鬼气，气势如千军万马，我现在希望的是，舞马丘里面不会出现'冥魂'。"李夜枭冷笑着。

"罗司令，虽然说'冥魂'极少会出现，但是一旦出现，你我都不会有好下场，我的人说这里会出现'冥魂'，哼哼，凭这鸟不拉屎的地方，我想，我们倒不必担心什么，'冥魂'的形成不是一两天的事情，再说了，'冥魂'只会在帝王之墓，怎会来这个荒郊野外的舞马丘？我个人认为，咱们是操心了。"张狂野笑得挺轻松的。

"哦。那我们还多说什么呢？快进去看看吧。"罗大宝按捺不住地说，他是一个铁血刚毅的军人，虽是文人出身，将人傲气还是有的，他怎么会认可李夜枭说的"冥魂"这类的东西？他一向认为盗墓不就是挖个坟墓，有那么复杂吗？

"你们这些人，也不见你们懂什么，舞马丘的这个位置，在大唐朝的时候，这个位置大概就是古长安城的兴化坊，是当时的章怀太子和他儿子幽王李守礼的王府所在地，这里有没有'冥魂'也难说，看他们的样子，我还是不说破，不然，没人敢进舞马丘去，我这次就白来了。"看到张狂野和罗大宝满脸的得意，李夜枭心里想着，嘴上却说："老狂，咱们差不多了吧？"

他知道，这一次来，凶多吉少，他不想把真相说出来，免得一个个都吓跑了，最后只剩下自己，那样自己一切的安排都要化为泡影。

"咱们可以进去了，一定要记得，小心那股力量。"张狂野回答道，还不忘叮嘱小心点，他很担心舞马丘里面的那股神秘势力。

"好。三更破棺，保你平安。"李夜枭微笑着。

"对，我马上出去安排，咱们要抓紧时间。"张狂野走出去叫他带来的人。

"三更破棺，保你平安？"罗大宝疑问。

"罗司令，你不懂的东西多着呢，呵呵，你还要消灭盗墓贼，这个也不必知道太多。"李夜枭说，"除非，罗司令你改行做一回盗墓贼。"

"不说就算了，我也没必要知道。我去叫我的人准备准备。"罗大宝不管了，叹了一口气就往外面走。李夜枭刚刚起身，一边沉默了很久的方孔子总算说了一句："李夜枭，你老老实实地告诉我，这里是什么地方？"李夜枭面对方孔子的话，沉默了一会儿，他好像还不肯说。方孔子冷笑道："刚刚你把罗大宝和张狂野骗得团团转，他们相信你的话，我可不相信，嘿嘿，在我面前，你还不老实吗？你瞒不住我。"

"不知道老方你是指什么呢？"李夜枭笑着问。

"这里就是'莲绽之野'吗？"方孔子问。

"地形绽开如同一朵盛开的莲花，你没有看出来吗？"李夜枭反问，他不相信方孔子没有察觉到。方孔子笑了，说："我看出来了，想不到真的存在'莲绽之野'，不过，我想知道，所谓的'真龙之地'指的是什么？你要找的古墓吧？"

"这个，这个，嘿嘿。"

"你别再瞒我了。"方孔子很不爽地说，他感觉自己一直活在李夜枭的骗局里面。

"你知道豳王墓吗?"李夜枭问。

"呵，豳王鬼墓吗?"方孔子楞了一下。

"对。"李夜枭点点头，方孔子顿时无语了，笑道："就在这里吗? 不是说那个古墓根本就是假的，根本不存在吗?"他有很多很多的疑问，李夜枭这个人，他到底想干嘛? 辛辛苦苦找到了午氏大宅古井下的古墓，分文不取就跑出来，然后嚷着去找什么"莲绽之野"，现在找到了，然后又跟一个盗墓界里面出了名的空墓"豳王墓"联系在一块，太不靠谱了。

# 第五章　幽王墓

"幽王墓"又称作"兵王墓",在盗墓界里面流传过一段时间,不少盗墓贼都想找到它并且盗取里面藏宝。这座古墓号称"金砖所砌,内藏万宝",使得无数盗墓贼竞折腰。不过,这个古墓又被称作史上最忽悠的古墓,有人说这个古墓根本不存在,只是一个无聊的传说罢了。然而相信"幽王墓"存在的盗墓贼不少,考究"兵王"是谁?"兵王墓"在哪里呢?所谓的"兵王"会是哪一个朝代的大将军呢?既然号称是"兵王",他老人家的陵墓一定是堆满了宝贝。许多年过去了,"幽王墓"一直是流言,曾经去大力寻找这个古墓的盗墓贼有些都寿终正寝了。李夜枭说到兵王墓的时候,方孔子实在想不通他心里在想些什么,因为这个兵王墓最后都被归为了空墓,也就是说这个墓陵是空想出来的并非真实存在的。

不过,兵王墓最近有些动静了。

有人找到了这个古墓的线索,那便是"幽王"这个人。"幽王"是何许人呢?他来头可不小,史书记载,"幽王"这个称号是唐朝王族李守礼的,李守礼的祖母是武则天,父亲是因反对武则天执政而被贬的章怀太子李贤。他还是唐玄宗李隆基的哥哥、金城公主的父亲。这个人曾经因为父亲的案子被幽禁许多年,后来被放出来后,做过豳州刺史,后来还做上左金吾大将军、单于大都护、司空等职位。李守礼继承了父亲的"邠王"之位，最后任司空，司空这个职位主管皇宫手工业作坊和金银铸造业，收罗各种奇珍异宝。

李守礼本来为"邠王"，唐玄宗等都叫他"邠哥"。而"幽王"的由来则是他出任过幽州刺史，那时候他号为"幽王"。因而"兵王墓"这个在盗墓界流传了很久的古墓被人解释为"幽王墓"，而不是"兵王墓"。

后来又被称作"幽王鬼墓"，因为虽然解释了"兵王墓"为"幽王墓"，但是李守礼死后是陪葬在乾陵，他根本没有其他的墓陵。"幽王墓"又陷入神秘之中，则被称之为"鬼墓"。

"李夜枭，你确定以及肯定'莲绽之野'就是'幽王墓'吗？你可不要和我开玩笑。"方孔子还是信不过李夜枭，他想了半天还是不明白，这个"莲绽之野"不但和唐玄宗秘宝有关，现在还扯上了"幽王墓"，他还不知道的是这里还跟"燃灯古墓"有关。李夜枭淡淡地笑道："难道你不相信我吗？"

"李守礼他是个大混蛋，平时只会寻欢作乐，打猎、宴饮、游玩，沉溺于歌舞伎乐，他要是有墓陵只怕也是个穷墓陵，他哪来的钱呢？"方孔子疑问。

"他当过司空，你想想，司空可是一个油水不错的官。"

"话是这么说，不过想想，还是不可信。"方孔子摇摇头撇撇嘴。

"即使司空没油水，他弟弟可是唐玄宗，你想想，皇帝的哥哥总不能不风光大葬吧？里面的赏赐一定不少。"李夜枭安慰着方孔子，他知道方孔子喜欢钱，在他的眼里古墓没有值钱的东西，他是不会向往的。

"风光大葬是可以有，问题是他不是陪葬乾陵了吗？"方孔子还在和李夜枭较劲。

"嘿嘿，有些事情你以为是真的吗？告诉你吧，李守礼这个人既然喜欢花钱，那他一定很贪钱，你想想他每一天那么多的消费，从哪里来呢？在做司空的时候，肯定私藏了一大笔金银财宝。而且，都说他死后陪葬乾陵，其实这个跟'幽王墓'没有任何的关系，李守礼在他居住的地方有个宝窖，这个宝窖里面私藏了他很多的珍品，这个宝窖才是真正的'幽王墓'。"李夜枭说。

"是吗？那这个'幽王墓'和'莲绽之野'有关系吗？这个地方是舞马丘，我真没有看出什么。"方孔子摇摇头，李夜枭到底在想什么呢？李夜枭看着方孔子，说："反正你跟着我走就是了。"方孔子问："那这里和凤凰镇午氏大宅古井地下的那个古墓又有什么关系呢？"李夜枭都快被问疯了，苦笑一下，说："那你是不相信我吗？"

"信，我当然信，如果我们真的找到了'幽王墓'，我想肯定很多人羡慕，当盗墓贼的谁不想把这个古墓找出来呢？李夜枭，如果真找到了，我告诉你，里面的金银珠宝啥的，我全要了，张狂野和罗大宝这两个人，你打算怎么办呢？"方孔子问。

"我能怎么办？走一步算一步。"

"他们俩都是不好惹的家伙，不过遇到我们，我想，一切好办，到时候设个骗局给他们算了，骗得他们团团转，我们则去收拾财宝去。"方孔子嘿嘿冷笑着，心里面的鬼点子真多，李夜枭笑而不语，骗局似乎从一开始就存在了。方孔子还在琢磨着什么，罗大宝突然从门外走进来拔枪指着李夜枭骂道："你这个王八蛋，你这算什么意思？"看到怒发冲冠的罗大宝，想必刚刚的谈话已经被罗大宝听到了，方孔子看着罗大宝笑道："罗司令，你这是什么意思呢？"罗大宝大声骂道："我在问你们呢？李夜枭，你今晚不把话说清楚，咱们只好来个鱼死网破，谁也捞不到好处。"方孔子听到罗大宝这么说，笑道："就凭你吗？"

"怎么？我随时可以要了你们的命。"罗大宝怒瞪方孔子。

"罗司令，嘿嘿，你跟我出来一下，我们好好聊聊。"一直很镇定的李夜枭说了一句就走出军营，方孔子想跟上去，李夜枭摆摆手叫他留在军营里面。罗大宝看着李夜枭的后背，哼了一声跟出去，来到了外面，李夜枭把他拉到一边说："你刚刚想干嘛？"罗大宝纳闷了，愣了一下，冷笑说："李夜枭，你少忽悠我，你和那个臭小子想干嘛才是真的，我想干嘛，我只想找到'金佛手'，你们俩想合伙坑老子吗？"李夜枭笑了，说："有吗？"

"你找到我的时候说我们是来找'燃灯古墓'，然后找到'金龙'，最后帮我找'金佛手'。你看看你，你现在都搭上些什么人呢？张狂野这个家伙我认得，他手底下一伙盗墓喽啰，你那个朋友又是哪个道上的呢？"罗大宝看到李夜枭带来方孔子和张狂野一干人，他很不爽。

"老方是我的好兄弟，跟我一样是个盗墓贼。"

"那张狂野呢？这家伙胃口特别大，你想过没有？分他一份吗？"罗大宝很郁闷。

"我跟你说了吧，想找到古墓还得依赖张狂野这一伙人，你说说你的人能干得了盗墓吗？一个个兵痞子，喝酒吃肉逛窑子还差不多。"李夜枭说。

"那非要找他吗？整个西安城盗墓贼那么多。"罗大宝还是不爽。

"不好意思，我只认识他。"李夜枭有点无奈地说。

长篇盗墓小说

大唐幽王墓
DATANG BINWANGMU

“那我不管了，总之我会想办法除掉他的。”

“他不会对你的‘金佛手’感兴趣，你放心吧。”李夜枭想化解罗大宝心里的那股怨气。罗大宝摇摇头，说：“不行，‘金佛手’这件事是你我花费了不少的心血才找到的，绝对不能被第三者知道。不过，李夜枭，你好像是在玩我吧？”李夜枭愣了，问：“玩你吗？”罗大宝说：“刚刚你和那小子的话还绕在我耳边呢，你们要找的不是‘燃灯古墓’而是‘幽王鬼墓’，李夜枭，真有你的，自从上一次把我耍了之后，你越来越多花招了。我想你要好好想想了，你对手是我罗大宝，我一眨眼你们俩就永远消失。”

“嘿嘿，你还在纠结这个吗？”李夜枭哭笑不得。

“怎么？你想向我解释什么呢？我找‘金佛手’找了那么多年，花费了那么多的心血，我一定要拿到手，不然的话，我不开心，你们也别想开心。”罗大宝狠狠地说着。

“想找到‘金佛手’就要先找到可以测出‘金佛手’地理位置的‘金龙’，而‘金龙’便在‘燃灯古墓’里面，我想你是不是太心急了。”李夜枭说完，罗大宝暴跳如雷，叫道：“可是‘燃灯古墓’根本不在这里，这里是什么狗屁的‘幽王墓’，李夜枭你已经耍过我一次，你以为我是白痴吗？我选择重新相信你一次，想不到你这么让我失望。”

“谁告诉你说这里是‘幽王墓’呢？”李夜枭反诘一句。

“怎么？你还想要赖吗？好啊你李夜枭当我是聋子吗？嘿嘿，我罗大宝真的有那么好欺负吗？”罗大宝举起手枪，李夜枭架住他的手说：“你不要越闹越大，我告诉你吧，这里真不是什么‘幽王墓’，知道我为什么要告诉老方这里是‘幽王墓’吗？我只是不想他发现我和你的约定，他要是知道我们在找'金佛手'，一定不会放过你我。"

"那又怎么样?"罗大宝不以为然，试着想想，他堂堂一个守备司令，还会惧怕什么呢? 方孔子一枪就可以解决了，他觉得李夜枭的担忧毫无意义。他哪里懂得李夜枭和方孔子的兄弟情深呢? 在他的脑海里面只有可以让自己涅槃成佛的六祖"金佛手"。李夜枭干咳一声，低声说道:"唉，你还是不理解，不管你信不信，我今天找到这里，就是想告诉你你如果不相信我就会吃亏，你想找'金佛手'就得听我的，你自己都说了，'金佛手'这件事你知我知就可以了。咱们现在刀子都摆在脖子上了，再犹豫再吵吵闹闹只怕更不利。更何况，这里根本不会是'豳王墓'的所在地。"

"这话怎么说呢?"罗大宝摇摇头问。

"'豳王墓'跟流传的一样，是一个根本不存在的古墓，毫无根据，毫无考究，你想想，如果我说这里是'豳王墓'，老方和老狂他们俩肯定乐疯了。"李夜枭还在解释。

"我听张狂野的说法，他好像看中这里很久了。"罗大宝说。

"不错，我一早就看出来了，你想知道他为什么很早就派人来调查这里吗?"

"怎么? 他肯定是发现这边风水地气天文方位不一样，想着这里会藏有古墓，然后派人来看看，哪里知道这里凶气大，那个派来的道士被害死了。"罗大宝根据自己的想法说。

"错，因为在他还没有发现舞马丘的时候，我找过他谈话，我问他想找到传说中黄金遍地的'豳王墓'吗? 他一开始对我质疑了，嘿嘿，后来我说了很多关于'豳王墓'的信息给他听，多半和李守礼有关，他慢慢地相信了，然后我告诉他'幽王墓'就在舞马丘，有种的话就自己去看看。想不到老狂他还真信了很快就派人过来探查，他永远也想不到我说的'幽王墓'位置隐藏着很大的杀气。正因为舞马丘杀气重，老狂更加相信了舞马丘就是'幽王墓'的所在地，但是舞马丘外面居住的村民一直保护着他们的神灵，保护着舞马丘，一般人很难潜入这里。我把你叫来，就是为了掩人耳目，让那些不安分的村民安静点。"李夜枭一口气把自己和张狂野之间的渊源说了出来。罗大宝完全想不到还有这种事，他看着李夜枭，李夜枭不像是在说假话，他说："原来你一早就发现舞马丘不对了。"

"未雨绸缪，嘿嘿，张狂野这些年一直想深入舞马丘，可惜一直没有过得了村民这一关，我现在把他叫来，是因为他对舞马丘里面状况的认识比你我要多得多。那个茅山道士进入过里面，他给张狂野带来不少认识，我想，张狂野会给我们很大的帮助。"李夜枭说。

"噢噢，这么说来，你是为我好？"罗大宝恍然大悟。

"舞马丘是'幽王墓'，这只是我一直找的借口罢了。"李夜枭冷笑。

"李夜枭，你一直在帮我找'金佛手'吗？看来我一直错怪你了，自从你走了之后我一直派人去找你，可惜你已经改名李夜枭而不叫'倒斗钩'了。我现在明白了，你是利用传说中的'幽王鬼墓'来骗过张狂野和那小子，这样也好，一来他们也很感兴趣，二来可以保住'金佛手'这件大事。李夜枭办事，我罗大宝实在是放心无比。"罗大宝收了手枪，变得和蔼可亲，贴着李夜枭的耳际说："你的好处我不会少的。"

"嘿嘿，罗司令，有些东西你还需要多多了解才行。"李夜枭冷笑不已。

"晓得晓得，我罗大宝今晚太激动了，我该打。"罗大宝说完，笑嘻嘻地给自己一个小耳光，然后对李夜枭说："主要还是你小子太滑头了，不然我也不会那么不放心。"

"反正我说过帮你找'金佛手'，我一定会帮到底。"李夜枭说。

"不过，跟着你的那个臭小子，我看他很不顺眼，他刚刚还说要联合你来设计我们，这算什么？"罗大宝想到方孔子的话，火气又来了。李夜枭笑道："罗司令，你堂堂一个将军司令还害怕老方吗？他这个人心眼多，爱财，他不想你们一起分财宝，我能理解，不过罗司令我可没有答应他和他一起来设计大家，他爱怎么想就怎么想吧，他这个人没啥出息，你心里介意，反而是他的福气了，哈哈，老方他也值得提防吗？笑死我了。"他说完的时候已经忍俊不禁。罗大宝一头雾水，看着李夜枭说："有道理，有道理，谅他也不敢在我面前怎么样，嘿嘿，我真是多心了，哈哈。"李夜枭大笑不已，他也忍不住跟着大笑。

"你们俩在笑什么？"两人的笑声引起了刚刚好路过的张狂野的注意。

"我们在说'幽王墓'呢。"罗大宝不小心说出一句，李夜枭马上停止笑声，张狂野走了过来，然后扯着李夜枭走到一边，低声说："老枭，你不是说'幽王墓'这件事就你知我知吗？你和我的约定你忘记了吗？你怎么告诉了罗大宝？"他有些愤懑，李夜枭看了罗大宝一眼，张狂野拉着李夜枭去说悄悄话，罗大宝已然是一脸的不满，李夜枭看着自己的时候，他说："我去喝口茶。"转身就走进了军营。李夜枭看到罗大宝走了就说："老狂，你错了，你听错了。"张狂野盯着李夜枭，他哪里有听错呢？明明就听到了"幽王墓"三个字，他说："我最好是听错了，不然的话，你们也别想好过。"李夜枭问："你这话怎么说呢？"张狂野嘿嘿冷笑道："当初你找上我的时候，不是说好了我们一起盗'幽王墓'吗？这件事谁也不告诉，哪怕是自己最亲近的人，我答应了你，守口如瓶那么多年，你倒好，现在不止我一个人知道'幽王墓'的存在了吧？"李夜枭说："老狂，你别激动，你刚刚真的听错了。"

张狂野迟疑了一会儿，将信将疑地问："那你们在说什么呢？"

"盗墓的事情，我只是告诉罗司令一些进入古墓的技巧和一些要做的准备而已，我们的约定我没有打破，老狂，你放心吧，这里面的宝物就你我五五分账，其他的一概为零。"李夜枭得意洋洋地说。

"罗大宝他肯吗？"张狂野问。

"由不得他咧，到了古墓里面就是我们盗墓贼说了算，你懂的。"李夜枭阴森森地说着，只要是进入了古墓，对于盗墓贼而言，利用古墓里面的机关暗器杀死别人已经是司空见惯的事情。张狂野听到他这一说心里就感到一股悚然的感觉，他说："这样不好吧，他可是西安城的司令，要是把他害了……"李夜枭笑道："嘿嘿，那又怎么样呢？这事情谁管得着我们呢？我说老狂，你平时不是胆大包天吗？今晚怎么这么胆小了？"

"也罢，我早就看罗大宝不顺眼了，不过，这事我可不敢做主。"张狂野还是有些畏惧。

"放心吧，一切都包在我的身上。"李夜枭笑道。

"那就好，说真的你去把他请来也该和我商量的，唉，你居然自作主张了，不过也罢了，没有罗大宝，咱们还真进不来。现在我也

127

没啥意见了，对了，你是怎么把他给找来的呢？"张狂野对罗大宝和李夜枭之间的关系还是不放心。

"罗大宝一直想找什么'金佛手'，我告诉他'金佛手'就在舞马丘，他就跟我来了，一口答应帮我搞定那些村民。怎么？你不相信我吗？我跟你可是合作了那么久，你想想，当初我找你的时候已经是几年前了，咱们那么多年一直没有找出'幽王墓'，这一次大动干戈好处自然不能让外人拿走。"李夜枭知道张狂野心里对自己抱着怀疑，他说着笑着，张狂野也不再多说什么了，想了一会儿才说："老枭，干完这一次俺可就要金盆洗手了，今晚希望能顺顺利利地拿到钱财。"李夜枭沉住脸孔，低声问道："舞马丘这一片雾林里面真的很恐怖吗？"张狂野点点头，说道："我派来的人没有一个从里面活着出来。"

"一共几个人？"

"九个。"

"凄惨啊，里面到底有什么东西呢？守护着古墓的会是谁呢？"李夜枭思考着说。张狂野摇摇头说："我看不像是人，我觉得是某种东西，嘿嘿，不过，真要是遇到什么邪的东西，我张狂野也不会放在眼里。"

"你有这样的信心就好了。"李夜枭拍了拍张狂野的肩膀。

"好了，大家都准备好了，咱们往雾林里面去吧。"张狂野已经都安排好了，他正是回来告诉李夜枭可以出发了，只是看到李夜枭和罗大宝有说有笑他才过来问几句。李夜枭没有把"幽王墓"的秘密说出去，张狂野也安心了。

长篇盗墓小说

大唐幽王墓

DATANG BINWANGMU

# 第六章  幽林诡域

舞马丘还是和往常一样，到了夜晚的时候，迷雾重重，白雾缭绕其中，缥缥缈缈，里面的玄机，真是叫人难以猜透。舞马丘中这一片林海，到底有何玄机呢？里面的环境如何？只怕只有张狂野那个手下知道了，可惜那个道士死在了这里。

罗大宝点了五十个扛枪拿炮的，张狂野则把他的盗墓军团带上，李夜枭和方孔子跟在其中。李夜枭这一次主要还是想靠罗大宝和张狂野，他和方孔子显得一副很清闲的样子。走进舞马丘的林海里面，白蒙蒙一片，根本看不清眼前的东西。张狂野在进来之前给了每人一盏油灯，这点微光，在迷雾里根本起不了什么作用，在浓雾中行走，如履薄冰，进来的人没有一个不绷紧心弦，生怕真的会出现什么鬼怪之类的害了自己的性命。行走了半个小时，糊糊涂涂地走着，连个方向都找不到，谁都在想："舞马丘的墓地在哪里？要穿过这片云雾吗？什么时候能走出去啊？"

"大家小心一点。走出雾林就可以找到古墓了。"这是张狂野的声音。

"你们给我打起精神来，这里是诡异一点，不过，你们也不要怕，什么鬼怪？老子活了那么久，什么没见过，你们大胆地往前面去。"张狂野发话，罗大宝也不忘督促。

"你看到了什么？有什么高见吗？"方孔子这时问了一句走在自己前面的李夜枭。

"这里是一片森林，草木茂盛，但是被裹在一片雾气之中，树木影影绰绰，阴霉之气，弥漫了整个舞马丘，给人的感觉很不祥。"李夜枭四周看了几眼，说。方孔子点点头，说："这样下去肯定会死人，你嗅到没，雾气里有一种带毒的物质。"方孔子显得很不安，他已经发觉不妙了，在白色的迷雾里面，有一股特别的气息，他鼻子灵活，知道这是一种有毒的气体，现在吸入少量还不至于怎么样，一旦大量吸入，后果不堪设想。

"给，把鼻子和嘴巴捂上。"李夜枭递给方孔子一个口罩。

"原来你早就嗅到了。"方孔子模糊中看到李夜枭的下半脸已戴上口罩，赶紧接过口罩戴上，说："他们怎么办？他们会死得很惨的。"

"我也刚刚才发觉，你去给每人发一个口罩吧，效果不大，但是总比没有好。"李夜枭说着递给方孔子一个袋子，他看来是早有防备。方孔子欣然一笑，接过袋子就往前面走去给张狂野他们发放口罩。

"司令，有人死了。"一声惨叫，一片恐慌，一时间，沉寂的众人喧哗起来，虽然看不到什么，但他们进来时久憋着的心情一下子全部发泄，都乱套了，因为畏惧，因为未知的恐惧，大家都乱了。不一会儿，罗大宝问："怎么死的？是前面的兄弟吗？"

"不知道，他走着走着就倒下了，啊，罗司令，他的整张脸都腐化了，罗司令，不行了，不行了，我要吐了。"前面那个士兵特别痛苦地说，还听到他哇哇呕吐的声音，令人毛骨悚然，此时，整个队

长篇盗墓小说 大唐幽王墓 DATANG BINWANGMU

伍不再向前面走去，没人敢多动一下。

舞马丘的雾气越来越强越来越浓，阴森森的总让人有点不舒服。有些人已经在天旋地转地晕呕，又死了人，谁都在慌，谁也不愿意向前去。罗大宝一再督促，张狂野的手下倒好一点，一如既往地往前面走去。张狂野对罗大宝说，他们不走，他就带自己的人先过去，到时候分红他要拿大份的。这话气得罗大宝呼不出气来，盗墓贼本来就是胆大包天，把死亡置之度外。对于张狂野他们而言，死的不是自己人，也不用着什么急，他们见过的东西比现在还可怕得多。

"这里的雾气里面掺了毒，你们小心一些，赶快戴上我给的口罩。"一道大光打来，很刺眼的光，众人眼前一耀，只见李夜枭一步步缓缓地走来，方孔子在他身后正给他们发放口罩。原来李夜枭手里拿着一个西洋手电筒，这光一来，还真神，把浓浓的迷雾都给透过去，眼前已然是一条路径。路径四周杂草丛生，树木互相缠绕，藤蔓紧紧地绞在一起，拧得乱七八糟的，让人深有畏惧之意，奇怪的是，这些树木、草蔓，没有一种是碧绿色的，都是血淋淋的红色。浓雾胜雪，这里头的植物却是活如血液，盈盈滚动，血红血红，看上去特别的恶心，有的人看得清一些，已是捂着嘴呕吐不止，脸色发青。现在每个人的心都在嘭嘭嘭地狂跳，这地方还真的是"鬼门关"吗？白色迷雾，血色草木，嶙峋姿态，恐惧一阵一阵地袭来，人心惶惶。

"怎么会是这样子？"罗大宝根本不敢相信自己的眼睛。

"哼哼，装神弄鬼的，有什么了不起？"张狂野没什么感觉，大声说着。

"老狂，看来你说得对，这里真的存在某种力量。"李夜枭走过来说。

"你说说，这，这怎么回事？"罗大宝变得有些恐慌，赶紧走到李夜枭身边。

"我不知道。"李夜枭低着头说。

"那怎么办？还去找宝贝吗？"罗大宝有些畏缩。

"罗司令，你怕什么？有我们在呢，死不了你。"张狂野放声大笑。张狂野一笑，跟着他的那些盗墓者也哈哈狂笑起来，而且是尽力地笑，很变态地笑，很大声地笑，很疯狂地笑，二十多张嘴，这么一笑，整个血淋淋的世界回声连连，真是叫人心里发慌。罗大宝大骂："你们笑什么？王八蛋，不许你们笑。"他还以为张狂野他们在嘲笑自己。

"罗司令，你也叫你的人笑一笑吧，尽力笑，想怎么笑就怎么笑。"李夜枭对罗大宝说。

"为什么？他们这些盗墓贼发疯，我们也要跟着疯吗？你也疯了吗？"罗大宝不理解。

"对，就是要你们笑，放开你的喉咙去笑。"李夜枭大笑几声说。

"疯子，全是疯子，你们全疯了。"罗大宝几乎要崩溃。

"罗司令，赶快叫你的人笑，知道吗？这一招在盗墓里叫'惊鬼神'，呵呵，跟打草惊蛇差不多。"李夜枭说完又大笑不已。"惊鬼神"是盗墓贼用来吓唬鬼怪给自己壮胆的一种方法，基本都是以大笑来显示自己根本不会怕那些隐藏着的恶魔。

"嗯，有点道理，那些鬼怪在暗处，我们不好下手，得把它们惊出来，好主意，看来你们这些盗墓贼还是挺会用脑子的，就算不能把鬼怪惊出来，也可以把它们吓到，让它们滚蛋，好，罗家军的，你们给我痛痛快快地笑，给我笑。"罗大宝思索也快，李夜枭一说，马上领悟了，这心里一乐，什么阴影和恐惧都没有了，人立马是桀骜狂笑。在他的一声令下，他的部下也是放声嚎笑，这时，整个舞马丘幽林响起了五花八门的笑声。

"你那洋东西，光线可厉害了，你就好好看看那只'鬼'躲在哪里？咱们这次先把他干掉，舞马丘的墓地就不难找到了。哈哈。"张狂野低下声来对李夜枭说。

"这里面挺玄的，那只'鬼'我怕是不会被我们惊吓出来的，咱们这样子笑下去没用，'惊鬼神'不过是让大家放松罢了。嗯，等一下，我去找那只'鬼'，你带人先越过这个幽林，今晚三更之前一定要找到墓地。"李夜枭说。

"好，我不怕告诉你，我刚刚细心看了一下，幽林隐藏着一个很庞大的机关陷阱，咱们恐怕是走进人家的套子里了。"张狂野很深沉地说。

"我早就看出来了，不过，你我都不要讲出来，人心慌了，咱们谁也活不了，更别说要盗出什么宝贝，发点横财了。"李夜枭很小心地说。

"这点，我知道。"张狂野心里早有计划。

"怎么没有什么鬼怪出来？喂，张狂野，你们这些'惊鬼神'管用吗？"罗大宝笑了半天，嘴巴都麻了，也不见什么鬼怪出现，心里烦躁，眼看有些兄弟笑得都吐白沫，他这心里更不好受，停住笑声，就问张狂野。

张狂野没有回答。

舞马丘幽林四面云雾绵绵，白蒙蒙一片，李夜枭的洋电筒打出一道黄白色的光在四处寻找着什么东西，光芒所到之处，无不是鲜血淋漓的一幕幕。虽说大家都知道那些不是真正的血水，可是看上去实在叫人心里瘆得慌，树枝藤条，窜来绕去，叶片根茎，所染液体均是血红，嘴巴里面哈哈大笑，心里却是忐忑不安。"惊鬼神"的功夫怕是到家了。以前盗墓的时候，遇到"鬼神"，张狂野常以此招将"鬼神"吓跑，现在，连一只鬼影子也没有见到。众人甚纳闷，张狂野心里清楚，这一次遇到的可不是什么鬼神，而是人。鬼怪不可欺，这是笑话，其实真正具有能力的对手才是令人担忧的。众人不停地笑，张狂野也没有理会罗大宝的问话。李夜枭手持洋电筒东扫西射，不一会儿，他对张狂野说："张狂野，你带上人先进去。"张狂野意会，叫上自己的人举着油灯往舞马丘幽林深处里面走去。

"哎，我们怎么办？张狂野，我的人怎么办？"张狂野他们走了，罗大宝着急了。

"叫他们跟上，你也跟上。"张狂野大声叫道。

"雾气毒质很重，大家不要忘了戴上口罩。"李夜枭叮嘱着。

张狂野这回打头阵，走在前面带路，众人纷纷收住笑声跟着。为了让他们看清路，赶快走出这一片迷雾，李夜枭在后面打着光引导他们的视觉。有了李夜枭的手电筒，众人看得清楚一些，立马加快了脚步往前面走去。死了人，他们每一个心里都急着要走出这里。李夜枭一手打着手电筒，眼睛注意旁边的动静，进来之后，他才发现，舞马丘不是一个简单的地方，感觉这里经过精心布置，血淋淋的树木和花草藤蔓，已经变异了，它们可以常年不断地分泌出那些血淋淋的液体，这些液体流出来后，白天温度很高，它们就升华变成了气体，这些气体带有毒质，到了晚上，因为温度下降，它们就

长篇盗墓小说 大唐邠王墓 DATANG BINWANGMU

会融入雾气里，通过雾气的流转使毒质蔓延到整个舞马丘，人吸入大量雾气之后先是全身麻痹，然后就会变成一具腐尸，烂在泥土里。

李夜枭对这种植物也懂一点，当初接触到的时候，他实在想不通，这种植物是怎么变异出来？其实，他来过这里，也查探过这个幽林，所以，他带来了口罩，这种口罩有一层过滤网膜，可以把任何带毒的气体过滤掉。他现在很庆幸，不然，对于这些暗藏毒质的流雾，没有准备一定措手不及。

刚刚的"惊鬼神"应该有了点效果，张狂野把人带进了前面的幽林雾区，李夜枭在后面看着众人鱼贯而去，想着这"惊鬼神"应该是把对方镇住，让对方无从下手，至少大家狂笑的时候，对方会以为自己的计划已经被识破。想到这里，李夜枭长长地叹了一口气。

"这里是不是真的有什么'冥魂'在捣鬼？"方孔子看到李夜枭那稍稍放松的神情说。李夜枭没有回答，反而把手里的洋电筒递给方孔子，说："你给他们照路。"

"你还没有说这里有没有'冥魂'呢。"方孔子接过那洋玩意。

"我不知道，我也不清楚。"李夜枭摇头说。

李夜枭走近那些血红的植物，拿出一个手套戴上去摸一片巴掌大的叶子，他碰到那叶片时，顿见那叶片呼的一下，冒出一股黑烟，袭向李夜枭的眼睛，吓得李夜枭赶紧向后退，那股黑烟化开散到雾气里，李夜枭赶紧用手去查看眼睛是否受伤。

"李夜枭，你干嘛呢?"方孔子这时惊问。

"没事，我闪得快，不然，我这一双招子，就要报废了。"李夜枭叹了一口气说，样子有惊无险的。

"叫你小心一点，你老不听。"方孔子埋怨着李夜枭。

"我只是想瞧瞧这所谓的'血珊瑚树'到底是怎么回事。"李夜枭看着那些血红的植物说，这些植物碰也碰不得，他一下子兴趣全没了，只有一番感叹。方孔子愣愣的，说："'血珊瑚树'？你认识这些鬼东西？"李夜枭点点头，说："我刚想起，你别看它们树枝藤条花草，各有姿态，其实它们都是同一个种类，统称为'血珊瑚'，你也知道，珊瑚的种类很多，模样千变万化，你所看到的树草花藤，都是'血珊瑚'的特征。"方孔子摇摇头，笑道："什么珊瑚树？我没见过珊瑚这种东西，不过，无所谓了。"

两人正聊着，张狂野已经带着大家走出去很远了，两人想要跟上，不想，步子还没有迈出，已经走到前面的众人竟乱哄哄如同无头苍蝇一样往回跑，像被鬼追赶一样，脸上充满了恐惧，挂满了泪水，争先恐后，被踩死的都有好几个，看他们的样子，比起被狮子猎杀的斑羚还仓皇。

"怎么回事？"李夜枭感到不对了。方孔子叫道："他们不会是遇上'冥魂'了吧？"

"怎么可能？"李夜枭想不通，"冥魂"这种东西，根本不存在，一定是遇到了别的什么东西，可是大家狼狈的样子，会是遇到了什么呢？方孔子这时候把第一个跑到他们面前的士兵抓住，问道："前面发生了什么？"

"前面，前面有鬼，真的有鬼。"那个士兵啜泣着，满脸的恐惧。

"鬼？"李夜枭和方孔子知道前面的人出事了，可是说到"鬼"，这也太扯谈了。

"肯定是刚刚'惊鬼神'的时候把鬼神惊醒了，前面死了很多人，很多人莫名其妙地死了，我们不能留在这里，我们要回家，我们要出去，这里的乡亲们说得对，我们不应该冒犯神灵的，我们现在冒犯了神灵，我们都会死掉的。"那个士兵继续说着。

"我们本来就不该相信什么'惊鬼神'，是那帮盗墓贼惊醒了这里的神灵，神灵现在醒了过来，他发怒了，他正在杀人，我们可要逃命。"一个追上来的士兵也说是冒犯了舞马丘的神灵。第一个跑出来的人已经哭得不行，他说："咱们信了那些乡亲就没事了，现在我好几个兄弟都死在了里面。"

"你们都逃出来了？"李夜枭问。

"没有，有些兄弟给那鬼怪缠着，现在怕已是尸首不全。"有人回答。

"他们怎么死的？"李夜枭问。

"我们进去的时候，走着走着就听到有人在说话，是一个男人和一个女人，不对，应该是一只男鬼和一只女鬼在说话。那个男鬼说，我们俩在这里沉睡了几百年，一直没有被打扰过，现在不知是什么人如此大胆，竟然来他们的地盘捣乱。那个女鬼说，咱们醒来，也该吃吃晚餐了，哈哈哈，这些东西闻起来多么香多么嫩呀。那个女鬼尖声怪笑，男鬼说，他们有口福了。女鬼说，来了那么多人，他们还要比一比谁吃得最多谁吃得最饱。那男鬼说，好啊，他先让女鬼三个。那女鬼说，男鬼的血盆大口可以吞下几头大水牛，他敢不让女鬼，女鬼以后就不会再理男鬼。那男鬼笑了，说，那请吧，他叫女鬼先尝尝我们的味道。"一个将士把他们的所见所闻娓娓道出，出现了一对鬼吗？士兵说的时候绘声绘色，感觉还真的是见鬼了，说得四周的气氛都变得鬼魅无比。

"有这种事？"方孔子摇头不信。

"有，有，我们都听到了，那鬼真的被我们笑醒了。"

"对，这回不得了，它们要把这里的人全吃掉。"

"我们可不敢留在这里太久，我还要活命啊。"

逃出来的几个将士你说你的我说我的，语无伦次，都吓傻了，看他们一副副惊慌失措的样子，说得故事还挺逼真的。方孔子问："那么几句对话就吓住你们，你们太没胆子了，平时怎么扛枪上前线的？"有个士兵说："什么几句话？你不知道，那两只鬼一说完，我们就看到一个兄弟凭空消失了，感觉给那鬼怪吞吃了，这关头，谁不急，这不，大家全慌了。失踪一个还可以，那鬼怪狠起来，咱们的兄弟接二连三地突然消失，你根本瞧不出为什么，愣是在你面前消失了，你说说，这不是鬼怪所为会是什么？"

"对，我们也见到的。"几个逃出来的将士也这么说。

"挺有道理嘛，不过，你们这样也是逃不出去的。"李夜枭说。

"为什么？"有个士兵问。

"因为你已经被鬼怪盯上了。"李夜枭很阴沉很阴沉地说。

"什么？"那个士兵一惊，突然被什么撞到一样扑倒在地上，众人看去时，那个士兵已经化成一滩血水，血水慢慢地往大地里面流去，腥臊之味，令人恶心。

"鬼怪来了。"有人惊叫一声，众人四处逃窜，像热锅上的蚂蚁一般，连方向都找不到了。

"李夜枭，怎么办？"方孔子警惕起来。

"老方，真正的主终于出现了，你小心一些。"李夜枭把方孔子手里提着的箱子拿过去，这个箱子是一个黑色的铜造箱子，长两尺，进入幽林后方孔子一直提着。李夜枭拿过箱子之后，没有打开，静静地站着。那些逃窜的士兵，说来悲哀，不知道是遇到什么东西，还没有走出十步就突然被击倒了，身子躺在血泊里面慢慢地溶化掉。一股很邪恶的力量充斥着这个幽林，也不知道是鬼怪还是人为，诡异无比。

"老方，咱们去与张狂野他们会合。"李夜枭提起箱子就向舞马丘幽林深处跑去，方孔子手拿着洋电筒紧紧跟在后面，还问："这是怎么啦？他们怎么会突然就死掉？"李夜枭摇摇头，说："我也不知道。"方孔子看着那些被杀害的士兵，还有不停地在逃跑的士兵，眼看都要死光了，他心里极为难受，说："我们应该帮帮他们，他们可都要死了。"李夜枭叹了一口气，他何尝不想帮忙呢？说："顾不上了，咱们去找张狂野，他有办法。"方孔子说："他搞不好也死在里面了，李夜枭，我们真的把这里的鬼神惊醒了吗？"

"胡说八道。"李夜枭骂了一句。

"他们怎么会无缘无故就死去了？我不能见死不救。"方孔子似乎不想跟李夜枭走。他想回头去帮助那些正在遭受"鬼怪"杀害的士兵。

"嘿嘿，这事张狂野他知道，你去问他，你帮不了他们，他们本来就是张狂野叫来送死的，你明白吗？"李夜枭把方孔子拉住，不让他返回去救人。方孔子急了，说道："我不明白，他们可都是人，人命关天，你李夜枭怎么这样子？"

"你给我冷静一点，我知道你心地善良，你很会为人着想，我告诉你，盗墓不是一件简单到上个茅房就了事的事情，盗墓是需要付出，需要代价，需要牺牲，你明白吗？这些逃出来的人，他们只不过是诱饵，他们的任务是把藏在这里的那只真正的'鬼'引出来，吸引这个幽林主人的注意力。估计张狂野他们已经往古墓那边去了。"李夜枭很激动地说，把方孔子都说傻了，方孔子很心痛，抹了抹快要流出来的泪水，说："他们不该死的，他们怎么那么笨？嘿嘿，想不到都是你们一手安排好的。"

"我也没办法，这些逃亡的人是自己吓着自己逃出来的。"李夜枭叹气说。

"这个幽林到底存在着什么？"方孔子苦苦地问。

"一个庞大的机关体系，如果不把机关毁掉，还会继续死人。"李夜枭说。

"机关？不是鬼神？"方孔子很惊讶。

"有人操控着这里，我们刚一进来，命运已经被那个人抓住。"李夜枭说。

"不，我要毁了它，我们的命运在自己手里握着。"

"希望可以揪出那个人。"李夜枭拉着方孔子，"咱们赶紧去接应张狂野他们。"

李夜枭和方孔子赶上来的时候，张狂野这边的状况并不怎么好，罗大宝一身邋遢地指挥着他的部下用枪械四处扫射，吧嗒吧嗒，子弹如同雨点一样往白茫茫的雾霭里打去，但是扫射了很久也不见打出什么来，士兵们像见鬼一样地疯吼，手里的枪械不停地射击。

张狂野和他的人马躲成一堆。李夜枭赶到的时候，在手电筒的照耀下，看到地上躺着不少士兵的残骸，有些已经化为血水，可以想象出刚刚是多么惨烈。说来奇怪的是地上有好多的木桩子，一排排地陈列，锥尖式，四周布满了荆棘，木桩上嵌藏着锋利的刀片和钉齿。四周还有不少散落着的绳索，粗粗细细大大小小，全部系在那些具有很强杀伤力的木桩上。稍微走近一点，看清楚一些，那些木头制成的桩子上面染着不少的鲜血，士兵们被这些木桩袭击了，不少尸体挂在了木桩上面。

"老狂，你们遇到了什么？"李夜枭一边跑向张狂野他们，一边问。

"不要过来。"张狂野叫道。

他声音未落，只听到呼呼的吹拂声，一道很大很大的黑影从天而降，猛地就往李夜枭砸去，快乎其快，李夜枭身后的方孔子起身跃出，一脚踢去，他速度胜似闪电，一脚正中那道黑影，听到砰地一声，那黑影爆炸开来，化为一团浓烟，几根木头散落在地上。李夜枭趁机大步飞出扑到张狂野他们面前，刚刚险些给那黑影砸死。

"你还好吧？"方孔子站定之后问李夜枭。

"还行。"李夜枭躲过一劫，心中暗暗庆幸。

"想不到他们人马不少，我以为他们已经给那些逃兵引出去，想不到这里还留有他们的人，真是惭愧。"张狂野叹声说。

"说句老实话，对手是不是'铁锁横山派'的人？"李夜枭问。

"唉，你猜得对，我们是遭遇到这一伙人了。'铁锁横山派'的人向来孤傲，手段极高，咱们要小心了，我们可是遇到大麻烦了。"张狂野很失落地说着。李夜枭点点头，知道对手的来头，他心里也有些对策了，说："'铁锁横山派'向来喜欢神出鬼没，这一次我们遇上，不是一件值得开心的事情。不过，慢慢来吧，总会让他们屈服的。"

"你俩还在啰嗦什么？咱们现在怎么办？我们见鬼了，我的部下所剩无几了，子弹也快没了。"罗大宝叫着，一双手两把枪，一副落魄的表情，怪吓人的。

"你歇歇吧，别浪费弹药。"这话张狂野说了好多遍了，可罗大宝哪里听他的。

"老子不会停止射击，老子要打它个千疮百孔。"罗大宝疯叫，带着他的士兵继续扫射，他很害怕，停止射击之后会被鬼怪袭击。张狂野老劝他不要开枪，没有任何意义。李夜枭打量着四方，并不理会罗大宝和张狂野的争吵。他熟知"铁锁横山派"是一个很强大的机关流派，机关布阵方面非常诡秘，手段都是常人所不能想象的，杀人于瞬间。这下子遇到了他们，他也有些焦虑了，被这个流派的机关师缠上，就好像"铁锁横山"一般，让你无可奈何，无法动弹，最后活活地被折磨而死。

"铁锁横山派"擅长用木头为材料，他们拜史上最强工匠鲁班为祖师爷，打造制作的机关暗阵无一不与木头相关。据说"铁锁横山派"里面有一定功力的人，随便给他一根木头，他都可以设计出一种置人于死地的器械。这个流派能工巧匠众多，木头功夫不是一般的木匠可以媲美的，他们用一个木头雕刻出来的东西不但栩栩如生，而且深有灵性，让人爱煞。制造出来的机关，更是如同地狱一般的可怕。

这个流派以前喜欢给古墓设计机关暗阵，大多数都是靠给古墓设计机关混饭吃。他们有着很强大的机关师，制造出来的机关也不是浪得虚名，历史上很多帝王墓陵里面的反盗墓机关都是由这个流派设计的。所谓"横木拦江锁深蛟，擎天一柱绝飞鸟"大致什么意思，很少人知道。这个流派的机关师很神秘也很低调，谜一样的流派却出现在这里，李夜枭和方孔子他们心里非常不安。

长篇盗墓小说
大唐幽王墓
DATANG BINWANGMU

李夜枭心里明白，这个看上去用心打造了很多年的舞马丘幽林陷阱，从永不消失的雾气说起，再到幽林里面种种飞桩夺木式的机关，还有血淋淋的"血珊瑚树"，一个个循环杀阵，"血珊瑚树"可以为雾气提供毒质，而强大的雾气可以把"血珊瑚树"林里面的机关暗藏住，真的是令人叹为观止，别出心裁的设计。李夜枭一开始便觉得不对，现在想想，也不奇怪了。

　　"有没有见到那些人？"李夜枭这时问张狂野。

　　"这里根本就看不清四周东西，油灯不管用，没有遇到他们。"张狂野很难过地说。方孔子想了一会儿，问李夜枭："有什么办法对付这些混蛋吗？"

　　"可以放火吗？我现在只想一把火烧了这里。"施白煞说，他是张狂野的一个好兄弟，平时被张狂野视为左右手，一直追随在张狂野身边，为张狂野出过不少的主意，是一个很有心机的家伙，这一次，张狂野一如既往地把他带上了。

　　"对，对，施白煞你还蛮机灵嘛。"张狂野这下好像开窍了，正准备叫人放火烧林。

　　"不行，不可以放火。"李夜枭端详着说。

　　"为什么？"施白煞问，这个问题谁都想知道，一把火烧了这里不就见光了。

　　"刚刚你们看过那些树木没？这些树上流着的可不是血液，而是一种油，遇火就会爆炸的油质，还有飘着的雾气含着大量的磷脂，你们最好不要乱来。"李夜枭警告着。

　　"喂，你们说什么？找点好办法，我快支撑不住了。"罗大宝这时说，他已经心力交瘁，但是想着找到"燃灯古墓"得到"金佛手",他咬咬牙还是忍了。张狂野这时候说:"我盗墓时也遇到过'铁锁横山派'的机关,可是和这里比起来,真是微不足道了。"

"死了不少人了,我们好歹也撑着。"有人说。

"那些兄弟转眼就不见了,我真不想和他们一样。"

"他们是给那鬼吃了吧?"有个士兵说着。

"胡说,他们只是掉进人家的陷阱里面罢了,你们不要胡思乱想。"张狂野骂着。

"地上有不少的陷阱,大家小心点。"李夜枭刚刚说完,他身边的一个士兵突然哇哇大叫,瞬间消失在众人的眼前。看到这一幕,不少人吓灰了脸。李夜枭走到前去,来到那个士兵陷进去的地方,他踩了踩,果然露出个地洞来,里面布满了荆棘,掉下去的那个士兵已经被坑里面的荆棘刺死。原来是个机关陷阱,一打开,踩在上面的人就会往下掉。大家看着这个坑,看着死去的士兵,一个个都看着脚下,虚汗连连。

李夜枭站在坑上面寻思了一会儿突然噗的一下跃进了坑里面,方孔子大骇,慌叫着过来:"李夜枭,你想干嘛?"来到坑前,李夜枭已从里面跳出来,他说:"里面是一个木构的地道,呵呵,看来操纵一切陷阱的人是躲在地道里面。"

"地底下?"张狂野惊了,众人也惊了。

"应该是的,里面的通道不是很大,那个人应该身子不大。"李夜枭说。

"怎么?不是鬼神吗?不是那些所谓的神灵吗?"罗大宝走过来,满脸疑问地说。

"呵呵,罗将军,你不是不信邪的吗?"张狂野冷笑着。

长篇盗墓小说
大唐豳王墓
DATANG BINWANGMU

"此一时，彼一时。"罗大宝把手枪收好，还叫部下停止开枪，刚刚他错了。

"你们先不要说话，你们听，这是什么声音？"方孔子侧耳听着，嘘了一声，说。

众人马上静下来，四处张望。

"有人来了？"不知哪一个眼睛比较厉害一点的说，他好像看到了什么。

四周白茫茫的迷雾中，若隐若现地跳动着一群人那么高大的东西，不知道是鬼怪还是人类，但见那些黑影高高矮矮都一致，身子直直的。模糊地看去，头圆圆的，没有手，一蹦一蹦小跳着在层层缭绕的雾气里活动着，鬼气十足，摇摇摆摆，密密麻麻地正从四面八方围过来，给人一种四面楚歌的感觉，众人心里都在想，这是什么鬼东西？是人吗？每个人都是收紧了身子，默默地看着，许久许久，才听罗大宝大叫一声："给我射死他们。"

吧嗒吧嗒，手里拿枪的士兵反应过来，手忙脚乱地填弹开枪。荷枪实弹根本不见效。子弹密密麻麻地往雾气里射击，那些黑影还在跳动着围过来，钢打铁造的子弹好像泥牛入海无消息，这下子，子弹不见效，所有人全部沉浸在一片恐慌之中。大军压境，束手无策。

"什么东西？"李夜枭心里想着，手里的电筒往前面照过去，电光一到，众人顿时慌叫。那些浓雾里面的东西，何止一人之高，足有十几丈，人模鬼样，如《西游记》里面的巨灵神一般，头上顶着一个圆溜溜的大脑袋，脑袋壳血红血红的涂着朱砂，两个眼睛黑幽幽，特大特阴暗。嘴巴里面含着一个黑溜溜的球状物体，很模糊，看不清楚是什么东西。只瞧见这圆溜溜的脑壳下面是一个巨大的圆柱形体壳，这体壳没有四肢，上面缠来绕去尽是一些紫青色的藤条，藤条上下左右穿梭，把那个圆柱形的体壳绑得严严实实，藤条上拴满了各种各样的瓜果，大大小小，五颜六色。这些鬼怪的东西一共有十六个，轰轰然向众人袭来。

"这是'软甲巨人俑'。"李夜枭这时叫了起来。

"真的是'软甲巨人俑'吗？你没有看错吗？"张狂野骇然问道。

"不错，正是'铁锁横山派'的秘技'软甲巨人俑'。"李夜枭很镇定地说。

"这'软甲巨人俑'我有听说过，不过，我张狂野活了那么久，盗墓也盗了将近二十年了，我还真没有亲眼见过'软甲巨人俑'。"张狂野吃惊地说。

"什么软木头硬木头？我说，这些家伙不畏枪火，咱们还是逃命吧。"罗大宝退到李夜枭身边，一脸害怕地说。此刻，他开始想着逃生了。

"想要离开这里得先过'软甲巨人俑'这一关，看来，咱们注定拿不走这里的宝贝喽。"张狂野丧气地说。

"话可不能这么说，所谓天无绝人之路。"李夜枭还是很镇定。

"哼，我罗大宝虽说文人一个，我就不相信这些龟三王八四的可以绝我后路。"罗大宝有些烦躁了。

"罗司令，你先别激动，我告诉你，'软甲巨人俑'是'铁锁横山派'里面最为惊世的机关之一，那些大铁桶一样的甲兵，身上的机关暗器无数，可谓是金刚不败之身，你就是拿一门大炮来，一样炸不倒它们。"李夜枭看着那些越来越靠近的"软甲巨人俑"说。

"那怎么办？你们是盗墓的，你们一定可以打倒它们对吗？"罗大宝说。

"我可没那种能耐。"张狂野在一边很无趣地说。

"那就等死吗？"罗大宝惶恐地说。

"罗司令，首先让我来告诉你等一下咱们是怎么样一个死法，知道'软甲巨人俑'为什么枪炮不灵吗？它们都是用一种特制的软木来铸造的，这种软木不但刀枪不入，而且它有一个很大的特色就是可以防震，无论你用多么有威力的枪炮来对着它，都只能说是隔靴搔痒，不会有什么作用。你看到它们强大的体躯没？等一下它们会全部靠过来，挤压成一团，我们这些人就会被挤压在中间，然后被压榨成汁，很悲惨地死去。在死之前，我想，我们不会有什么机会可以逃得出这里，我们已经被包围了。"李夜枭说。

"那是死定了？"罗大宝大声地说。

"因为这叫做'瓮中捉鳖'。"张狂野这时说。

"对，瓮中捉鳖，手到擒来。"李夜枭瞟了一眼张狂野。

"我罗大宝就要命丧于此吗？"罗大宝想着想着泪水都落下来。

"罗司令，你看到'软甲巨人俑'身上绑着的藤条没，等一下这些藤条会攻击我们，不会给我们留任何一条生路，罗司令，你做好准备没？"李夜枭问。

"准备？什么准备？"罗大宝懵然。

"死的准备。"李夜枭冰冷地说。

李夜枭的这一句话才是最有杀伤力的。所有的人都静了下来，不少人在默默地抹着泪水。"弟兄们，你们别怕，十八年后咱们又是一条好汉。"罗大宝打破了这难得的沉寂。他不出声还好，一说话，他的那些士兵个个抱头痛哭。

"咱们真的要死了吗?"方孔子扯了扯李夜枭的衣角。

"哼,咱们触犯了人家的地方,是要付出代价的。"李夜枭冷哼着。

"它们来了。"不知是谁道了一声。

轰隆隆,轰隆隆,"软甲巨人俑"如同古时候的战车一样滚滚而来,巨型的身子,遥望过去,实在是蚁观大象。谁都开始急了,蠢蠢欲动要逃跑。一时间,有人受不了,挥着手里的枪支一边开枪一边冲向那庞然而来的"软甲巨人俑",李夜枭想阻止已经来不及,只听嗖嗖几下,无数条锋利的藤条从甲兵的身子中飞射出来,几个盘旋向那些妄自走出去的士兵身体穿过去,透过那些人的身体,血溅一地,惨不忍睹。

"你们闯进来,谁也别想再出去,舞马丘里有鬼,没有人可以活着出去。"很洪亮的声音从雾区林子里传出来,震荡着整个舞马丘。"是神灵,是神灵。"众人一片骚乱,这声音他们刚刚听到过,正是那个男鬼的声音。

"李夜枭,你要多多保重,我忍不住了,我要宰了他们。"方孔子不管三七二十一,话一说完就跳了出去,手里夺过张狂野一个手下的长刀往压过来的"软甲巨人俑"劈杀去,他一出手,李夜枭也没有多说什么,吟吟一笑,右手摸摸左手提着的那口箱子。

方孔子一出手,几条藤条就缠上了他。他功夫不赖,甩手之间,手里面的长刀已经砍到那些藤条,可是意外无比,那些伸缩自如的藤条竟刀砍不入,韧如钢筋,这下可把方孔子弄得冷汗直流。他在藤条中挪移,根本拿藤条没办法,不过他不灰心,他要接近那些巨人俑，然后在巨人俑身上动手。他知道，天底下，就算是"铁锁横山派"也不可能打造出一个十全十美的机器机关。有人说，没有破绽的机关不叫机关。"铁锁横山派"设计的东西虽然惊世骇俗，但也少不了破绽，为什么？因为它们都是人设计出来的，并非鬼神，只不过，"铁锁横山派"设计的机关，破绽难寻而已。

　　方孔子在藤条的缠绕下很卖命地往"软甲巨人俑"靠过去。这十六只巨大的"软甲巨人俑"所处的机关窍门叫"一线牵"，何谓"一线牵"呢？就是十六个"软甲巨人俑"其实是由一条线来控制着，这样有利于一个人把所有的"软甲巨人俑"控制住。这一点，是行家就可以看出来，方孔子虽对机关不怎么熟悉，但这点他还是看出来了。刚刚他跑出来的时候，李夜枭有提示过他。对付这种"一线牵"型的机关，只要随便把其中一个部分弄废就可以让整个机关瘫痪，但要靠近巨人俑实在是难如登天。机关师敢用"一线牵"手法，那他的机关就不是什么水货。

　　这不，任方孔子怎么跳怎么溜，还是给那些藤条缠住。这些藤条灵性十足，完全不让方孔子多走一步，数量越来越多，铺天盖地，如同蜘蛛散网。方孔子置身其中，就好比一只虫子误入了一个蜘蛛网里面，完全找不到逃生的缝，只有埋头乱窜。击倒其中一个"软甲巨人俑"就可以免灾，看上去何其简单，其实完全做不到。

　　"老方他看来是不行了。"张狂野摇头对李夜枭说。

　　"老狂你有什么办法吗？"李夜枭问。张狂野摇摇头，说："我现在在等死，你没看出来吗？"李夜枭呵呵一笑，说："我看老狂你气定神闲，还以为你可以救一救老方，看来，我不应该把太多的希望压在你的身上。"张狂野笑道："我张狂野盗墓多年，作孽过多，早该死了，不嫌这一天。"

"靠我自己喽。"李夜枭仰天长叹，左手提着的箱子嘎吱一声打开，李夜枭从里面掏出一把金黄色的小剪刀来。

"这是什么？"张狂野不禁问。"一把剪刀，名字叫'太阳神'，极端工业制造，我想，也只有它出马了。"李夜枭亮了亮手里握着的小剪刀，这小剪刀，浑身金灿灿的，在这昏暗的地方里倒也夺目，晃动起来，那光泽闪闪，耀人眼睛。

"太阳神？什么东西？"张狂野可是不明白。

"太阳神是西方神话故事里的人物，本名叫阿波罗，具有太阳一样的神力，是一个非凡的英雄人物。这把剪刀，锋芒所至，无坚不摧，无韧不断，跟太阳一样神奇。"

"呵，厉害，厉害，呵呵。"张狂野不以为然。

"它是产自大不列颠第二次工业时代，拥有一流的技术含量，还是大不列颠第一锻造家族花费了十年的时间制造出来的，天底下仅此一把，我有幸结识这个家族的一个少爷仔，花了十万英镑购买到的，它的锋芒，还没有人见过。"李夜枭解释着。

"一把破剪刀，能有什么作为？我的枪炮都不起作用。"罗大宝冷哼着。

"麻烦罗司令你想东西用点脑筋，好吗？"李夜枭说罢把箱子背到背上，手里的"太阳神"剪子甩手放出，这剪子真绝，一出手就跟飞刀暗器似的在空中来回旋转。李夜枭这手法真让人惊叹，剪子飞出去就往缠来缠去的藤条削去，众人瞪眼望去，但见金光闪烁，藤条不一会儿就被削断了，噗哧噗哧，锋利无比，一时藤条乱成一团，剪锋所到，断藤屑片纷飞，撒落一地。李夜枭随后跟上，几个蹿身，扑到"太阳神"前，伸手拿住剪子，一路剪去。

"这洋产品真是不一般。"张狂野赞道，看到李夜枭搞定那些藤条，他有些悦然了。

"我罗大宝佩服。"罗大宝看到这一幕，心情甚好。众人都一样，久闷着的心情顿时舒畅不已。

"老方，你给我回去。这里很危险。"李夜枭跃出去把困在藤条中的方孔子叫回去。

"李夜枭，你小心了。"看到"太阳神"剪刀的威力，方孔子赶紧抽身退到张狂野这边。看着李夜枭一个人表演，他还是不放心，随时做好帮忙的准备。李夜枭这一次出手出乎他意料之外，心里难免警惕了几分，万一意外，自己好及时出手。

"太阳神"宝剪在手，李夜枭如虎添翼，在一堆剪不断理还乱的藤条里面疯狂乱剪，十六个巨大的"软甲巨人俑"所喷射出的藤条已经被削得七零八落，众人拍手称快。可是，李夜枭剪光那些藤条后，"软甲巨人俑"不服输，一个个发出古怪的声音。这些精心设计的"软甲巨人俑"不是一般的难缠。眼看李夜枭就要跳到"软甲巨人俑"面前毁灭串联着的十六只巨人俑。却见李夜枭痛叫一声反身跳了回来，他慌张地叫道："快趴下，把脸捂到泥土里。"众人还未察觉出什么，李夜枭一说，个个趴下把脸死往地里埋。

大家都趴下之后耳际就是嘭嘭的轰鸣。

"软甲巨人俑"圆溜溜的脑颅一转，嘴里喷出一大团的雾气来，含在它们嘴里的那个球状物体也飞射而出，像炸弹一样落地爆鸣，发出五颜六色的光芒，非常耀眼。看到大家都趴下，李夜枭大声说："我不管你们是什么人，今天我已经出手，这事我管定了，你们'铁锁横山派'为什么要死守这里我不明白，但是，我们死了很多人，我不能再让你们杀戮了，你们有种就滚出来谈判。"软甲巨人俑"毒雾照喷，把整个舞马丘幽林弄得更加乌烟瘴气。没有人回答李夜枭的话。李夜枭收好身子，剪子一藏，手一挥，不知撒出些什么东西，好像是一些粉末状的东西，这些粉末遇上"软甲巨人俑"喷出的毒气，摩擦之下火花四射。不过，还好，这么一炸，毒雾顿时被清空。李夜枭站在地上，嘿嘿笑着，"软甲巨人俑"一个两个都呆住，看上去已然瘫痪了。

"你没事吧？"方孔子抬起头看到"软甲巨人俑"一动不动，问。

"没事，刚刚的毒雾我早料到了，放心。"李夜枭说。

"它们没事了吧？"张狂野抬头说。

众人也纷纷站起来，围在李夜枭身边。"软甲巨人俑"呆呆地不动，跟小山丘一样蹲在四周，那些丑陋的面貌，还蛮吓人的，绑在身上的藤条散散落落地挂着，狼狈得跟打了败仗的士兵一样，刚刚还在迅猛地攻击，现在已然彻底废掉了。

"'软甲巨人俑'也不过如此嘛。"罗大宝乐呵呵地说。

"你先别开心，刚刚多亏老枭，不然，你我怕已是尸骨无存。"张狂野叹气着。

"我说你这盗墓的，就没句好话。"罗大宝说。

"'软甲巨人俑'刚刚发出的毒雾和炸弹，如果不是老枭及时叫大家防备，大家现在就不会活生生地在这里说话。你们不知道，'软甲巨人俑'是'铁锁横山派'的扛鼎之作，没有见识的人，遇上非死不可。刚刚的毒雾只要吸到一点点就会令人当场死去，这毒雾可没有舞马丘幽林里面流转的雾气那么简单，还有那些炸弹，颜色多变，人只要看上一眼，整双眼珠就会掉下来，整张脸会腐化掉，人也会腐烂死去。"张狂野说着，大家瑟瑟发抖，想想这"软甲巨人俑"的确不一般，心里对李夜枭颇有感恩之意。

"老狂你老对'软甲巨人俑'挺了解的嘛。"李夜枭说，心里对张狂野的质疑还有不少。

"呵呵，老枭你才是真材实料，我张狂野就一个二愣子。"

"老狂，你这话说得我都脸红了。"李夜枭笑道。

才得一会儿的安宁，大家正开开心心的时候。轰隆隆，"软甲巨人俑"竟然在动，众人慌成一团。李夜枭说道："看来咱们逼得他们要来'泰山压顶'这一招了。""软甲巨人俑"再一次被激活，巨大的身子黑压压地围裹而来，十六只巨人俑环立四周，一步一步靠过来，这巨人俑高如参天大树，越近，逼迫感就越强，众人靠在一起，仰视着这些压过来的巨人俑，四周已被巨人俑的身躯围得严严实实，水泄不通。巨人俑巨大的体格就像一堵又高又大的城墙，软木所造的体格还坚不可破。众人心灰意冷，有的士兵还在试着打枪，子弹打在巨人俑身上就嵌在那里进都进不去。

"怎么办？我们会被压死的。"罗大宝惶恐地说。

"真是难以制服这些'软甲巨人俑'。"张狂野叹着。

"李夜枭。"方孔子叫了一声。李夜枭已是一步跳出去，一脚一脚踩在那些巨人俑身上，顺着巨人俑的身子走上去，迈到巨人俑的肩膀时，奋力弹身而出，一个旋风腿踢向那甲兵的圆脑袋。嘭，李夜枭脚力还不赖，一脚就把那甲兵的脑袋踢得裂开来。

"李夜枭，小心啊。"看到巨人俑脑袋被击碎，众人得意无比，方孔子大喊了一声。前面的李夜枭马上苦叫，他那只脚收回来不够快，巨人俑的头爆开后一条锁链呼地射出往李夜枭身上缠来，李夜枭的脚完全被锁链锁住。李夜枭一惊，整个人往地上砸去，惊心动魄间，众人一片唏嘘。不过，李夜枭反应很快，身子往下摔的时候手里掏出那把"太阳神"，一个仰躯，剪子一开，毫不犹豫地把那条毒蛇一样的锁链给咔嚓掉。

众人大呼好险，李夜枭干净利落地挺起身子，这回锁链一除，他又踏在巨人俑身子上往巨人俑的头部走去，手里的剪子一开一合，到了巨人俑的头部，他一个翻身，剪子往巨人俑的脖子捅去，不一会儿，出现了一个大窟窿。众人看得目瞪口呆，李夜枭整个人竟然从巨人俑脖子出现的大窟窿钻进了巨人俑肚腹里面。

"李夜枭。"方孔子怕出事，已快步赶上前去。

"张狂野，他这是怎么了？"罗大宝搞不清，只好问张狂野。

"我不知道。"张狂野很冷峻。

"你不知道才怪，是不是李夜枭死在这些鬼东西里面了？"罗大宝说。

"你自己走过去看看，不就知道了吗？"张狂野说。

"嘿，它们不动了。"有人开心地说。

众人这时才注意到"软甲巨人俑"定住了，不再气势汹汹地压过来了。

"难道是？"张狂野往那个被李夜枭敲碎头脑的巨人俑望去。

"爷，怎么了？"施白煞问。

"敢情是李夜枭他找到了这'一线牵'？"张狂野揣测着。

"什么'一线牵'？"罗大宝问。

"关你屁事。"张狂野说，"你一边去，说了你也不懂。"

长篇盗墓小说

大唐幽冥王墓

DATANG BINWANGMU

"你，张狂野，我可是给足了你们这些盗墓贼面子，你和我这么说话，你想找死吗？你不就一个小小的贼匪吗？你有什么本事有什么资格和我这样说话？你是想找死，我告诉你，张狂野，咱们之间的事还真没完。"罗大宝生气了。

"哟，罗大宝，你发火啊？你不要以为手里有杆枪就可以欺人太甚，我们忍你很久了，你说你当官就当官呗，没事还干扰咱们兄弟发财，你把我们往死里逼，我告诉你，不要以为你有多清高多青天，你还想名留青史？做你的春秋大梦去吧，我张狂野告诉你一句咱小老百姓都懂的话，狗急了也会跳墙，你明白吗？"张狂野骂着。

"张狂野，你还想跟军队斗？"罗大宝雷霆大怒。

"老子天不怕，地不怕，神不怕，鬼不怕，还怕了你不成。"张狂野气疯了。

"你好样的，总有一天我叫你掉脑袋。"罗大宝叫道。

"我等着，我会好好地慢慢地等你的，我倒要看看你能奈我何？"张狂野倒也不畏惧。

"你们盗墓的天生就一流氓。"罗大宝骂道。

"你说什么？你别侮辱人，小心我揍扁你。"施白煞拳头一摆，说。

"你算老几？和我说话你够资格吗？"罗大宝白了施白煞一眼。

"我宰了你这兔崽子。"施白煞相当愤懑，抡起拳头就往罗大宝的鼻子打去。

"住手。"张狂野把施白煞拦住，说，"咱们先让他多蹦几天。"

"张狂野，你什么意思？"罗大宝挽起袖子，一招手，他剩下的十几个部下聚拢到他身边来，长枪一对，指着张狂野一干人。

"呵，罗大宝，威风啊。"张狂野仰天大笑。

"哼，你们也别欺负我们没人。"施白煞指着罗大宝说。

"怎么？想死的就动手，试着动一下我罗大宝看看。"罗大宝拍拍身子说。

"你们这些臭不要脸的。"施白煞挣开张狂野的手，一拳正中罗大宝的脸，罗大宝痛叫着倒在地上，施白煞说道："你这个王八蛋，你叫他们开枪啊，老子什么都怕，就是不怕子弹。"他还把胸襟的衣物扯开，露出那虬状的胸毛和结实的胸肌。

"给我杀了他们，给我杀了他们。"罗大宝吃力地站起来叫着，施白煞这一拳不轻。

但没有人开枪。罗大宝可火了，拔出手枪，张狂野身子移到罗大宝面前，伸手夺走他的枪，说："罗司令，你说话注意一点，没人会在意你的。"张狂野笑着，刚刚他是故意松开鲁莽的施白煞，让施白煞打出那一拳。

"你们干嘛不开枪？"罗大宝回头看他的部下，厉责道，部下们一个个闷不出声。

"罗司令，你别激动，现在生死关头，咱们都要静下心来，老枭还在'软甲巨人俑'里面生死未卜，咱们最好不要产生什么分歧，对你，对我，都没有好处。"张狂野笑着说，在进来舞马丘的时候，张狂野早安排人去打听是哪一个部队要跟随罗大宝进舞马丘，这不，这支小军队，早被张狂野收买了，不然，像现在这种情况，枪火一点，张狂野他们可是性命都丢了，张狂野这人总不忘记给自己留一手，谁都知道，罗大宝打心里就憎恨盗墓贼。

"好，好，你们有种。"罗大宝疯笑着。

长篇盗墓小说

大唐豳王墓

DATANG BINWANGMU

　　"不是有没有种的问题，罗司令，好好养养你这霹雳性子，咱们是合伙做事，现在大事未成，咱们可不能因为一言不合互相看不顺眼就大打出手。"张狂野说着。

　　"随便你怎么说，反正，你的人已经打了我，我和你们没完。"罗大宝说。

　　"等出去了，咱们再算账，好吗?"张狂野冷笑道。

　　"哼哼，现在都是你的人，你说了算。"罗大宝咬着牙说。

　　"爷，你看。"施白煞叫张狂野往李夜枭钻进去的那个巨人俑看去，那个高大巨人俑的肚腹渐渐地裂开一条缝来，这缝隙越开越大，整个巨人俑像要爆裂一样，肚腹丝丝作响，隐隐约约还看得到里面有个人影。方孔子站在巨人俑旁，突然说："李夜枭，你出来了? 谢天谢地。"然后急忙伸手去剥开巨人俑肚腹上的裂缝，让李夜枭从里面钻出来。

　　"老枭，你总算是活着出来了。"张狂野带着人过来帮忙，这软甲一时半会儿很难撕开，里面的李夜枭有"太阳神"，这倒轻易许多。刨开"软甲巨人俑"的肚腹后李夜枭一副懒洋洋的表情走出来，微笑着说："看我给你们带了什么好礼物。"

　　"什么? 礼物就不必了，你救了大家的命，何需客气?"张狂野说。

　　"这个对你们有用的。"李夜枭走到裂缝处对甲兵肚腹里面扬声说："你出来吧，这里有我在，他们也不会对你怎么样，你窝在里面也怪辛苦的。""软甲巨人俑"里面有其他人吗? 这下，大家的眼睛纷纷往裂缝里面看去。

　　"里面有人吗?"张狂野真不敢相信。

大家也议论着，可是巨人俑肚腹里的那个人就是没有出来。

"你给我出来吧，杀了不少人，还怕什么？"李夜枭走上来把身子钻到甲兵肚腹里面，不一会儿就见他把一个人拖出来。这个人，头发蓬松，散落的头发把脸盖着，身子还算强壮，一只脚上绑着一大卷的绷纱，好像受过伤。他被李夜枭拖出来后挣脱李夜枭的双手，叫骂："你们这些混蛋，不得好死，你们侵犯了我们的祖宗，会遭天谴的，你们迟早会有报应，哈哈哈，哈哈。"他狂笑着。

"他是谁？怎么会在里面？他是什么人？"大家讨论不已。

"原来一切都是他在捣鬼。"罗大宝走上来，给了那个人一巴掌，骂道："你把我兄弟们的命还回来，你这个龟孙子，老子灭了你。"说着就要拔枪。

"罗司令，你脾气又来了。"张狂野说着罗大宝，他也上前来一边伸手去挑开那个人的长发一边说："你是'铁锁横山派'的人，我张狂野还真想看看你这人是个什么鬼东西？一直有说，'铁锁横山派'遭灭门了，看来是假的啊。"那个人的脸露出来的时候，一边的方孔子不禁叫道："老羊角，是你？"这个躲在"软甲巨人俑"里面操控着一切的人正是今天在村口阻拦罗大宝的副将还被打伤了一条腿的老羊角，也就是用弹弓打李夜枭的小羊角的父亲。这人是这个村子的村长，平日里向来不让村里的人到舞马丘来，看他的样子还要誓死保护舞马丘。

"我早就知道你们没安好心，哼，要杀要剐，请便。"老羊角恶狠狠地说。

"呵，你害死了我那么多兄弟，你还以为我不会杀了你吗？"罗大宝说。

"你们会遭报应的，哈哈，哈哈，你们全部都要死。"老羊角大声叫着。张狂野倒是很镇定，他想了想，说道："你胡说什么？你现在落在我们手里，你赶快把你的同道叫出来。"

"杀人，放毒，都是我一个人干的。"老羊角理直气壮地说。

"你不要以为我们不识货，你是'铁锁横山派'的人，据我了解，这里不止你一个人在和我过不去。你少装傻，你认识我张狂野吗？盗墓二十余载，你们这点小伎俩，我还不会放在眼里，说，你们为什么和我们作对，你的同党在哪里？"张狂野厉声说。

"张狂野，你也不见得有多高明，哼，若不是他，我老羊角叫你们死无葬身之地。"老羊角一拳打在地上，眼睛冷瞟着李夜枭。

"你还嘴硬哦，死到临头了。"罗大宝伸出手掌就要打老羊角解恨。

"罗司令，息怒，息怒，你别老动粗。"张狂野劝说。

"这人不好好教训，他不知道咱们也是狠角色。"罗大宝骂着。

"你们不用假惺惺，我老羊角知道自己在做什么，你们擅自闯进舞马丘，你们就得死，全部得死，谁都不能活着走出舞马丘，这是规矩。哈哈，我现在杀不了你们，你们也不要太高兴，狮子尾巴摇铜铃，好戏在后头呢。谁也不会有机会走出舞马丘。"老羊角扫了一眼众人，说着。

"你胡说什么？你吓唬我，你爷爷我是吓大的。"罗大宝特得意地说。

"吓唬你们，至于吗？"老羊角冷吭着。

"不管怎么样，我都要给我死去的兄弟报仇，你也别指望活了，不过，如果你肯把你那些同伙交出来，让他们束手就擒，那也是有

"功劳的，我会考虑给你一条活路。"罗大宝说。

"说得轻巧，哼，狗官向来不可信。"老羊角怒道。

"狗官？呵，我罗大宝是狗官吗？你到西安城里打听打听，我罗大宝这个人呢，口碑贼好，我像狗官？你可别瞎了你的狗眼。"罗大宝怒了。

"你不是狗官，你来舞马丘干嘛？"老羊角恶狠狠地说。

"找宝藏啊，我是为国家服务，把历史文明找出来。"罗大宝说。这是他最得意的借口了，以前盗墓的时候，他一直用这个借口，他可不会轻易暴露自己的目的。

"挖掘人民的祖坟，盗取人民的墓地，你们这些盗墓贼没一个好东西，你不是狗官是什么东西？王八蛋，见钱眼开的就是王八蛋，挖人民祖坟的官就是狗官。"老羊角越骂越厉害，嘴巴没有一刻是干净的。

"你说什么？你再说一遍。"张狂野听到老羊角侮辱盗墓贼，脸色就变了。

"盗墓贼没一个好东西，难道不是吗？"老羊角抬起头来说。

"你就是找死。"张狂野怒了，手掌一拍，重重地打在老羊角颧骨处。

"打死我你们也出不了舞马丘，我死了，你们垫背，哈哈。"老羊角疯笑着，他那颧骨已肿了一大块，血瘀成一团。

"你还诅咒我们，你真不想活了。"施白煞上前来。

"你们给我住手，能让李夜枭说几句吗？"方孔子大声呼着。认出是村里面的村长老羊角后，众人咄咄相逼，不给老羊角留口活气，他们也是一时心急，恨不得把老羊角杀死，然后再去把舞马丘里面

长篇盗墓小说

大唐幽王墓

DATANG BINWANGMU

的财宝挖出来。不过方孔子一出声，大家不再吵什么，怎么说李夜枭才是抓住老羊角的第一功臣，罗大宝低声说："我不是在审讯嘛，这方面我们当兵做官的很在行，对这恶劣的人可不能太心软，太多情。"

"你有完没完？"方孔子问了罗大宝一句。

"我不说就是了。"罗大宝看了一眼方孔子，也不再说什么了。

"李夜枭，你说说吧。"方孔子望着李夜枭。

"不好，口罩没有丢的赶快戴起口罩，没有口罩的把头藏在烂泥里。"李夜枭突然叫了一句，大家立马惊慌起来，纷纷按照李夜枭的说法去做。此刻李夜枭身子转过去大声地说："别鬼鬼祟祟的，你们的人已经被我抓住，想要他活命，就给我出来，咱们正大光明地过几招。"他话说完，一阵烈风吹过，一道浓烟滚滚而来，盖住大家的视线。大家赶紧戴上口罩，李夜枭叫他们到"软甲巨人俑"旁边躲着。安排好大家后，李夜枭一手提起老羊角，飞快地蹿出"软甲巨人俑"围成的圈，他有意把对方引开，离开毒雾阴翳的这个小圈子，他就好对付了，他可不傻着让人家占便宜。

还真不出他所料，自己把老羊角携带出来，一个瘦小的身影就跟了出来，李夜枭快速地奔跑着，那个人一边追着李夜枭跑一边打出一团团小小的雾弹，这些雾弹看上去有梅子大小。李夜枭身法出奇，一闪一挪，雾弹拿他没有办法，旁边的"血珊瑚树"被击中后化成了一堆血水，汩汩而流，淌了一地，犹如血池，令人恶心。

"得了，到此结束吧。"李夜枭停下来，他把老羊角放在地上，回过身来说："一十八枚'流雾弹'，你手里应该没有雾弹了吧？你再鲁莽，我可要伤人了。"

"你放了他。"追来的那个人放慢了步伐缓缓走向李夜枭。

"夫人，你理会我那么多干什么？保护舞马丘才是大事，你快回去把那些混蛋杀了，我能死在这个人的手里，我没有怨言，夫人，你快回去杀了他们。"老羊角远远就叫着。

"夫人？呵呵。"李夜枭这才看清楚追来的人是在村口扶着老羊角的那个妇人。

"老羊角，我怎么可以抛下你不管呢？我不忍心，我宁愿陪你一起死。"那个妇人很伤心地说着，"就是舞马丘完了，我也不能让你先死。"

"胡闹，我们祖祖辈辈守在这里，我们可不能毁了这里。"老羊角训骂着。

"我没有胡闹，咱们这次遇上高人，舞马丘注定要被发现的，我不管了，我大半辈子都死守着这里，老羊角，你说说，那么多年来偷偷摸摸的，咱们图个什么？咱们现在有了小羊角，就不能安安逸逸地过日子吗？"那个妇人走近了，李夜枭细心打量着这位夫人，她裹着一身白色的衣服，大概是为了在雾气里隐身吧，身段匀称，脸上围着一块雪白色的面纱，看不到五官。

"真是妇人之见，你，你叫我怎么说你，我们的身家性命不重要，咱们祖祖辈辈守护着的墓陵给他人破坏，我们可都成了罪人，你说，我死了又有何颜面去见死去的列祖列宗？你担当得起吗？"老羊角真是挺顽固的一个人。

"小羊角呢？你有没有替他着想过？"那个妇人低下头来。

"你好好活着，就不用去见你那些不讲道理的列祖列宗了。"李夜枭忍不住插嘴，他本来准备要好好地打一架，谁知人家两口子自

长篇盗墓小说
大唐邠王墓
DATANG BINWANGMU

己先吵了起来。

"你放屁，虽说我不幸栽在你手里，你可别得意，你也会死。"老羊角厉声说。

"我放什么屁？我说得不对吗？"李夜枭问。

"哼，要杀要剐，你来吧，士可杀，不可辱。"老羊角挺起胸膛。

"我杀你干什么？我为什么要杀你？"李夜枭苦笑。

"因为我是你的手下败将。"老羊角屈于人下，傲气不改。

"你不要杀他，他脾气不好，你们想要什么我都给你们。"妇人跪求着。

"你走开，我死活不要你管。"老羊角对那妇人吼着。

"老羊角，我背叛师门跟了你那么多年，何况，现在咱们有了小羊角，你死了，我和小羊角孤儿寡母的，那算什么日子，这些年，我一直在想，一个舞马丘，比一家三口幸幸福福在一起还重要吗？"妇人说着说着，已经哭成了一个泪人。

"反了，反了。"老羊角要被气晕了。

"呵呵，老羊角，听你们夫妻俩说来说去的，敢问一句，你是唐代西安显赫大族尚书租庸使刘震的后人？"李夜枭好没来由地问了一句。

在这阴森森雾蒙蒙的舞马丘，怎么说也不会牵涉到唐朝的东西，李夜枭这么一问，老羊角夫妇你看看我我看看你，一会儿老羊角说："我虽然不知道你是什么来头，但是，我已经输给了你，你爱怎样就怎样，要杀头，我眉头也不会皱一下，给你们这些混蛋杀死，我心有不甘，我心有不甘，我们'铁锁横山派'的技法让你识破，算我老羊角本事不到家，唉，'铁锁横山派'一门也就毁在我手里了，不过，如果不是你这个混蛋，他们有什么本事来对抗我老羊角，他们早被我贤妻的毒雾杀死，何需动用到我祖辈的'软甲巨人俑'。"

"呵，老羊角，你还没有回答我是不是刘震的后人？"李夜枭关心的还是这个。

"你想知道什么？"老羊角问。

"知道我怎么找到这里的吗？"李夜枭望了老羊角夫妇一眼。

"天知道，你们这些混蛋早就窥上了舞马丘。"老羊角怒声说着。

"天宝兵锋，莲绽之野，真龙之境，花舞大唐春，嘿嘿，这些你懂吗？"李夜枭说。他说完之后，老羊角跪在了地上，一脸的痛苦，说道："你找到了凤凰镇吗？十二个黄金俑，你看到了吗？"李夜枭哈哈一笑，说："不错，被我找到了。"老羊角顿时很沮丧，他摇摇头，说："就知道，唉，看来瞒不住了。"李夜枭说道："我想知道，幽王墓是不是在这里呢？嘿嘿，都说幽王墓骗人，我觉得还真的存在呢。"老羊角沉默着，那个妇人却说："老羊角，找上门来的始终来了，你还有什么不能说的呢？"李夜枭嘿嘿一笑，说："我知道，逼着你们说没啥意思，你们爱说就说喽。"

"幽王墓根本不存在，这是真的。"老羊角总算开口了。

"那舞马丘这里埋的是什么？"李夜枭追问，看来他之前的推论都完蛋了。

"我不知道。"老羊角摇摇头说。

"嘿嘿，你们不敢进去看看吧？好吧，看来我要换一种说法了，这里是一座唐墓，是唐德宗时期的墓陵，对吧？这个墓主就是当时的尚书租庸使刘震。"李夜枭这么一说，老羊角夫妇的手颤了一下。

"你这个混蛋早就知道了？"老羊角沉沉地说。

"我本来以为这里是幽王李守礼的墓陵，瞧你们的反应，看来你们是刘震的后人。你们那么拼命地守护着舞马丘，可想而知，你们对这位官位显赫的祖先很爱戴嘛，但是，你们说这里是你们的祖坟，我想，你们错了，这里根本就没有埋葬过人，更不用说是你们的祖先刘震，我想，这让你们很震惊吧，你们刘家世世代代守着舞马丘，连里面是什么也不知道，全然不知。"李夜枭淡然地说。

"你胡说，我老羊角告诉你，我虽然被你抓住，但不许你侮辱我的先辈，你会遭天打雷劈的。"老羊角愤愤地说。

"天打雷劈？"李夜枭笑了。

"你不得好死。"老羊角还在骂。

"老羊角，你少说两句，好吗？"妇人怕老羊角失言被李夜枭杀了。

"你一个女人，你懂什么？你现在赶紧回去杀了那些混球。"老羊角对妇人说。

"我不走，我不能让你死。"妇人很坚决地说。

"还是夫人你英明啊，你敢回去，老羊角他可能就要和你和小羊角永隔喽。"

"你敢。"老羊角怒喝。

"怎么不敢？盗墓贼最重要的一条就是不择手段，你明白吧？"李夜枭冷笑着。

"唉，遇上你这个小混球，算我倒霉。"老羊角狠狠地看了一眼他妻子。

"据唐韦述《两京新记》和清代徐松《唐两京城坊考》记载，租庸使刘震就居住在兴化坊中。"租庸使"，是唐代中央专门设置的征收租庸调的官员。嘿嘿，这官，油水很不错的啊，我记得，舞马丘这个地方就是当时的兴化坊。"李夜枭看到老羊角的火气稍好，就背些文字来印证这里是不是真的会存在刘震当时藏匿的宝贝。

"哼。"老羊角哼了一声。

"《唐两京城坊考》记载，那个时候有贼兵反唐占据了襄城，泾原节度使姚言因为救护襄城而得不到唐德宗李适的任何赏赐，就大闹长安城发动了所谓的泾原兵变，在长安城里外大量劫掠金银财宝，当时你们的祖先租庸使刘震让人押着'金银罗锦二十驼'出城外逃，自己则与家人随后赶来。刘震手里掌握着大量的财富珍宝。嘿嘿，还有，租庸使的职责之一就是保管朝廷的财物。也就是说，舞马丘里的宝贝与刘震有关，却不仅仅是他的个人财产，而是收缴上来的庸调及保管的宫廷珍宝。我想，这笔财宝一定不是个小数目。"李夜枭继续说。

"胡说，你是财迷心窍。"老羊角很激动地说。

"还有一重要文献《无双传》也对刘震出逃做了记载：当时城门守卫得知刘是朝廷要员不敢开城门，刘震只得又往其家所在的方位跑去。我们可以设想，在难以出城的紧急情况下，刘震不得不返回家中，将这些珍宝埋藏起来。而据该文献记载，刘震还做了叛军的命官。很快，唐军收复了京城，刘震夫妇被斩。刘震私藏的珍宝也就永远不被外人知晓了。其实，刘震还有一个儿子，他活了下来，刘震一直命令自己的后人要好好守护舞马丘里的东西，只是他没有说舞马丘里面到底有什么，他只说是祖坟，呵呵，刘氏夫妇被砍头，他们的尸体根本就不是埋在舞马丘，他的儿子还在舞马丘里编了一个鬼故事来唬人，说舞马丘里有神灵，害得千百年来没有人敢到里面瞧瞧，至于后来舞马丘怎么会出现你们'铁锁横山派'中人，我就不得而知了。"李夜枭很流利地说着。

"你们是有目的而来啊。"妇人叹着。

"盗墓贼当然是有目的才来。"李夜枭说。

"全是胡说八道。"老羊角还是不愿承认。

"你想想，当时泾原节度使姚言手握重兵，进到长安城里抢劫，谁会想得到，就连唐德宗李适都逃之夭夭，你们的祖先刘震有实力有能耐又住在城内，他可是有条件有权力处置官府财物的租庸使，他先叫人把大量的财宝外运，自己再和家人后面跟上，那也是完全符合当时情况的，我听说，舞马丘里面的宝贝大多是些体积小、数目不多、极精极美、价值连城的金银玉石之类的。"李夜枭层层说破。

"你怎么知道？你进去过？"老羊角狂叫起来。

李夜枭嘿嘿冷笑。

"不可能，绝对不可能。"连那妇人也不认同。

"我没有进去过。"李夜枭说。

"那你怎么知道？"老羊角差点说不出话来。

"大概在几十年前，有人进去过，你们有印象吗？"李夜枭说。

"谁？我怎么不知道？你分明胡说。"老羊角说。

"呵呵，当时守护这里的又不是你，我想，那是你父亲吧，不知他老人家有没有告诉过你，舞马丘不是没有人活着出去，至少我知道几十年前进来的那个人就没有死在舞马丘，而且他还和你父亲成为了很好很好的朋友。"李夜枭说。

"老羊角，难道是他？"妇人似乎想起来了。

"那个老头子吗？我小时候看到的那个常常喝得醉醺醺的老头子？"老羊角突然也想到了，异常兴奋地说。

"醉醺醺吗？哈哈，看来这个人还挺有意思的。"李夜枭不禁莞尔。

"你是他什么人？你怎么会知道他进来过？你说。"老羊角问。

"我也不知道。"李夜枭埋下头去，似乎在思考着什么。

老羊角和他的妻子看着李夜枭，妇人问："那个老人家过世了？"她说完这一句，身后啪的一声，妇人倒下了，李夜枭赶紧上去扶住她，她的背后被子弹打穿了一个洞，死了。老羊角暴吼一声扑上来，又是啪的一声，老羊角还没有扑出去就倒在地上，抽搐了两下也死掉了，看到老羊角夫妇惨死在自己面前，李夜枭咆哮一声，分外难过，本来还想和老羊角他们交流些什么，现在，他心中很多的疑问都解释不了。

"李夜枭，你没事吧？"方孔子第一个从雾中蹦出来。张狂野、罗大宝等一干人随后跟出来，并一一围了过来。

"谁开的枪？是谁开的枪？"李夜枭把老羊角的夫人轻轻放下，站起来看着大家问。他很生气，整个人变得无比的恐怖，如同一头发怒的狮子。看到李夜枭这样，没有人敢出声，大家一个个都默默地低下头。

"罗司令开的枪。"过了一会儿，方孔子慢慢地说，他第一次看到李夜枭如此怒火。

"你这个混蛋。"李夜枭扑向罗大宝，就要大打出手。他已经管不了罗大宝的身份了。

"这完全是误会，这是张狂野怂恿我的。"罗大宝吓得躲开。

"张狂野，你这个混蛋。"李夜枭回头怒视张狂野。

"我刚刚不是看到他们要害你嘛，一时怕你受害，我赶紧叫罗司令开枪，这不，把他们给打死，咱们也没有什么威胁。"张狂野吞吞吐吐地说。李夜枭发火，他也害怕了，哆嗦着嗓门解释着。当然，大家都不解李夜枭干嘛发那么大的火。张狂野和罗大宝两个也是为了他的安全着想，谁知道老羊角夫妇会不会给李夜枭造成伤害呢？

"你这个王八蛋。"李夜枭低下头给老羊角夫妇默祷。

"你不要不开心，刚刚雾很大嘛，我们压根没有看清楚，我们以为他们要伤害你，谁知？"张狂野说着说着却说不下去，想必，大家都看得出此时李夜枭的心情，最好别惹他。

"叫人把他们夫妇厚土安葬。"李夜枭怒叫着。

"是，是。"张狂野赶紧叫人把老羊角夫妇的尸体抬走。

"你是怎么啦？"方孔子不明白李夜枭为什么会这么伤心。

"老方，咱们走。"李夜枭向舞马丘幽林里面走去。

"你这是怎么了？"方孔子赶紧追上去。

"你是要走了吗？你可不能丢下我们不管。"罗大宝叫着，这里阴阴森森的，多亏李夜枭在，大家才保住性命。现在，舞马丘里面跟大家作对的人死了两个，谁又知道里面还有没有其他的余党？大家对李夜枭产生了很强的依赖性。罗大宝把老羊角夫妇打死后，李夜枭心绪低落，如果李夜枭不理他们，他们可就完蛋了。李夜枭这么一走，大家伙纷纷跟着李夜枭，在李夜枭身边，有鬼也不怕了。

"不是说好了一起盗墓一起发财吗？你临阵脱逃吗？"张狂野跟上李夜枭后问他。

"你们这些混蛋，啰嗦什么？跟着我就是了。"李夜枭说完这句之后就不再说话，埋着头往舞马丘幽林走去。舞马丘越往里面走越阴森，雾气越来越浓，这些带毒的雾，对李夜枭来讲，也无所谓。对其他人而言，在毒雾的渲染下，眼睛已经热辣辣的，有些人还流下泪水来，而且很难抹干净，有些人眼睛红红肿肿，像红鸡蛋一样，用手碰一下，疼得绞心，有人问李夜枭怎么办？李夜枭一句话也不说，方孔子笑说："他正在惩罚你们这些讨厌的家伙。"大家想是因为杀死了老羊角夫妇触怒了李夜枭，又给李夜枭赔礼道歉，李夜枭还是不理他们，一个人只顾往前面走去。

"不就杀了个人吗？你有必要这样子恨我们吗？我不杀他们他们也不会放过我们，我这不是为大家着想吗？你摆什么臭架子？"张狂野很不服气。

"张狂野，我告诉你，你再提刚才的事，我杀了你，你信不信？"李夜枭终于说话了。

"你杀了我？大家不都是为同一个目标而来？大家本来要好好协作，当初可是你找上我张狂野的门。"张狂野显然不满，"你为了杀了我们那么多人的人死掉而如此低迷，你说，咱们还盗什么墓？回家睡觉算了。难不成你和刚刚那两个人有亲戚关系？这样的话，我们更不用进去了。迟早会被你杀死给他们报仇啊。"

"张狂野，你说话小心一点。"方孔子听不下去了，退到张狂野身边低声对他说。

"我说话一向很大方，没有什么小不小心。"张狂野大声地说。

"你找死？"方孔子揪着张狂野。

"好，不说就不说，盗墓要紧。"张狂野立马笑嘻嘻，他也识相，再说下去，只怕对他可不利了。

“算你识相，不然，看我不打爆你的狗嘴。”方孔子松开张狂野，拍拍手说。

“老方，不要跟他们一般见识。”前面的李夜枭劝了一句。

“大家别伤了和气，别伤了和气嘛。”罗大宝也忙过来劝说。

“什么和气？把墓盗了，分了钱财，那才和气。”张狂野说。

“咱们总算走出这片鬼地方了。”前面的李夜枭突然说了一句，大家吓了一跳。

“怎么没有人来暗算呢？”罗大宝这么一说，大家都觉得奇怪，自从老羊角夫妇死了，队伍再没有碰到什么机关暗器，看来和大家作对的只有老羊角夫妇。这么一来，大家没有什么担忧之处，眼看宝贝唾手可得，人人都很兴奋。

走出浓浓的雾区，舞马丘算是走到头了，眼前豁然开朗，一个大山谷亮在眼前，山谷里面郁郁葱葱是一个大草坪，静幽幽地相当宜人。“就这里了吗？”张狂野傻了眼。大家都走出了舞马丘的雾区，眼前一亮，各自都忘了眼睛的疼痛，心中对眼前的山色赞美颇多，眼前这块地方宛如大白玉盘，伏山伏水，拥千禧万福。地脉更不用说，喜气凛然，蜿蜒出入，有金银脉之相理，实在是不可多得的风水宝地。

“墓陵在哪里？一片空荡荡的，不是说有墓陵吗？”罗大宝也傻了。

“你们急什么？舞马丘我们都走过来了。”李夜枭平视着眼前说。

“这里真的没有墓陵？”方孔子猜疑着。

“我们是不是给何翰林耍了？”罗大宝靠近李夜枭问。

“你们看不出来，张狂野还看不出来吗？张狂野，你说说。”李夜枭问张狂野。

"我可没什么好说的。"张狂野在思索着什么。

"这里的墓陵叫'隐墓',不是随便可以看到的,张狂野,亏你干了那么多年的盗墓,连这'隐墓'也不知道吗?"李夜枭哈哈大笑着说。

"'隐墓'?"大家伙一时间议论纷纷。

"'隐墓'我听说过,可我这辈子都没有遇见过,我怎么懂?"张狂野说。

"隐墓?"方孔子扭头看着李夜枭。

"'隐墓'就是地底下的墓陵,这种墓陵不会在地表留有记号,没有人可以确切地知道它们的位置。有些'隐墓'就算你天天在它的上面走过,也不会知道。说白了,我也没有真正见过'隐墓'。"李夜枭自己也说不准。

"那这里是'隐墓'吗?"方孔子问。

"看情况,应该是。"李夜枭点头说。

"这里这么大的地方,咱们怎么找到墓陵?"方孔子犯难了。

"其实,这里并不是哪个人的坟墓。"李夜枭一说出来,后面的张狂野就反对:"不是埋死人的吗?嘿嘿,那是什么东西?这里一定是唐时章怀太子和他儿子李守礼的墓陵。传说中的幽王墓,老枭,别以为我不知道,这里就是幽王墓吧?"

"老狂,你很了解嘛。"李夜枭苦笑了一声问。他早就知道张狂野有些不对劲,一直提防着,想不到,果然不出自己所料,张狂野对幽王墓有着很深的见解。张狂野笑道:"我当然要先掂量掂量这里的价值才会跟你来。"李夜枭说:"可惜,你错了,这里不是一个埋

长篇盗墓小说

大唐幽王墓
DATANG BINWANGMU

死人的墓陵，张狂野，你会很失望的。"张狂野可不会相信李夜枭的话，他说道："你胡说，史书记载，章怀太子和他儿子就是住在这块地方，嘿嘿，你想独吞了吗？"

"老狂，你先别激动，这里虽然不是什么太子王爷的墓陵，但是，我敢很肯定地说，这里是一个宝窖。"李夜枭淡淡地说。

"宝窖吗？"大家一阵惊讶。

"里面储藏着大唐时期的大量金银珠宝。"李夜枭说。他说到这里的时候，罗大宝走到他身边，悄声问："你不是说这里是'燃灯古墓'吗？怎么变成了大唐宝窖了？"李夜枭干咳一声，说："你别急，听从我的安排就是了。"罗大宝想了想才点点头。

"那也好，发大财了。"张狂野乐道。

"这里如果不是一个宝窖，也不会用'隐墓'这种奇特的方式埋葬。"李夜枭说着，他知道"隐墓"是古人用来保护自己财产的一种方式。

"希望你说得对。"张狂野说，心里却纳闷："他怎么知道那么多？奇怪。"

"接下来要找墓眼了，嘿嘿，老狂，看你的了。"李夜枭走到一个干净的草坪子前坐着，然后吩咐张狂野他们。

"你什么意思？"张狂野不以为然。

"什么意思？还用问吗？现在轮到你表演了，你们天天盗墓，找一个'隐墓'，嘿嘿，应该不难吧？"李夜枭说完就叫其他人先休息，然后叫张狂野他们去寻找墓眼。方孔子坐到李夜枭身边，小声说道："李夜枭，你真会装孙子。"李夜枭说："我们休息一下，等一下还有更辛苦的事做呢。"方孔子知道李夜枭明明知道怎么去找古墓墓眼，但是他懒洋洋地坐着，然后安排了张狂野他们，也不知道他葫芦里面卖的什么药。

"每人一把洛阳铲，开工。"张狂野哼了哼，走到前面把他带来的人一一分派，他带来二十个人，半途死了五个。他发话了，剩下的十五个人一人提着一把洛阳铲往前面的风水宝地跑去。

李夜枭把张狂野他们叫上，无疑想让张狂野这帮惯盗帮助找到舞马丘"隐墓"所在，要知道"隐墓"的具体位置不是随便找得出来的，除了手里握有特殊盗墓工具的盗墓贼。所以，在来之前，李夜枭心里早有安排，罗大宝的加入，无非是想用他的军队来打个幌子，不然，想进到舞马丘里来，实在是难。张狂野的加入，则是针对"隐墓"。

"张狂野，靠你了。"罗大宝叫着。除了张狂野和他的人，大家都坐到一边休息。

"不把这个宝窖找到，以后你们都不用干盗墓了。"方孔子嘿嘿笑着，不忘说风凉话。

"哼，我张狂野还要你们来训话吗？你们放屁。"张狂野把手里的铲子一扔，生气地说。

"老狂，我知道你心里很不爽，罗司令把村民们忽悠住，我把你们从老羊角夫妇的机关里救出来，最后这紧要关头，还得看你老狂。我说老狂，别忘了三更开棺，保你平安，咱们可别错过了时辰。"李夜枭安慰着有些小怒的张狂野，看看时辰，也将要三更了。

"哼，你们放心，我会把那该死的'隐墓'找到的。"张狂野说着又提起铲子去寻找，一边还叫其他的人打起精神来，睁大眼睛，不要放过每一铲泥土。方孔子笑道："看来，张狂野还是蛮好使用的嘛。"罗大宝不乐意了，哼了一声，说："他张狂野没什么了不起的。"李夜枭冷笑道："利益当头，谁不积极？不过，在我看来，想要挖走舞马丘的宝贝还真不是一件容易的事情。"罗大宝挠挠头，说："你这是什么意思？"

"等一下，你们会明白的。"李夜枭看向远方。

罗大宝这时候攀着方孔子的肩膀，低声问："你说说，这个'三更开棺，保你平安'是啥子意思？"方孔子不想理会罗大宝，他对军官很讨厌，直接说了一句："不知道。"然后推开罗大宝。罗大宝郁闷了，说："你怎么会不知道呢？你不是盗墓贼吗？"方孔子嘿嘿笑道："你说我是盗墓贼吗？"罗大宝马上无语了。

"'三更开棺，保你平安'是盗墓界里面的术语，意思是盗墓时开棺的时间最好在三更这个时候，只有这个时候不会出现什么尸变之类的事情。"李夜枭这时说。

"是吗？为什么？"罗大宝不明白。

"三更时候是死者尸体灵气最弱的时候，这个时候打开棺材，尸体遇到外面的气流后，灵气会全部熄灭，就不会发生尸变，不然尸变了，会很危险。"李夜枭很不耐烦地说。罗大宝愣住了，想来想去也想不通，说："谁说的？呵呵，感觉没那回事，尸体怎么可能活过来呢？"李夜枭笑道："盗墓群里谁都这么说，这是谚语，跟农谚差不多，顺口溜。"

"你这是对牛弹琴，跟他废话那么多干什么？"方孔子在一边说道。

"小子，你少多嘴。"罗大宝瞥了方孔子一眼。

"你也想捞捞油水吗？你还是老老实实当你的司令吧。"方孔子笑道。

"我不过是好奇，有人拼命地来保护这些墓陵，有人拼命地来盗取这些墓陵，都成流派了，你们说，这不是很好玩吗?"罗大宝惊异地说。

"那没什么，有盗墓必然有反盗墓的，就像你们一样，有军队的存在，必然是有贼的存在，这个世界就这样。"李夜枭解释说。

"爷，你快来看啊，是紫金土，是紫金土啊。"张狂野的一个手下突然大叫不已，他几乎进入了疯癫的状态，仰着身子举着手里的铲子，手里一把一把地撒着他挖到的泥土。所有人的目光都集中在那个人身上。张狂野激动不已，他一边飞身跑过去，一边向李夜枭几个招手叫道:"找到古墓了，我们找到了。"

# 第七章 墓　穴

　　盗墓者寻找地下古墓，经常用采集地下泥土的方法，有经验的盗墓者总结出来，墓陵的价值，要看覆盖着墓陵的泥土土质。根据老人家的说法，埋藏在墓陵里的财物长年累月对土质的渗透，久而久之便可以改变原有泥土的土质，这类土壤分为紫金土、黄金土、白金土、黑金土四类，按照所采集的土质，便可知道古墓里面是哪种质地的宝物。最有价值的是紫金土，这种土质的墓陵不多，多半是帝王墓。世间具有紫金土的墓陵少之又少，在这里听到"紫金土"这个词，一直很淡定的李夜枭也心头微颤，赶紧上前去看看。

　　"好土质，好土质啊，哈哈。"张狂野捧着挖到的紫金土壤不停地感叹。

　　"还真是紫金土，看来，这笔财富不容小觑呢。"李夜枭抓了一把泥土放到嘴里尝了尝，然后说。方孔子得意无比，笑问："李夜枭，味道怎么样呢？"一边的罗大宝不懂怎么回事，看到大家特别地激动，他黯然笑道："不就是几坯泥土吗？至于这么大惊小怪的。"张狂野一把推开罗大宝，说："罗司令，你一边去，别妨碍我们做事。"罗大宝怒了，说："你什么意思？这里也有我一份好不好？"张狂野白了罗大宝一眼，说："有你份又怎么样？你碍手碍脚的，我们怎么盗墓？"张狂野和罗大宝都快吵起来了，李夜枭对他们俩很无语，骂了一句："你们别吵了，你们都是有功劳的人，该做什么就做什么去吧。"罗大宝看着李夜枭，左看右看，一脸纳闷，他问李夜枭："那我该做什么？"李夜枭叹了一口气，说："你一边坐着吧，记得叫你的人在四周巡逻一下，别让别人发现我们。"

"好，我听你的，我亲自带他们去走走。"罗大宝提提腰带，手里拔出一把枪，领着他剩下的十几个士兵到幽林外面巡逻。古墓已经顺利找到，他对盗墓一窍不通，也懒得打搅张狂野和李夜枭他们。他认为自己和李夜枭是一伙的，也不怕李夜枭会对自己怎么样。这一次，"金佛手"是志在必得了。

"老枭，咱们动手吧。"张狂野说着，他的人已经准备好打洞进入地下墓陵，挖到了"紫金土"，大家都知道这个古墓非比寻常，一个个干劲十足。李夜枭点点头，说："嗯，老狂，这个就拜托你们了。"

张狂野看到"紫金土"之后，心里得意，叫着他带来的盗墓贼，有铲子的动铲子，拿铁锹的动铁锹，就在发现"紫金土"的那块地方挖出一个洞穴。这地方泥土鲜润，动铲子很方便，加上人手众多，地上很快出现一个圆形的坑，古墓眼看越来越近了。张狂野和李夜枭在一边看着，"隐墓"寻到，宝藏已然不远，心里都忍不住有些高兴。不过刚刚还有些高兴，一会儿，他们俩都变得有些愁眉苦脸，盗墓贼们挖的洞挖进去好几丈了，里面挖掘的人还在不停地往外面输送紫色的泥土，根本没有任何的惊喜，难道是挖错了地方？真是让人心急，张狂野往地洞下面连问几句，地洞里面挖泥的盗墓贼还是没有给一个确切的回答。

"不会错的，我都二十多年的经验了。"张狂野心里不安，嘴上却一直安慰着自己。

"别急，或许这个古墓藏得比较深。"李夜枭说。

"能不急吗？我从来就没挖过那么深的盗洞。"张狂野已经有些不耐烦了。方孔子在一边笑道："都挖到紫金土了，你还急什么？信不过吗？"张狂野做了几个深呼吸，然后在地上蹦了蹦，抚着胸腔说道："行了，我自己试着镇定镇定。"

就在这个时候，地洞里的几个盗墓贼突然撕心裂肺地惨叫连连，叫了几声后便沉寂下去，一直往外输送的泥土停止了，洞外接泥土的人都傻住了。有人往里面喊："喂，里面怎么了？挖到宝藏了？喂，里面的人回答啊。"地洞里面变得静悄悄的，哪里有人回答一句，突然遭遇这样的状况，大家都很好奇，纷纷往幽深的地洞里面看去，里面什么也看不清，大家一脸的茫然。李夜枭这时候却是大喊一声张手把围在地洞边沿的人全部扑倒。

大家愣住的时候，洞里轰轰然几声巨响，一股浓浓的黑烟喷射而出在天空中卷成一条黑色的蛟龙，浓滚滚的黑烟源源不断地从挖出来的地洞里面奋力涌出，令人晕眩。张狂野大叫："这是什么鬼东西？"李夜枭看着天空上的那条由黑烟卷起来的蛟龙，愕然说道："是'冥魂'，想不到我们真的遇到了。"张狂野顿时变得紧张起来，说："不是说这里根本不存在这种东西吗？现在怎么办？我可是没有遇到过这种东西。我听说，这种东西被激活后，为了保护它所守护的墓陵，会将墓陵方圆五百米内所有活着的东西全部杀死，不然它就不会回到墓陵里面。看来，咱们这次倒大霉了。"李夜枭端详着天上的黑色蛟龙，思考了一会儿，说："那个不是纯正的'冥魂'。"张狂野仓皇地说："不管正不正，这'冥魂'可不简单。"

"叫大家先躲到草莽里面去。"李夜枭吩咐道。

"好。"张狂野摆摆手，众人立马散个精光，纷纷找个草长树荫的地方藏着。从地洞里面腾飞出来的那条黑色蛟龙瞬间化为一个人形，一个古代将军模样，身披战甲，头戴金盔，一手金盾，一手大刀，额头上缠着一块血红头巾。他一出现，全身漫卷黑烟，在他的身后忽地形成十几个手持长矛的士兵，个个狰狞恐怖，面目凶狠，凶神恶煞一般。大家看到这一幕，一个个全傻了，李夜枭叫道："这家伙是个雇佣魂，大家先不要害怕。"

"雇佣魂？我看不像啊。"张狂野想不通李夜枭的意思。

"一般能形成'冥魂'的历代战将没几个，如果形成了'冥魂'，它们也该守在主人身边。这里并非什么王族的墓陵，居然有'冥魂'在这里，难道这里真的是'幽王墓'吗？嘿嘿，不过不像，这些'冥魂'简直就是流浪汉。"李夜枭说道。

"流浪的'冥魂'？你开玩笑吧？"张狂野不相信。

"我没有开玩笑，'冥魂'也有高低贵贱之分，流浪着的'冥魂'多半是个低级魂，你看到他的腰牌没？嘿嘿，这家伙虽然来头不小，成精成魂之后就没有那么厉害了。"李夜枭笑道。张狂野马上往那个将军模样的'冥魂'腰间看过去，说道："黄巢？他腰牌上写着'黄巢'二字。"

"这个便是黄巢魂。"李夜枭很肯定地说，一边的方孔子蹙眉说："奇怪了，它的'冥魂'怎么会在这里？"李夜枭笑了笑，说："他身后是他的魂兵，才那么几个，看到没？组成一个山寨军都难，你知道吗？盗墓书里面说最强大的魂是西楚霸王项羽的，号'霸王魂'，身后有三千魂兵，实力庞大。你们瞧这黄巢魂，身后就几个游兵散勇，它顶多算个雇佣魂。想必是没有地方去了，寄居在此吧。"张狂野看着李夜枭，沉吟了一会儿，然后说："看你的样子，很有信心打败这个黄巢魂。"

"他不就是一个农民起义的头头嘛，我呢，想想办法。"李夜枭盯着"黄巢魂"说。

"斗'冥魂'吗？你开玩笑吗？这可不是儿戏。"有人叹气道。

"放心，对付这个小'冥魂'我还是有余力的，若要对付那些高级魂，我也不会这么笑了，哭都来不及。"李夜枭把他的那个箱子打开，然后伸手在里面寻找着什么。张狂野看着李夜枭，心里实在焦虑，虽然说李夜枭在舞马丘幽林对付老羊角夫妇的表现令人震惊，但是他还是有些放心不下。现在李夜枭信口说可以对付眼前这个"冥魂"，"冥魂"这种东西是他们盗墓者最畏惧的东西之一，听老一辈的盗墓者说，"冥魂"拥有强大的杀人能力，一旦被激活，古墓方圆五百米内不留生命，听起来非常恐怖，不过，他盗墓多年，如今还是第一次遇到"冥魂"。

李夜枭掏了很久还是没有找到想找的东西。对面的"黄巢魂"勃然大怒，它朝着天空狂吼咆哮，身后的"魂兵"也跟着吼，鬼哭狼嚎一般，顿时昏天暗地，"魂兵"手里的长矛一摆就往草丛里面躲着的人刺去。"黄巢魂"则定定地飘在天空中，一张血筋满布的脸孔邪恶地面向大地，在唐末的农民起义中和大唐军队对抗，他虽说是个败寇，但是借魂而生后，王风不减，气势凛然。

"这是什么鬼东西？你们怎么都躲起来了？"带着部队去巡逻的罗大宝听到了"黄巢魂"和他的"魂兵"的鬼啸赶回来，看到高高在上一身邪胎鬼气的"黄巢魂"，吓个半死，向李夜枭大叫着。他的部下已经吓得把枪口一致对准那些"魂兵"哒哒哒地开枪扫射，虽说子弹是穿透力极强的武器，可"魂兵"非肉体之躯，枪弹穿过他们的身子就好像泥牛入海。"魂兵"不但一点损伤也没有，还恶狠狠地举着长矛向罗大宝他们刺来，有几个士兵着了道被长矛刺中，尸魂俱灭。

"什么鬼东西？你们给我出来帮忙？"罗大宝抖擞着手枪，张眼望去，张狂野等都藏在草丛里面，这生死关头，谁敢多说一声话，看到罗大宝带来的那些士兵死了都没有留下尸体，大家更是屏住呼吸，谁肯去帮忙呢？

罗大宝一干人回来后完全把"魂兵"吸引住，所有的"魂兵"围向了罗大宝他们，就连"黄巢魂"也被罗大宝他们吸引住。这一下，罗大宝吓得双腿发软，士兵逃不动就哭爹喊娘，甚者已是屁滚尿流，连开枪的力气也没有。"魂兵"的长矛箭射而来，中矛者尸骨化灰，惨不忍睹，对于没有人性的精魂而言，他们的力量就是要把古墓方圆五百米内的生物全部杀死，至于对方是什么它们根本不会在乎。

"老方，你准备好没，我去引他们过来。"李夜枭刚刚站直身子，现在一转身就跑了出去。大家都吓坏了，要是李夜枭也死了，大家就更加绝望了。李夜枭在跑出去的时候丢给方孔子一把手枪状的东西。

"这是什么？"张狂野问方孔子。

"不知道。"方孔子摇摇头。

"不知道？你怎么会不知道？"张狂野郁闷。

"这玩意是西洋货色吧，我怎么认识？"方孔子沉着脸色说，张狂野顿时慌张不已，说："完了，完了，你什么都不懂，老枭还把它交给你？"

"老方，快，开枪打它。"李夜枭大叫着往回跑，身后追着一只"魂兵"，眼看那"魂兵"手里的长矛就要刺穿李夜枭。方孔子才颤巍巍地提起手里那把奇怪的手枪瞄准那个"魂兵"嘭地开了一枪。李夜枭趁势一个翻身回到了方孔子身边说："我还不知道管不管用。"那个"魂兵"中了一枪，子弹没有穿过它的身体，它手里的长矛突然落到了地上，它的身体放射出无数道白色的光芒，看到这一幕，李夜枭拍手叫道："大功告成了。"那个"魂兵"的整个身子都在绽放白色光芒，光芒慢慢湮灭了它，最后"魂兵"整个身子摔在地上化为一堆泥土。

死了一个"魂兵"，那边的"黄巢魂"可怒了，一挥手，率着其他"魂兵"杀过来。李夜枭成功杀死一只"魂兵"后人也变得胆大了，一把夺过方孔子手里的那把枪，笑着说："'黄巢魂'，你这个小小的雇佣魂，还想难倒爷爷我不成，哼，对付你这种低级魂，你爷爷不费吹灰之力。"他手里的枪连续开火，嘭嘭嘭几下，几个追随着"黄巢魂"的"魂兵"通通被打中，然后全身放射无数道亮白色的光，最后洒落在地上化为一堆泥土。

"厉害，厉害。"张狂野站起来，鼓掌，他看到李夜枭已然胜券在握。

"你可要给我好好地教训这些死家伙。"罗大宝忍不住喊着。

"黄巢魂"飘在空中，看到自己的那些"魂兵"一个接着一个惨死在李夜枭的枪下，它化成一团黑色云雾融进了天上的乌云里面，天空乌云密布，黑压压地如同暴雨将至。不一会儿，黑云翻滚，"黄巢魂"突然从黑云里面伸出半截身子，它手里的大刀变成了一条很长的鞭子，鞭子奋力一甩就卷向李夜枭。这条鞭子腾飞而来还黏带着一道熊熊燃烧着的火焰，炎炎之气，灼灼之焰，草树顿时枯槁，大家也感到一阵炙烤，如同置身火炉之中。

"李夜枭，小心呐！"方孔子大叫一声。眼看长鞭就要卷住李夜枭，李夜枭身子一滚，那条长长的带着火焰的鞭子打在了地上，地面顿时裂开一道几丈长的痕迹。李夜枭侥幸躲过了这一鞭，手里的那把手枪扔到了一边。一鞭落空，"黄巢魂"抽鞭起，鞭卷入云，再发一鞭，狠狠地往李夜枭砸过去，它嗷嗷怪叫，忿恨不已。

"我的枪没有弹药了。"李夜枭躺在一边一脸无奈地跟方孔子说。方孔子很着急，问道："那怎么办？"

"我的枪有，我的枪有。"有人递了把枪过来。

"屁，你这是什么东西。"张狂野随即骂道。

"把我的箱子丢过来给我。"李夜枭对方孔子说。方孔子赶紧去找那口箱子。啪，"黄巢魂"的鞭子绽开一道雷电，呼一下，又劈打向李夜枭。"黄巢魂"这一鞭，风云变色，山呼海啸。李夜枭躲在草地里面，倒也不见他有什么畏惧之意，反见他嘴角稍动，有冷笑之意。这可把大家弄得心急如焚，一路过来，自己性命多半是李夜枭给挽救回来的，如果李夜枭出了事，那他们也是命悬一线，心里能不急吗？"黄巢魂"这只"冥魂"如此厉害，和魔鬼杀人一般不留余地。李夜枭那么镇定，让大家惊慌不已。

带着火焰的长鞭凌空而来，"黄巢魂"嗷嗷鬼叫，看上去极为嚣张。可是，不知道为什么，鞭子甩到半空的时候就没有再动了。众人错愕的时候，半空中的"黄巢魂"惨吼一声，它的手一摆，长鞭跌落到地面化为了尘土。"黄巢魂"全身爆出一道道火光，众人仰首惊视，"黄巢魂"被火焰烧烂了，遇风而化，整个身子在空中灰飞烟灭。

"我就知道，这个雇佣魂没什么了不起。"李夜枭这时候从草丛里跳出来，像个小孩似的欢呼雀跃。笑了一会儿，他才向躲在草里面的大伙招手道："你们都出来吧，没事了，那个'冥魂'死了。"

"你不是开玩笑吧，它，它真的死了？"张狂野冒出来问。看着灰蒙蒙的天空，"黄巢魂"已经被大火烧死了，那副邪恶的表情似乎还留在他的心里，他不敢相信"黄巢魂"就这么被杀死了，他根本不知道李夜枭怎么做到的。

"真死了。"李夜枭笑道。

"这是？这是？"张狂野还不肯相信。

"我这杆枪呢，填的是我从西洋带来的'曝光弹'，对付这么些雇佣魂绰绰有余。"李夜枭说，"你们不知道，'冥魂'的形成是因为他们死后吸取大量的黑暗灵气，我用'曝光弹'打进他们的身体，'曝光弹'遇到他们体内的黑暗灵气就会爆裂，把聚汇在弹体内的光物质发散出来，'冥魂'体内的黑暗遇到这种光质，黑暗被光侵蚀，没有黑暗的能源，'冥魂'就会枯竭而死，瞬间灰飞烟灭。"

"根本就不知道你说什么。"张狂野呆住，他对西洋的东西一窍不通。

"喂，不管了，不管了，反正这个'黄巢魂'和它的'魂兵'都死了，咱们赶紧到古墓里面去吧。"罗大宝和他的士兵都来到李夜枭的身边，罗大宝心里惦记的还是古墓。

"张狂野，那咱们进去吧。"李夜枭无异议。

185

"好。"张狂野虽说有很多地方不明白，想问李夜枭，但是李夜枭说的东西他哪里听得懂。说到进入古墓，"黄巢魂"和几个"魂兵"俱已死去，看来已经没有什么大碍，他盗墓这么多年，这一次是他觉得最麻烦最悲哀的一次，不仅遇到"铁锁横山派"的机关师还碰上了令人闻风丧胆的"冥魂"。可笑的是，是李夜枭救下了他们的命，想想真是窝囊。渐渐地他也信得过李夜枭。现在赶紧叫起自己的人先从已经挖好的那个地洞下去。张狂野的人进去之后，其他的人也一一跟进去。

"李夜枭，刚刚真是吓死我了。"方孔子笑道。

"老方，你还有胆量跟着我吗？"李夜枭笑道。

"嘿嘿，奉陪到底吧，我想瞧瞧你李夜枭到底想干什么？"方孔子一路上很少说些什么，其实他一直在旁边观察着，李夜枭所做的一切，似乎都精心安排，从凤凰镇到现在，李夜枭到底在干什么呢？方孔子百般猜疑，但是始终想不透，所以只有在一边等着看戏了。

"老方，咱们走吧。"所以人都进入那个地洞了，李夜枭推了一把方孔子，然后就跃下地洞，方孔子很无奈地说："李夜枭，我要的答案就在里面吧，嘿嘿。"说完便跟着李夜枭进入地洞。地洞昏黑昏黑的，还有一股浓浓的烧焦味道，大概是刚刚"冥魂"所散布的，里面亮着几盏油灯，是张狂野的人点的，大家一个跟着一个走在里面的一条地道上，地道是黑砖砌成的，墓道壁上画着不少的鬼怪之物，狰狞吓人。

"老枭，这下完了，这里就一条长道，一道偏门也没有，咱们该怎么走？一直走下去，只怕是死路一条。"张狂野提着一盏油灯来到李夜枭身边说。

"呵呵，张狂野，这里阴气盛，小心一些。"李夜枭环顾四周一眼说。张狂野停住脚步，说："咱们总要有个领路的。"

"你们都是惯盗，这路还看不清吗？你是为难我吗？"李夜枭说，他看得出张狂野的意思。张狂野是想李夜枭和方孔子走在前面，他们在后面，这样一来，一旦出了什么事，李夜枭和方孔子也先顶着。到时候，他们便可先逃跑。舞马丘幽林杀机暗藏，然后又遇到了"冥魂"这样邪恶的东西。眼看古墓墓道悠长深邃，想必也是步步杀机，谁心里都害怕了。李夜枭拒绝了张狂野的提议。施白煞就大声地说道："行的，老枭，我们都相信你。"施白煞这么煽动，大家纷纷说道："是啊，是啊，我们没有一个不佩服你不相信你。"

"你们是商量好了吗？"李夜枭尴尬死了，他怎么也想不到张狂野会留着一手，现在罗大宝的人也赞成李夜枭来开路寻道，一时间，大家都支持他，他百口莫辩，也想不出什么办法，只好沉默了。张狂野说："老枭，大家都很热情，你可别辜负了大家。"

"你们分明是想坑我们。"方孔子怒视着大家骂道。

"老方，既然大家都想我第一个走，我却之不恭受之有愧，嘿嘿，那就由我带路吧。你拿着电筒在后面给大家照明，咱们现在就去找墓腹。"李夜枭说着，带头走上前去，大家立马一片高呼。李夜枭心里很不是滋味。

"你可真干脆。"方孔子也不好说什么，把手电筒拿出来，一开手电，地道里顿是一片明亮，墓道里的环境立马映现在大家眼前，地道有些潮湿，路面坑坑洼洼，墓壁上尽是一些冥界鬼怪的图画，十殿阎王，牛头马面，判官无常，阴森森如同阴曹地府。顺着墓道往里面走，阴晦是阴晦一些，李夜枭的西洋电筒光芒四射，墓道也看得清了，大家胆子也大了起来。有些人还说说笑笑，高谈阔论，地道内一时间吵吵闹闹。可是，没走出几步，有人大叫一声就突然消失了，大家一片混乱，只有李夜枭大叫一声："赶快把电筒和油灯熄灭。"

李夜枭这么一说，大家马上把所有的油灯给吹灭，方孔子也熄掉手电。墓道里面死一样的静寂，大家不敢乱动不敢说话，呼吸都停滞了，静静地等着李夜枭的安排，过了一会儿，李夜枭没有再说什么，大家感到浑身不舒服，在裤脚的地方，突然像溜进去一条小蛇一样，小蛇从腿部慢慢地钻进裤裆里面，然后慢慢地往身上爬，小蛇滑溜溜的身子贴着肌肤，细微的摩擦，有些痒痒，大家却不敢动，有的人鸡皮疙瘩都起来了。大家都在想，这是什么东西呢？

突然有人尖叫一声整个人蹦起来，然后哭道："我不玩了，不玩了。"痛苦地狂叫了几声之后，再也没有声音了。

四周黑幽幽静悄悄的，自己就好像掉进了一个深渊里面，这个黑暗的深渊正在慢慢地吞噬着自己，心里面虽然感到很痛苦，但是嘴巴却不敢叫出来。爬到身上的那条小蛇不停地游走着，像是在逛街，大家感到了小蛇的存在后，头皮都发麻了。因为这个小蛇到底是什么东西谁也不知道。不一会儿，脚跟那里突然爬上来一群蝼蚁般的小虫子，这些小虫子慢慢地顺着腿往上爬，和当初的那条小蛇一样。

密密麻麻的小虫子不停地往他们身上爬，一粒一粒的，从脚部到腿部然后到腹部，然后蔓延到胸部，接着上到颈部，有人伸手去拍了一下，可是什么都没有。这是怎么了？有些人已经感到那密密麻麻的东西爬上了自己的头颅，好像要从头颅那里挖出来一个窟窿，然后密密麻麻的小虫子拼命地往窟窿里面钻进去，去咬自己的脑浆脑髓，然后从咽喉那儿一路撕咬，直到把自己的五脏六腑全部咬烂。

"这是什么东西？"罗大宝汗水直冒，他问了一下身边的张狂野。

"我们中咒了吧。"张狂野很恐惧地说。

"我快忍不住了，我想离开这里。"罗大宝很辛苦地忍着，他快忍不住了。

"最好不要乱动，不然你死得很惨。"张狂野警告着。

"这到底是怎么了？"罗大宝都快哭出来了，又向李夜枭叫道："李夜枭，救救我们。"

李夜枭没有回答，罗大宝更是急了，但是为了保命，他哪里敢乱动。张狂野说："你别多嘴了，小心丢了性命。"他心里嘀咕着："难道真的遇到了古墓里面的'虫咒'，这下不好了，要是被小虫子给杀了，可怎么办？"他心里面找不到任何的办法，"虫咒"这种东西，他也不大清楚，只是在前辈的谈话里面听说过，有些古墓，为了不让盗墓贼轻易进入古墓盗窃，请了一些苗疆的巫师在古墓里面施下了所谓的"虫咒"，盗墓贼闯进了古墓，遭遇了"虫咒"，然后就会被无形的虫子吞噬而死。这种东西本来就是无稽之谈，张狂野当时不在意，可是，现在他隐隐感觉，自己浑身都爬满了虫子，一只只如同蝼蚁一般的小虫子，好像一下子就占领了他的躯体，伸手去摸的时候，身子上根本没有虫子附体。这不是"虫咒"的话，还能是什么？已经有人死掉了，虽然黑乎乎的看不清，但是站在他身边的一个士兵，突然动弹了一下就不再动弹了。他感到无比的恐惧，不过，他还在等待，等待李夜枭拿出办法来。

然而，大家都在等待的时候。

方孔子突然被一个人扯了一下，那个人在他的耳边轻声说了句：
"走了。"然后就扯着他往前面走去，方孔子愣了一下，但是他还是
跟着那个声音往前面走去。四周伸手不见五指，那个人也不知道是
谁，方孔子跟着他走了一段路程，他还想着等一下怎么来对付这个
人的时候，眼前突然冒出来一道火光，火光照射，他才看清这个人
是李夜枭。

　　"呃，李夜枭，你搞什么？"方孔子诧然说道。

　　"嘿嘿，老方，我想既然已经进入了古墓，那我们就要和他们分
道扬镳了，他们找的和我们找的东西不同，没必要在一起。"李夜枭
这是故意甩开张狂野和罗大宝他们。方孔子沉吟不语，李夜枭说：
"怎么？难道你很想和那些草包在一起吗？"方孔子笑了笑，他才知
道，刚刚那种"虫咒"是李夜枭故意弄出来的幻觉，让张狂野和罗
大宝他们动弹不得，然后自己脚底抹油溜掉，想到这个，方孔子盯
着李夜枭的双眼，说："李夜枭，你到底在搞什么名堂？"李夜枭一
脸坏笑，还是不肯说出他心里的主意。

　　"你的手怎么回事？"方孔子这时候冷冷地看着李夜枭的右手，
不知道为什么李夜枭的这只手竟然燃烧起来了，跟一个火把似的，
这里的火光便是从他的手上散发出来的。李夜枭的手可以燃烧，方
孔子感到很诡异，但是他还是很镇定。李夜枭扬了扬他燃烧的右手
笑道："我在上面涂了一层易燃的粉，没事咧，这种火，烧不到皮
肤，不会对我有影响的。"

　　"这样啊？嘿嘿，我的手电筒刚才丢在那里了。"方孔子一脸不
好意思地说。

　　"有我这个手就足够了。"李夜枭呵呵笑着，把燃烧着的右手随

长篇盗墓小说

大唐邠王墓
DATANG BINWANGMU

便甩甩，火光摇曳，这条墓道也变得渐渐清晰了。方孔子问："那我们接下来怎么办呢？"

"找宝藏呗。"李夜枭说完把燃烧着的右手摆到一边墓壁上，火光闪耀，墙壁上便出现一大堆的文字，有大有小，密密麻麻。李夜枭看了几眼就说："这上面写的我一个字也看不懂。"方孔子嘿嘿冷笑，说："蝌蚪文吧？你看得懂才怪。"李夜枭把燃烧的手靠近墓壁一些，然后很仔细地去观察那些蝌蚪状的文字。

"你的手没事吧？"方孔子比较担心李夜枭那只火焰旺盛的右手。

"好了，明白过来了。"李夜枭说着吟吟一笑，左手往墓壁一推，说来真是奇怪，他轻轻地一推，墓壁居然出现了一道门，方孔子吃惊的时候他手一挥，说："咱们进去吧。我的手你放心，我有工序的啦。"说着他已经迈进了那个门。方孔子傻了，耸耸身子往门里面走去。李夜枭用手里燃烧着的火光照耀着，他这只手比火把还好用。

还被困着的张狂野和罗大宝他们一伙在漫长的等待中，实在忍受不了"虫咒"的袭击，一个个突然发疯了一样叫嚷着。张狂野轻声叫着李夜枭的名字，但是李夜枭一直没有回答。他有些恼火了，说道："老枭是不是出事了？这样的话，咱们只好鱼死网破了，大家往前跑去，有什么事我负责。"他说完已经拔腿往前面的墓道跑去，也不管看不看得清路。他这么一说，大家纷纷跟着，一时间乱套了，有些还撞在了一起。

张狂野和罗大宝不管身上那"虫咒"的痛苦感受带着大家往墓道里面跑去，不一会儿听到后面轰的一声，大家停下脚步来，回头看去黑茫茫瞧不出是什么。罗大宝回过头来，手里面弄了一会儿，一束光照射出去，这是李夜枭落下的手电筒，他刚刚捡到了一直提在手边。众人随光看去，前面烟尘滚滚，也看不到什么，罗大宝说："这是怎么回事？"

"老枭你真是我们的救命大恩人。"张狂野突然跪下，往前面拜倒，然后说。

"你这是怎么了？"罗大宝满脸疑问，他不明白张狂野在干嘛？

"老枭他真是一条汉子，老子佩服他，刚刚我们遇到了'虫咒'，老枭他们俩一定是在那边对抗着这个邪恶的巫咒，不然我们哪里能轻易跑出来。老枭他是怕大家逃生来不及，现在'虫咒'爆炸了，他们俩估计已经被炸得粉身碎骨了。"张狂野几乎要哭出来。

"真是有情有义的汉子，等出去后我给他们立个牌位，天天供奉他们。"施白煞委婉地叹息。

"他们死了？"罗大宝愣了。

"看情况是活不成了。"张狂野说，一脸假惺惺的，他心里比谁都明白，刚刚的爆响是他一声造成的，他带着大家跑出来的时候在那边留了一个土雷。他对李夜枭和方孔子早就不怀好意，而李夜枭一直对他抱有怀疑，他很不爽，干脆一不做二不休，现在就要找到宝藏了，为了独吞宝藏，他渐渐地起了杀心，趁着这个机会，干脆炸死李夜枭和方孔子。李夜枭找到他的时候，他就没打算和李夜枭一起分舞马丘的宝藏，罗大宝加入，他就更不满了。

"他们死了？我们怎么办？"罗大宝问，听到李夜枭和方孔子死掉了，他心里立马一片空白，李夜枭还说帮他找到"金佛手"，这一刻，他难过得要死，没有李夜枭，他该何去何从呢？自己的手下已经被张狂野收买，接下来他一个人该怎么办呢？

"我们有愧于老枭他们啊！"张狂野叹气说着。

"做盗墓贼的一只脚进了棺材，总要有代价的。"施白煞低下头说，他了解张狂野，他也清楚这是张狂野一手造成。张狂野笑道："我看咱们也快到墓室了，现在咱们先把这里的宝藏洗劫了吧。"罗大宝现在孤掌难鸣，心里不爽，可是他很无奈，冷冷地说："你张狂野说了算吧。"张狂野拍了拍罗大宝的肩膀，说："我们往前面走，罗将军你拿着手电筒在后面照明，有油灯的先上。"张狂野指挥着大家，罗大宝满脸鄙夷，他一个司令官，被张狂野颐指气使，想发火，但是这里不是西安城，他淡淡地叹了口气，说："不会再有危险了吧？"

"跟着我走就是了。"张狂野说完，一阵轰隆隆的响声从他们后面袭来，响声地动山摇，整个古墓都在摇晃了。张狂野面色一变，说："完了，咱们刚刚跑的动作太大，撞上'铁锁横山派'的机关了。"

"怎么回事？"施白煞靠过来问。

"我真没有预料到，'铁锁横山派'还有这一手，咱们快跑吧，要不然宝藏没有拿到手，人就给压死了。"张狂野不再多说，提着一盏油灯往洞道里面跑去。

"走了，走了。"罗大宝慌慌张张地跟上。

"施白煞，等一下设鬼道。"张狂野跑到了前面不忘嘱咐一句。

"明白了。"施白煞应了一声就跟着大家往前面跑。

大家后面轰隆隆的巨响正是"铁锁横山派"的一个机关，名字叫"滚木阵"，所谓滚木是由一根根巨大的木头组成，上百根巨木组合在一起，行之辘辘，如同战车，滚木压来铺天盖地不留痕迹，遭遇的东西甭管你是泰山还是昆仑，一概夷为平地。当然这是夸张的说法，不过这种全靠重力压死人的机关还是很有威名的。滚木轰隆隆的声音震着大家的心，大家越跑越慌乱。一路奔跑，身后的声音越来越响，感觉滚木就靠到自己的背脊了。

施白煞这一刻却是站住了脚，叫道："你们先去找宝藏，我留下殿后。"

施白煞这叫"设鬼道"，盗墓贼在盗墓过程中遇到生死攸关的危机时就会留下一些人来"设鬼道"，有时留下一个人，有时留下一堆人，"设鬼道"意思跟做牺牲品差不多。给自己"设鬼道"就是牺牲小我，完成大我。作为盗墓贼，被叫去"设鬼道"是一件很荣幸的事情，也是义不容辞的，因为这是兄弟们看得起。当然，不到万不得已的时候是不会"设鬼道"的。施白煞被叫下来"设鬼道"，他知道自己没得选择，应付"滚木阵"也只能找他这个孔武有力的汉子。他停住脚后，看着大家纷纷往前面跑去，心里一阵辛酸。为了保卫大家的性命，他豁出去了，还好他在墓道四周找到不少巨石之类的笨重物体，然后抱过来堵住洞道，他臂力惊人，不一会儿便抱过来一大堆的石头把整个墓道给堵上。

张狂野和罗大宝带着大家往前面跑去，绕过几道弯后便看到了一扇门。

"罗司令，叫你的人炸了它。"张狂野指着门说。

"好。"罗大宝叫士兵们弄出几个手雷堆到那扇门上，然后点燃导火线。

轰轰轰几下，烟火浓浓滚滚地飘出来。这时候门缝里面叮铃叮铃几声，几个金币从门缝里面滚出来。"发财了，发财了。"几个贪心的士兵忍不住上前去抢金币，又听轰轰几下，显然还有未响的手雷，这几个贪心的士兵被炸了个粉碎。张狂野愣了愣，望着浓浓的硝烟，说："哼，就这点出息。"罗大宝很无语地看着，直摇头。门被炸开了一个缺口，张狂野招手叫大家进去。罗大宝这时拉住张狂野的手，问："施白煞他没事吧？"

"他吗？他应该死了吧。"张狂野说完扭头就进了缺口。

给自己"设鬼道"的人，基本抱着必死的心态，能活下来的很少。

# 第八章　大宝窖

　　众人一个接着一个钻进那个被炸出来的缺口，罗大宝往后看了一眼，手电筒照了照，那边灰尘滚滚，"滚木阵"轰隆的声音没有刚刚那么大了，施白煞怎么样了？罗大宝捡起地上几块散落的金币茫然地跟着大家钻进那个缺口。到了门里面，里面金光灿灿银光闪闪的就是一个钱币的天堂，整个墓室堆满了金色银色的币块。

　　皇天不负有心人，被"铁锁横山派"的"滚木阵"追赶，误打误撞到了这个钱库。大家看着眼前那堆积如山的金币银币，两眼冒光，欲望膨胀，神魂颠倒，他们哪里见过那么多的钱币，这些钱币铸造精巧，璀璨华丽，价值不菲。

　　"张狂野，你说奇怪不？这么大的一个地方，除了这些方方圆圆的钱币外居然没有其他值钱的宝贝。"罗大宝抓起一把把的金币对张狂野说。

　　"哼，这里不过是一个钱库而已。"张狂野踏在这些金银钱币上，笑了笑，又说，"一个银库，我们就够发的了。"

　　"我刚刚看了一下，这些钱币纯金纯银，能卖个好价钱。"罗大宝拿着一枚金币说。

　　"你也懂这个。"张狂野问。

　　"略懂，略懂，平日里打击你们这些盗墓贼，我自然要长些见识，不然我怎么对付你们，呵呵，我说得对吧？张狂野。"罗大宝瞥了一眼张狂野说。

"罗司令你口口声声打击盗墓，大家都说西安城里的罗司令视钱财如粪土，我看不然，圣人向来不好当。"张狂野媚笑着。

"张狂野，你这是什么话？"罗大宝说。

"我说罗大宝，你少给我装傻，你想扮猪吃老虎吗？"张狂野厉色问道。罗大宝不以为然，说："我可不明白你的意思。"张狂野骂道："好，大家都不是什么圣人，不都是为了日子过得富裕些吗？"罗大宝点点头，说："心照不宣，心照不宣。"张狂野笑道："有了钱，你就可以让自己的部队扩大，也好对付阎老西。"罗大宝脸色一沉，说："对付阎老西，我自有办法。"张狂野笑道："就差钱了吧？"

"张狂野，咱们不说这个，说这个。"罗大宝把手掌里的一枚金币翻过来递到张狂野面前。张狂野白了罗大宝一眼，问："不就是块金币吗？怎么说？"罗大宝不禁莞尔，说："张狂野，你可不识货了，这种金币世间难遇。"

"我怎么不识货了？开元啊，不就是大唐朝那个唐玄宗吗？李隆基。"张狂野看着罗大宝手掌里那金币上镌刻的"开元"二字，想了想，说。罗大宝点点头，然后说："是唐玄宗李隆基不错，不过，这个和普通的'开元通宝'不一样咧。"张狂野哼哼冷笑，说："怎么讲？李隆基的时候大唐还处盛世，这金币很正常。"罗大宝好像对古玩还蛮在行，思索了一番，整理了一下思绪，说："如果我没有记错的话，这种金币叫'金开元'，是当时皇家才能拥有的钱币，从不允许在乡间流传，而且铸造的并不多，甚是稀罕。"张狂野听到"稀罕"二字，顿时精神抖擞，说："这么说都在这里了？这'金开

197

元'。"

"这里怎么数也有上万枚，应该都在这里了。"罗大宝说。

"那我们是大大地发了，真的有那么稀罕？极品？"张狂野问。罗大宝点点头，说道："说白了吧，这'金开元'是当时唐玄宗一人专用的金币，怎么能不稀罕呢？"

"皇帝专用吗？厉害，厉害。"在罗大宝面前，张狂野倒显得肤浅了。

"我记得杜甫写过一首诗叫《曲江对雨》，'城上春云覆苑墙，江亭晚色静年芳。林花著雨燕脂湿，水荇牵风翠带长。龙武将军深驻辇，芙蓉别殿漫焚香。何时诏此金钱会？暂醉佳人锦瑟旁'。"罗大宝吟诵着，他是个读书人出身，各种古籍都有所涉猎，这么一说，张狂野对他倒有几分的崇敬。

"罗司令，这个又怎么说？"张狂野对诗词是一窍不通。罗大宝告诉张狂野，唐玄宗最喜欢开金钱会了，所谓的金钱会就是当年唐玄宗自己所设立的名动一时的宫廷活动之一，唐玄宗一开心就会携杨贵妃到城楼上把手里的这些"金开元"向文武百官撒去，这是皇帝的恩赐，楼下的文武百官为了一枚"金开元"甚至会争得头破血流。"金开元"在那时候是一种很稀有的钱币，唐玄宗这个金钱会在当时影响可不小。

"原来如此。"张狂野心里可要好好打算盘。

"据说，这世上还没有谁真正见过这'金开元'，咱们这可是第一次发现，你想想，我们把'金开元'带出去，那可是惊天动地的事情。"罗大宝笑着说，张狂野已经开始幻想了，说："第一次发现吗？看来咱们走运了。"罗大宝说："以前关于金钱会和'金开元'

长篇盗墓小说

大唐幽王墓
DATANG BINWANGMU

的流传，大家都不认可，现在咱们可以还原历史了。"

"罗大宝，你的书还真没有白读。"刚刚还水火不容的张狂野和罗大宝遇上这满地的大唐钱币，聊得还挺投机。

"还有，你再看看地上这些洋钱。"罗大宝指着一个角落里面那些五花八门的钱币说。

"怎么说？我除了知道它们很值钱外，其他的我算是门外汉。"张狂野这方面的知识匮乏无比。

"我们西安古城号称什么来着？"罗大宝问。

"十三朝古都，世界四大古都之一。"有人回答说。

"对了。说得好，张狂野，你看看这些钱币，上到春秋战国时期，下到晚唐，各种钱币都在这里。还有这些洋币，东到日本的奈良币，西到土耳其的伊斯坦布尔，大唐盛世的各种'开元通宝'，高昌古国的高昌吉利钱，日本元明天皇时代的'和同开珍'银币，波斯人带来的萨珊银币，东罗马金币，还有罗马希拉克略金币，咱们这次真的是祖上积德了，哈哈。"罗大宝一枚又一枚地把拾到手里的金银币给张狂野看，然后慢慢述说着。张狂野目瞪舌结，将信将疑，说："都是很稀有的吗？"罗大宝说："是的，都很稀有，而且这里数量还不少。"张狂野已经乐得合不拢嘴。罗大宝问："张狂野，呵呵，咱们这笔买卖还真不错，你可想好了给我些什么彩头呢？"张狂野哈哈大笑，说："罗司令，我会给你一个好彩头。"

"谅你也不敢对我怎么样，再说你贪心也不会不把我罗大宝放在眼里，现在李夜枭这小子死了，咱们算起账来也容易多了，对吧？"

"呵呵，那是，我本以为我们的罗司令还要当圣人呢。"

"我是表面圣人，这人心啊，就怕诱惑。"

"罗司令，说得好，老子欣赏你。"

"这里堆积了大量的大唐古币，你可要让你的人好好清点，这钱币虽小，咱们一个也不能落掉。"罗大宝看着张狂野的人已经在打开随身携带的袋子装钱币，提醒了一句。张狂野笑道："我的人手脚比谁都干净，倒是你罗司令的人，我可不好说。"

"我的人？"罗大宝回头看着自己剩下的十来个残兵，怒目一扫，说："你们谁私拿了，马上给我拿出来，你们这是搞什么？偷偷摸摸的让人笑话，你们还怕没有你们的好处吗？跟着我罗大宝出生入死我罗大宝有亏待过你们吗？"他这么几句话，那些士兵纷纷低头，一一从口袋里掏出私藏的金币。

"真是没出息。"罗大宝羞得脸红。

"罗司令，不如，咱们到其他地方走一走，这地方应该不止这么一个宝库，嘿嘿，一个金银库已如此地让人喜爱，老枭不是说这里是个大宝窖吗？想来，还有更多我们不知道的宝贝，咱们难得进来一次，可不要放过了那些大宝贝。"张狂野打起另外的主意来。

"行啊，你张狂野是出了名的肚大能容，金口阔开。"罗大宝笑着说。

"哪里，哪里，我们那么辛苦，死了不少兄弟才进来，你说我们能轻易就走吗？对吧？"张狂野带上两个人往金库里面走去。

"行，我也不怕和你一起贪得无厌。"罗大宝带上人跟上张狂野。

李夜枭与方孔子进了那道门后里面出现了一个很狭小的过道，两人从过道里进去，没走几步，方孔子就问："李夜枭，你的手真的没有事？我都闻到烧焦味了。"

"烧焦味？有吗？哪里有？"李夜枭东嗅嗅西闻闻着说。

"你的手都烧糊了。"方孔子惊讶地看着李夜枭那只燃烧的手。

"没有，老方，你放心，我的手烧焦了我自己会有反应，你老瞎说，你不用老记挂着我这只手，咱们还是用心寻找咱们要的东西。"李夜枭挥了挥带火的右手，一脸无赖地说。方孔子纳闷了，说："那你辛苦了。"李夜枭呵呵一笑，方孔子猛摇头，他是服了。

两人走了一段路，李夜枭挥着他燃烧的右手，火光照耀，不一会儿他们两个就进到了一个小墓室里面。李夜枭挥着手在里面寻找了一下问方孔子："你嗅到了什么？"

"药味，很浓重的药材味，这里是什么地方？"方孔子捂着鼻子，在门外的时候他就闻出这里有股不寻常的药材味，呛到了他的鼻孔，他感觉很难受，都快恶心呕吐了。现在来到小墓室这里，里面堆满了药材，还有很多奇奇怪怪的药具。

"这里是大唐国的药库吧？我看看。"李夜枭在小墓室里面走了一圈，然后在那些药具面前流连，嘴巴里面念着："丹砂、紫石英、白黄石、钟乳石，哇，这些东西可是很稀世的药材，还有不少炼药的器具，炼丹器、石榴罐、煮药器、双耳护手银锅、单溜金锅、单流折柄银铛、饮药器，大唐的时候我国的医药已经相当发达了，炼药风行，盛极一时。以前不懂，现在看到这些，果然名不虚传。"

"这些你也懂？"方孔子面对眼前这些稀奇古怪的药具药器不大明白。

"多看点书，自然会知道，唐朝的时候医药特别发达，有什么'药王'孙思邈什么《唐本草》之类的，现在看来，这炼丹药确实有他们的一套，这里还有不少名贵药材，很多都是世上快要绝种了的，你喜欢什么就拿吧，人生在世不称意的时候总会用得着。"李夜枭把一堆名贵草药推到方孔子的面前。

"我要这些做什么？你要的东西找到没？"方孔子对药材没什么兴趣。

"我还没有找到，应该不在这里吧。"李夜枭说。方孔子赶紧扯着李夜枭往外面走，说："那我们快出去吧，这里的药臭味让人难受。"

"药臭味？"李夜枭欣然一笑。

"你喜欢这种味道，我可顶不住了，我先出去。"方孔子转身就跑了。

"真的有那么难受吗？"李夜枭跟出来的时候，方孔子弯着腰在那里猛呼气。

"你不知道，我天生受不了那些药味。"方孔子脸色苍白地说。

"好了，我带你去一个地方。"李夜枭手一挥，火光一闪，他拉着方孔子向前走去，过了几个弯道，李夜枭在一堵墙上敲了敲，嘎吱一声，一道门出现了。李夜枭把这里当自己家一样，想进就进，想出就出，方孔子一脸的不解，跟着李夜枭走进了这门，扑鼻而来的是漫天香气，方孔子傻住了，香气把他的鼻孔给堵住了，令人陶醉，沁人心脾，这香，是花香？是蜜香？是胭脂水粉的香？是姹女香？

"老方，享受着点吧，别把自己给迷失了。"李夜枭呵呵笑着。

"这里是什么地方？"方孔子无比地享受。

"香的国度。"李夜枭呵呵一笑说。

"是香囊吗？好多香囊。"方孔子把香气嗅尽，睁眼一看，眼前挂着不计其数的香囊，大大小小，五颜六色，香气浓郁，撩人心胸。

方孔子忍不住上去摘下一个置之鼻前，势要把香囊里面无穷的香气给吸尽。看到方孔子这一副傻样，李夜枭觉得好笑不已。

香囊是大唐时代一些贵妇人必备的日常生活用品之一，也是当时的贵妇人特别喜好的物品，无论是狩猎还是出行游玩都随身携带，所到之处，香气袭人，催人魂魄。香囊以前还是传情带信的信物，女孩子赠香囊，可谓是情似长河，滔滔不绝。这香气缭绕的小东西，用来迷倒自己喜欢的人轻而易举。香囊在当时甚受人喜爱。香囊因人而异，大小、形状、颜色、所裹的香，都与香囊主人的性子爱好相投。所以，这香囊纷繁复杂，花样百出。有一点是它们比法国香水还来劲，李夜枭是出过洋的人，整天和那些洋香水打交道，这回遇上传统的中国香，骨子里闷骚不已，这香还是故土的好，总有种说不出的亲切感。

"你怎么知道这里有那么多的香囊?"方孔子陶醉了一番后，问李夜枭。

"猜的。"李夜枭笑道。

"你来过这里吗?"方孔子问。

"你说呢? 其实我也不知道这里会有这么多的香囊，大概是这里的主人喜欢收集香囊吧。唐朝那个时候上到皇帝嫔妃，下到各阶层的贵夫人，老老少少没有不喜欢香囊的。据说，四大美女之一的杨贵妃也很喜欢香薰。"李夜枭伸手拿一个香囊放到鼻前嗅了嗅。

"遍地香气，我一个大男人都给迷死了。"方孔子赞赏地说。

"哈哈，迷死你最好了。"李夜枭说。

"你说，这香囊怎么会这么香呢?"方孔子问。

"香囊本来就是香的，不过这大唐的香囊还有一个奥妙，它不但由金银丝制作，而且香囊外部不管你怎么抖动，封藏在香囊里面的香盂总是保持不变，里面的香料不会轻易地泄漏出来，所以香囊很香，一直很香。有时候真的很佩服我们的老祖宗，这种平衡装置的原理和陀螺仪的原理差不多，西洋人前一两个世纪才发现这个，开始用于航海领域。"李夜枭慢慢地解释着，方孔子听得似懂非懂，拿着个香囊使劲嗅嗅。两人在香囊室逗留了一会儿，香气把他们身上的药臭味祛除后李夜枭才拉着方孔子走到外面去，他说："这香气可真讨厌，差点让我忘了我们来这里的目的，咱们可不要被这些香气熏晕了头脑。"

"你来这里是不是找宝贝的呢？"方孔子问。李夜枭哈哈大笑，说："宝贝？当然是宝贝，只是我要找的是更大的宝贝，这个地方我真不放在眼里。老方，做人鼠目寸光可以，但是不能没有野心，一个人连正当的野心也没有，那活着也太没意思了。"方孔子听到这番话就乐了，他本来就是个财迷心窍的人，他问："难道这里还有其他的大宝藏吗？"

"大宝藏吗？呵呵，没有。"

"那你又说。"

"你总会明白的，我现在说了也白说，你未必懂。"

"那这里的宝贝岂不便宜了张狂野他们。"

"他们跟着我们来，怎么说也帮了大忙，我们没必要去和他们争这里的一分一毫，就当犒劳犒劳他们，这里值钱的宝贝数不胜数，张狂野他们如果能拿走，也是他们的造化，不义之财如流水，不是说拿走就可以拿得走的。"

"那咱们到底在找什么？"

"你跟我来。"

李夜枭带着方孔子从香囊室出来后就往一个洞道里走去，穿过了几个门壁他们来到一个很高大的门面前，李夜枭燃烧着的右手挥一挥，火光来回，整个门壁映入眼帘，门壁两丈多高，上面堆满了各式各样的浮雕，祥云、盘龙、仙人、鸟兽、童子、莲花等等，看上去吉祥如意。李夜枭在门壁前摸索了一下，说："我要找的东西，应该就在这里了。"

"你可以开这个门吗？"方孔子看着门壁，这么大的一个门，怎么开？除非有火药。说到火药的话，他兴趣就大了。

"这个门和机括联系在一起，不是轻易可以打开的，触动了这里的机括，你我都会死在这里。"李夜枭一边说着一边在门壁上摸索，过了一会儿又说："这里是'铁锁横山派'的机关师设计的机括，你知道吗？'铁锁横山派'有一个弊病，他们的脑袋都是榆木头，总喜欢跟木头打交道。"方孔子笑道："那是，人家干一行，爱一行，你就想着怎么开门吧。"

"也许吧，这帮白痴，呵呵，开这个门不难，看到没，这门看上去像石头一样，其实你被它骗了，它是用木头做的。"李夜枭敲了敲这个门说。

"木头？"方孔子走上去摸了摸，感觉真像木头，眼看着还以为是一个大石块打造的，"铁锁横山派"的手工够挑剔够厉害。方孔子摸着摸着，心里暗叹，不认真来看看，真给骗了，他对李夜枭说："你眼光真好。"

"见得多了。"李夜枭在门面上轻轻地左敲敲右敲敲，还把耳朵贴到上面，说道："这种门你炸开它，它会引动门外面的机关，机关启动瞬间就会将人杀死。这种门它没有设计钥眼，'铁锁横山派'聪明就聪明在这里，他们设计的门是声控型的，他们编排着一套声音，只要节奏合拍，门就会打开。"李夜枭说着还真轻轻地去敲那扇门。方孔子一头雾水，说："怎么说？我不是很明白。"李夜枭说："意思就是用敲门的方式来开门。"

"那你知道他们设计的敲门声吗？"方孔子问，他很好奇，天下间居然会有这样神奇的门，用敲门的办法来开门。他看着李夜枭，心里真不敢相信。"铁锁横山派"设计的这类门就是用敲门的方式来开门，他们按照敲门的位置、轻重、敲出来的音色、节奏等等来给门设计好，一旦敲出了门所对应的声音，门就会打开。这种门除了机关师本人知道门所对应的声音外其他人是不知道的，除非机关师说出来，所以打开这类门，不能马虎，如果声音敲错了，藏在门内的暗器就会射杀敲门者。

李夜枭在门上找了许久也没弄到什么窍门。他知道"铁锁横山派"喜欢制造这类门，可是"铁锁横山派"的敲门声千变万化，想推敲出这扇门的声音来还需努力，不过李夜枭没有泄气，他细心地寻找着，手指轻轻地敲着那扇门，一边思索一边念念有词地说什么乾上转，偏右，轻三分，离七分，左去，重五击，坤行，小拍六节。

方孔子在一边特别地郁闷，看着都困了。

"喂，老方，我先进去喽。"门居然轻轻地被打开，李夜枭满脸悦然地看着方孔子。那扇门打开了，李夜枭敲对了声音吗？

"这样也行？"方孔子不敢置信地揉了揉模糊无比的双眼。

"当然了，费是费时间，我还是有这点能耐。"李夜枭已探身进门，方孔子赶紧跟进去，门里面堆满了各种金玉宝贝，熠熠生辉，把整个宝库都给照亮了。满眼光耀，怪刺眼的，李夜枭走上前去，摸着那些金银器具说："这些金玉器，真是无价之宝。"

"李夜枭你也会被这些东西迷住？"方孔子觉得有些不可思议。

"那么美妙，我能不被迷住吗？你看看这些宝贝，玲珑剔透，造型美极，巧夺天工，你看看，这些心血，能不让人感慨吗？在以前纯手工业的时代做出来，多精致，多精巧，你能想象得出，这些宝贝是怎么弄出来的吗？"李夜枭白了一眼方孔子，似乎想说："你别以为只有你老方是个财迷。"摆在他们眼前的正是大唐时期一些颇有代表性的精器，看上去多是一些日常生活用品，杯碗盆盂，千姿百态，风格古怪，有描写大唐民俗的，有描写大唐盛世风情的，还有描绘西域各国的风情结合西域各国锻造技法的器具。诸如萝草龙凤纹银碗、双狮子纹多瓣银碗、乐支八瓣金碗、人物八棱金杯、海善纹高足银杯、镶金兽首玛瑙杯、鎏金仕女狩猎八瓣金杯、鸳鸯金碗、鎏金鹦鹉提梁罐、水晶白玉碟、琉璃捧玉杯、翡翠镶银碗、双狮兽首玛瑙杯。

李夜枭在眼前的这些金银器具前走了一圈，对方孔子说："这些宝贝堪称空前，你来看看它们的制造工艺，无论是切削、大焊接、小焊接、丝焊接、铆技法、镀技法，都是一流的。你看看这个小金盘，螺纹同心度非常精确，纹路细密、精巧，盆子子扣和母扣都是多面加工，子母扣结合紧密防止了物体的轴心摆动的情况，这技法相当成熟。"李夜枭说着，方孔子一声不吭地跟在他的身后，面对眼前这些璀璨的宝物，他心里得意无比，在凤凰镇午氏大宅的时候他徒劳无获，眼下总算找回些平衡感。

"李夜枭，你太对得起我了，哈哈。"方孔子拍了拍李夜枭的肩膀说。

"哎呀，你心里喜欢这些宝贝，不过它们可不属于你。"

"喂，你这算什么话？上一次你不让我拿，这一次你也不让我拿点，算什么啊？"

"有些东西即使让你拿，你也拿不走。"

"说什么丧气话呢？我呸！"

"这里和很多古墓不一样，小心点吧。"

"呸，呸，尽说这些不吉利的话。"方孔子很扫兴地说着，李夜枭还想说些什么，身后突然有个声音惊叫道："张狂野，我好像见鬼了。"这话是罗大宝说的。李夜枭和方孔子回过头去，地下轰的一声，一个天旋地转，李夜枭和方孔子脚下一轻，嗵的一声就坠到地面去，踩到陷阱了？金灿灿的宝贝不见了，摔进了一片黑溜溜的世界。正在方孔子惊恐无比的时候，李夜枭总算把他那只右手给点燃了，火光照耀，他们才看清自己掉进了一个笼子里面。笼子四壁给木头紧封着，上下左右都是密封的木条。他们摔进来后才明白掉进陷阱里了，方孔子敲了敲那木壁，咚咚咚响了几声没什么感觉，木板固若铁壁，方孔子看着李夜枭说："天杀的，咱们怎么掉进这个地方来了呢？"李夜枭用手上的火光照着在笼子壁上摸了摸，沉吟半会儿说："如果我没有估计错误的话，这个地方叫'死灵笼'，是'铁锁横山派'的机关师设计的机关。"方孔子感到很烦躁，骂道："又是什么铁锁横山，这里的机关也太多了。"

"如果我没有估计错误，不出一会儿我们就会死在这里。"李夜枭不抱什么希望了。

"你说什么？怎么可能？"方孔子感到很诧异。

长篇盗墓小说 大唐幽王墓 DATANG BINWANGMU

"很快这里便会成为一个真空空间，人是不能在真空里面存活的。"李夜枭说。

"真空吗？那咱们怎么办？'铁锁横山派'那么多的鬼阵我们都闯过来了，我们不会就这样死在这里吧？"方孔子有些不耐烦了。

"'铁锁横山派'这个'死灵笼'把笼子里面的空气抽干了，不留半点的氧气在里面，人掉进这里，能维持生命的只有刚刚打开笼子瞬间冲进来的一点点氧气，我估计这点氧气不能支撑我们很久。'死灵笼'等一会儿散发出一些毒气，我们更无奈了。掉进'死灵笼'的人十个有九个半是活不出去的，老方，我们必死无疑了，这木头做成的笼子，它可是铜墙铁壁，比那些'软甲巨人俑'还坚固。"李夜枭绝望地说着，方孔子吓住了，呆呆地看着李夜枭，问："那就是等死了？我们真的会死在这里吗？"李夜枭摇摇头，说："人生自古谁无死。"方孔子恨恨地说："我只是不甘心。"李夜枭微微一笑说："没有什么，闭上眼睛就过去了，这是天意。"方孔子看着笼子的顶面说："只是便宜了上面的那些人，他们可以逍遥快活去了。"李夜枭愣了一下，问："谁？谁逍遥快活？"

"刚刚你没有听到吗？罗大宝的惊叫，他说他见鬼了，明摆着是看到咱们，他们大概也看到上面那些宝贝了，真不甘心，那个门是你打开的，宝贝却给他们那些混蛋了。"方孔子愤懑地说。李夜枭顿时无语了，叹息着说："你是不甘心人家发财吗？"方孔子满脸埋怨地说："唉，我怎么那么倒霉呢？"

"君子爱财取之以道，你看你，为了几个钱至于这样子吗？"李夜枭看着无精打采的方孔子说。方孔子挠挠头，说："你不懂了。"李夜枭笑了笑，指着方孔子身边的一个杯子问："这是什么？"这个杯子是随他们一起掉进来的，落在方孔子旁边他没发现而已。

"刚刚一起掉下来的吧。"方孔子把那杯子捡起来看了看。

"那是唐玄宗时候的鎏金舞马衔金杯。"李夜枭说。

方孔子把这个杯子丢给李夜枭，说："这杯子挺精美的。"李夜枭拿过杯子，仔细地瞧了瞧，然后告诉方孔子，当年唐玄宗李隆基特别喜欢舞马，当时马的用途不仅仅在于战争、交通、运输，更多用于宫廷贵族社交和宫廷娱乐，唐玄宗非常喜欢舞马，他在皇宫里面豢养的剽悍马匹就有几百匹，无一不是西域良种。皇宫里面的马闲暇的时候由侍马官养在兴庆宫勤政，到了千秋万岁节的时候就牵出来在花萼楼给唐玄宗跳舞。所谓的"千秋万岁节"，便是唐玄宗的寿辰。大寿那一天，骏马披着锦绣衣裳，马头上挂着璎珞打扮得喜气洋洋，牵马的士兵也是披金挂玉，意气风发。舞马先是跳上一个三丈高的板床，然后壮士们高高抬起舞马，舞马嘴巴里衔着一个漂亮的酒杯，杯里面装满了酒，众壮士抬着它们去向唐玄宗祝寿献酒，几十匹马儿，几十杯酒，唐玄宗当天是喝得晕头转向。

当时的喜庆场面奢华无比，唐代的诗人张说留有一诗，叫《舞马千秋万岁乐府词》，里面有两句特恰当，"更有衔杯终宴曲，重头掉尾醉如泥。"关于唐玄宗喜欢舞马的故事，在《旧唐书》、《新唐书》、《通典》、《通志》、《乐府杂录》、《明皇杂录》都有提到。

"这个皇帝真会玩。"方孔子笑道。

"唐玄宗是个风流倜傥的家伙，哈哈。"李夜枭笑着说。

"唉，我现在是想玩都没意思了。"方孔子满脸颓然地说。

"你情绪至于这么低落吗？"李夜枭讥笑着方孔子。

"我现在想我们都快死在这'死灵笼'里面还谈什么玩乐呢？"

长篇盗墓小说

大唐斕王墓

DATANG BINWANGMU

方孔子悲怆得就要一头撞死在"死灵笼"的木壁上。

"老方，唐玄宗他还有一个很好玩的娱乐活动，你想知道吗?"李夜枭好像根本没有认真去听方孔子说话，还在提唐玄宗的事情。

"你说说我为什么这样没用? 我对唐玄宗不感兴趣了。"方孔子拍打着自己的头说。

"唐玄宗他还喜欢撒金钱，召开金钱会。"李夜枭微笑着说。他记得有一本史书记载，唐玄宗喜欢在承天门大摆宴席，宴请群臣，席间喝多了酒，一开心就会向楼门下的文武百官撒金钱表示赏赐群臣，那时灯红酒绿，群臣个个醉醺醺的，为了皇上的金钱，不惜争抢，最后是撞得头破血流上演一出出闹剧，丑态百出，有一个人叫张祜，他写了一首诗叫《退宫人》，里面写"开元皇帝掌中怜，落入人间二十年，长说承天门上宴，百僚楼下拾金钱"。李夜枭说给方孔子听的时候，方孔子已然眼神呆滞，面无表情，他说："唐玄宗的荒淫你又不是不知道。"李夜枭看出方孔子快不行了，脸色苍白，呼吸很困难，他赶紧问："老方，你现在感觉怎么样? 呼吸还好吧? 头晕不晕?"方孔子咧嘴一笑，说："我挺好的，你呢? 你怎么样了?"李夜枭淡然笑道："我没事的，'死灵笼'里面的氧气越来越少了，老方，你撑着啊，实在撑不住就躺下来睡一睡，不知不觉中死去没有半点的痛苦很舒服。"方孔子摇摇头叹气道："你说话真逗，这种时候我怎么睡得着?"李夜枭还是那句话："人生自古谁无死。"

"就是死得太窝囊了。"方孔子还是很不甘心。

"盗墓贼死在机关师的手里也不算窝囊嘛，所谓天敌嘛，老鼠遇到猫头鹰它必然死在猫头鹰的腹中。"李夜枭想出了个比喻。

"老鼠? 猫头鹰? 谁是老鼠谁是猫头鹰?"方孔子躺在地板上，

211

整个身子软软的，他早就呼吸不畅快了，但是他一直忍着，他不想被李夜枭看到他那么脆弱。呼吸困难，胸闷头晕，他一早就出现这样的状况，但他撑了许久终究还是扛不住躺了下来。

"老方，你还好吗？"李夜枭忍不住问。

"我没事。"方孔子摸了摸鼻尖，咧嘴笑了笑。

"小子，你可不要太逞强了。"李夜枭还想挖苦方孔子。

"李夜枭，我不行了。"方孔子双眼翻白艰难呛了口气说。他的身子抽搐几下就不动了，后来他双眼里面的泪水缓缓流出来，只听他声音很小很小地对李夜枭说："我先走了。"

"老方。"李夜枭扑过去一把揽住方孔子的身子，方孔子嘴里吐出一大堆白色液体，然后头一晃就昏迷过去。李夜枭急了，使劲按着方孔子的人中，压着方孔子的胸口，可是方孔子还是没有醒过来。这时候"死灵笼"四个角落源源不断地飘出一缕缕白烟，"死灵笼"里面暗藏好的剧毒烟雾自动散发出来了。李夜枭心里很着急，火光闪耀的右手渐渐地变得暗淡，然后慢慢地熄灭。"死灵笼"里面顿时昏暗无比。

"没办法了。"李夜枭把手里那个箱子提过来，嘎的一下打开箱子，这个神秘的箱子，里面装的都是他盗墓时候用的各种工具。他伸手到箱子里面找了一会儿，一道白光射出，他的手里拿着一根一尺多长的东西，类似于棍子可又不像，闪闪的散发着雪莹雪莹的光。此物在手，"死灵笼"不再昏暗。李夜枭就把昏过去的方孔子背起来，提起箱子，手里的那根发光的东西一挥，他奋力一跃，那根东西往头顶上的"死灵笼"天面一戳，这坚如金硬似铁的"死灵笼"竟然被他捅出一个大洞来，他用力一划，那根东西宛如一把锋利的大刀，"死灵笼"的天板已被削出一个很大的缺口。李夜枭正想跃出去，但是他看到了一样东西，勾勒在"死灵笼"的一面板壁上的一堆文字，洋洋洒洒的几十个字，他瞄了一眼，"死灵笼"内剧毒烟雾渐渐多了，他的头开始晕眩，他顾不上那些字身子一撑就跃出"死灵笼"。缺氧甚久了，获得新鲜空气，久旱逢甘霖一般。他把手里的那根发光的东西藏进箱子里面就去把方孔子弄醒，方孔子极度昏迷，李夜枭拿出一枚药丸塞进他的嘴巴，恍恍惚惚间他悠悠转醒过来，然后愣愣地摸着头，问李夜枭："我们还活着？我们还活着吗?"李夜枭点点头，嘴唇一翘，嘻嘻笑着。

"我们出来了，对吗？我们逃出了'死灵笼'吗？你可真厉害。"方孔子不敢相信。

"老方，你累吗？"李夜枭把方孔子扶正坐好。方孔子呵呵一笑，说："我没事的，我不累。"李夜枭笑道："瞧你这德性，不累才怪，好好休息吧，能活着出来不容易呢。"方孔子满脸疑问地看着李夜枭，问："你怎么把咱俩带出来的?"

"一不小心我们就出来了。"李夜枭故作白痴地说。方孔子看着李夜枭，他心知李夜枭故意不说，他可以理解李夜枭的做法，李夜枭做事，他也不想去过问太多。

"你不要想太多了，嘿嘿，有些东西没必要知道。"李夜枭说。

"我明白的。"

"刚刚我找到了我想要的东西了，等你休息过来我们就离开这里。"

"是什么？"方孔子很诧异。

"一首词。"

"词？你那么辛苦来这里就是为了一首词吗？一首词用得着这样拼命来这里吗？"方孔子惊讶无比。

"是一个前辈留下来的词，对我非常的重要，这是我唯一的线索。"

"是吗？到底是什么样的词？"

"五代词人冯延巳的一首《谒金门》。"

"不是吧？是关于宝藏的吗？"

"这首词被改了一句，是前辈改的。"李夜枭低下头来回忆，他有过目不忘的能力，在"死灵笼"里面看到的那一堆文字，他已牢记于心，一首五代时期词人写的词，这个词人叫冯延巳，五代时期是一个高官，文学成就非常高，和同代的温庭筠、韦庄在词坛三足鼎立。他的代表作便是这首《谒金门》，内容为："风乍起，吹绉一池春水。闲引鸳鸯香径里，手挼红杏蕊。斗鸭阑干独倚。碧玉搔头斜坠。终日望君君不至，举头闻鹊喜。"但李夜枭在"死灵笼"里面看到的这首《谒金门》似是而非，最后一句有出入，原词是"举头闻鹊喜"，而李夜枭看到的却是"举头金龙起"。

"金龙？是什么？"听完李夜枭这一番话后，方孔子很郁闷。

"我也不知道，喜鹊变为金龙，我想不出前辈在说什么。"李夜枭也是很茫然。

"对了，这里的宝贝怎么好好的？张狂野和罗大宝呢？他们不是发现了这里吗？他们肯放过这些宝贝，你说奇怪吗？"方孔子看着宝窖四周，金杯银碗样样俱全，没有半分的损伤，和进来时候看到的一样，整整齐齐地摆放着。

"不好，出事了，他们一定出事了，咱们出去看看，顺便离开这里。"李夜枭站起来说。

"你还去管他们吗？他们没几个好东西。"方孔子不能理解。

"老方，再坏的东西也有好的一面，人有那么绝对吗？没有。"李夜枭抬起脚步往宝窖外面走去，方孔子叹了口气跟了出去。李夜枭知道张狂野和罗大宝一干人肯定遇到了什么危险，他本来不想搭理，但是心里过意不去，张狂野和罗大宝都是他自己带进来的。他带着方孔子走入那条相对宽敞的墓道，张狂野和罗大宝他们应该没有发现什么偏门暗窍，只要顺着墓道走就会遇到他们。从"死灵笼"出来之后，李夜枭的右手就燃烧不起来了，墓道很黑暗，两人只有摸黑前行。

"嘘，李夜枭，听到没？前面有个人正向我们走来。"走了一会儿，方孔子突然说。

"是吗？"李夜枭停下脚步。

"什么人？"方孔子跳出去，黑暗中他已经和那个人打了起来。

"施白煞，你怎么在这里？"李夜枭大叫一声，看来已经猜到来者的身份。对方痛叫一声，看来是被方孔子打倒了。但听对方说："李夜枭，是你啊？自己人。"这个人确是张狂野左右手之一的施白煞。

"怎么会是你？张狂野呢？"方孔子赶紧收住拳脚退回李夜枭身边。

"他们逃跑了，带着大量的财宝逃了。"施白煞气愤地说。

"逃了？那你呢？你怎么还在这里？"方孔子厉声问。

"我找不到出去的路。"施白煞无奈地说。

施白煞为了保护张狂野他们只好给自己"设鬼道"，他本来必死无疑，只是"铁锁横山派"的"滚木阵"并非一个很上乘的"滚木阵"，施白煞用手劈都可以劈开那些滚动的木桩，他一个人在洞道那边奋战了许久，一百零八根巨型木桩一半被他用一双血肉之手劈掉，就这样，他把"滚木阵"给破了。虽然他体型魁梧，亦是筋疲力竭。破了"滚木阵"后他带着一双流血的手去找张狂野，但是张狂野和罗大宝等人已经不知去向，他认为他们携带着墓陵的宝物已先走了。墓道黑暗无比，他拖着疲惫的身子在墓道里面寻找着出路，没有想到还会遇到李夜枭和方孔子。

"你确定张狂野他们走了？"李夜枭问，他倒不是很相信张狂野他们顺利离开。

"当然，那个钱库被他们清理得干干净净的，人都不见了，看现场的痕迹他们应该撤了。"施白煞说。李夜枭问："怎么说？"

"我看到了他们留的撤退信号。我们这些盗墓贼，盗墓成功后都会留下记号以示撤退，让留在古墓里面的其他人明白已经盗墓成功要撤离了。我们盗墓的时候，进入古墓都会分几路行动，如果不留记号是很难同进同出的。今晚我落了下来，不过，我这条命是捡回来的，不值一提。"施白煞很庆幸地说着。了解之后，李夜枭问："带我们回到你刚刚经过的那个钱库。"他突然这么问，施白煞和方孔子都觉得奇怪。

"好，你跟我来。"施白煞想了一会儿就转身回去，李夜枭跟上，方孔子不知道李夜枭在搞什么，但他还是紧跟着。三个人随着这条长长的墓道往前面走去，大概走了一刻钟，施白煞在墓壁上打了一拳，墓壁被打开一道缺口，他钻了进去，还招手叫李夜枭跟进去。李夜枭钻进去后问："是这里吗？"施白煞很肯定地说："对，不知你要找什么，这里几乎没有什么值钱的了。"

"如果我没有猜错的话，金龙就在这里。"李夜枭往这个钱库东面的墙壁走去，说："四灵之中，青龙主东方，就是这里了。"

"金龙是什么？金龙会在这里吗？"方孔子问，这里黑漆漆的看不到任何东西。

"找到了。"李夜枭异常地兴奋，大笑不已，说："原来这是唐代道教的道士们用来为人祈福的道教器材，我说什么金龙呢，原来是这几个金走龙。"李夜枭走了回来，但见他弯了一下腰，一团火光耀眼无比，他捡到了一盏油灯。想必是张狂野他们遗漏下来的。有了火光，钱库看得清了，里面空荡荡的啥都没有了。李夜枭不知从哪里拿出来的小玩意，手里捧着好几根龙形弯曲的金条子，他跟方孔子和施白煞说，这些东西叫"走龙"，是道教里面做道场用的仪器，以天地六合为向，多用来求长生不老，摆放的时候，它指着哪个方向就是向哪个方向的神灵求灵。方孔子盯着李夜枭手里的那些"金走龙"，笑道："就这些吗？"

"不错。"

"你来这里就为了找这些东西吗？"方孔子有些蔑视李夜枭。

"这个是关键，怎么了？"

"用来干什么？"方孔子很无语。

"等一下你就知道它们的用处了。"李夜枭嘿嘿冷笑。

说到这里的时候，外面传来轰隆隆的震响，古墓强烈地晃动了几下，李夜枭三人差点被震倒。李夜枭这时大叫："不好，有人想炸掉古墓。"

"你是说张狂野他们吗？他们不是出去了吗？"方孔子惊住。

"人心叵测，谁知道他们心里想什么？走，你们跟我走。"李夜枭收起那些"走龙"，在手里的油灯照耀下寻到一个偏门就钻进去，方孔子和施白煞赶紧跟上。这时墓道里面不停地震动，墓道上面的石块松土开始坠落下来，坍塌的声音一次比一次响。李夜枭三人刚钻进那个偏门，整个钱库就坠下来。外面炸药滥响，洞道轰隆隆，李夜枭带着方孔子和施白煞钻进了一条狭道里，不一会儿就跳进一个井状的坑里面，李夜枭在井底的一块墙上打开一个门来，前面打来了一道白光，显然是出口，三人就奋力往外冲去。一个巨震，三个人同时摔倒，古墓好像要坍塌了，三人匆匆忙忙地找出路，摔了一跤之后，地上突然出现一个大坑，李夜枭叫道："跳下去。"他纵身一跃，已经往那个坑里面跳去。

方孔子和施白煞急忙跟进去。

三人跳进了大坑里面，眼前突然一亮，这里面竟然是一个巨大的墓室。

墓室的中间很明显地摆放着一对棺材。

"李夜枭，这里是什么地方?"方孔子被吓住了，他以为这里只是一个藏宝的墓陵而不是什么所谓的"幽王墓"。李夜枭呵呵一笑，说："我想，就是这里了。"看到李夜枭满脸的笑意，方孔子更加不明白了。三人走到那一对棺材面前，棺材是黑纹棺，上面涂满了黑漆，描绘着各种奇怪的符号。棺材和一般出殡的寻常棺材一样大小，唯一不同的是棺材的盖，这一对棺材的棺材盖竟然是透明的，里面看得一清二楚。

笃笃，笃笃，棺材里面传来一阵敲击声。

"李夜枭，你听到了吗?"方孔子停止脚步，轻声问李夜枭。

"什么?"李夜枭也停下来，施白煞好像听到了，说："棺材里面有动静。"三人互相看了一眼，他们都不敢上前去了，棺材里面的笃笃声一阵比一阵清楚，里面好像有个东西在动，是什么呢？要诈尸了吗？方孔子看着李夜枭，摇摇头，说："李夜枭，要不，你先上前看看吧。"李夜枭呆住了，没有回答。前面那一对棺材突然震动了一下，方孔子吓得就要逃跑，李夜枭拉住他，说："别怕。"

"你有办法对付它们吗？"方孔子问。

"它们是什么东西？"李夜枭问。

"棺材里面的那些恶心的东西。"方孔子说。

"尸体吗？呵呵，尸体很容易对付。"李夜枭说。

"它们就快爬出来了吧？"方孔子看着那对棺材，棺材微微地颤动，里面不停地发出笃笃的声音，尸体好像要从里面爬出来了。李夜枭笑道："哎呀，你想太多了，应该是老鼠这类的东西吧。"说到老鼠，方孔子郁闷，说："那你去看看吧，我可先走了，我真不知道你来这里为了什么？刚刚拿着那些宝贝离开的话就不会有那么多麻烦了。"他心里还是惦记着宝窖里面的那些金银器具，眼前除了两个棺材之外别无他物，棺材里面似乎隐藏着什么危险，他不是害怕，只是不想惹麻烦。李夜枭摁住方孔子的肩膀说："老方，你别这样，我们出生入死那么久了，你还不了解我吗？"

"了解你才怪。"方孔子说。

棺材的敲击声变得剧烈，棺材震动的幅度也大了，里面好像真的要冒出个什么东西来了，方孔子退了一步，说："好吧，李夜枭，我奉陪到底。"

"应该是棺材里面的尸体在动吧。这种事我们遇得多了。嘿嘿。"施白煞淡然地说着就走上前去，方孔子和李夜枭跟着施白煞。三人来到了那对棺材面前，施白煞突然大叫一声扑到了棺材的上面，然后叫道："张老大，你怎么了？你怎么会在这里？"他此刻变得非常的激动，因为棺材里面装的竟然是张狂野和罗大宝两人，他向身后的李夜枭叫道："帮忙啊。"

看到张狂野和罗大宝两个人被装在棺材里面，李夜枭和方孔子也愣住了。

看到李夜枭三人，棺材里面的张狂野和罗大宝就拼命地敲着棺材盖子，他们俩没有死掉，他们艰难地敲着棺材盖，一心想把棺材盖敲破敲开，可是不管他们怎么用力，棺材盖还是纹丝不动。他们俩的双手因为不停地用力敲打，已然染满了鲜血。手掌都敲烂了，血一直在滴，染红了他们的身子。这个棺材紧紧地关着他们俩，他们大声呼喊着，可惜声音传不到外面来，外面的人只能看到他们的口型，看到他们一脸的痛苦。

"怎么会这样？"施白煞看到了张狂野后，一心想把张狂野救出来，可是他怎么也想不到棺材根本打不开，那一层透明的棺材盖也不知道是什么材料，他拼命地敲击，棺材盖一点痕迹都没有，他很着急，棺材里面的张狂野和罗大宝被关很久了吧？眼看就要奄奄一息。李夜枭走到前面来，摸了摸那一层透明的棺材盖摇摇头说："很难打开。"方孔子看着张狂野和罗大宝，心里还蛮得意，他一直看他们不顺眼，本来还以为他们携带了大量的宝物离开，想不到被关到这里来，眼看活命的机会不大了，他说："这种人，死了一了百了。"

"你什么意思？"施白煞打不开棺材救不出张狂野，心里面的愤恨都往方孔子身上撒。

"我能有什么意思呢？看他们的样子必死无疑了。"方孔子盯着棺材里面即将身亡的罗大宝、张狂野二人，那两个人脸色苍白，血色尽无，苟延残喘着的身体微微颤动，刚刚还激烈地敲动着棺材盖，现在他们好像连举手的力气都没有了，眼睛不停地发出哀求的信息：他们不想死。李夜枭看着棺材里面的两个人，摇摇头，一边的施白煞突然向李夜枭跪下恳求着："你救救他们吧，他们虽然面目可憎但是并无大错。"李夜枭看了一眼方孔子，方孔子故意把脸往后边看。

"老方，你真的可以见死不救吗？"李夜枭很客气地说了一句。

"他们是死是活跟我一点关系也没有，李夜枭，你想救他们吗？"方孔子满不在乎地说，他刚刚还以为棺材里面有尸体，心里本来就不想惹这两口棺材。现在棺材里面装的居然是罗大宝和张狂野二人，他觉得有些不可思议，心里对这两个人甚无好感。李夜枭白了方孔子一眼，说："老方，人有时候何必那么固执呢？我很想救他们。"

"救就救呗，有什么大不了，你倒好，把我说得一文不值。"李夜枭的话起作用了，方孔子转过头来走到那两口棺材前，棺材里面的罗大宝和张狂野已经晕过去了，和死尸无异。施白煞呆呆地看着方孔子，只见方孔子从衣服里面拿出了一小包粉末，他很好奇，不知道方孔子在搞什么，但是又不敢多问。

方孔子把那些黑色的粉末洒在了棺材上面，然后掏出一盒火柴划了一根，方孔子快步退开，李夜枭和施白煞也赶紧退开，火柴跌落遇到了黑色粉末立马燃烧起来，火焰瞬息而生瞬息而灭，火焰消失后棺材盖子已经烧成一片漆黑，棺材里面装的是谁已经看不到了。

"这是干嘛？"施白煞感到不对劲了慌叫。

"你别管了，老方在救他们。"李夜枭说完的时候，方孔子捡起一块石头就走上前狠狠地敲击棺材上面被烧黑的盖子，本来结实无比的棺材盖子现在一敲即碎。躺在棺材里面的张狂野和罗大宝二人的面貌慢慢地露出来。李夜枭吟吟一笑说："老方呀老方，你小子值得信赖。"

"老大，老大。"施白煞赶紧跑到张狂野躺着的那个棺材前伸手要把他扶起来。

方孔子摇摇头走到李夜枭身边，叹气说："还不如让他们全死掉。"

"救人一命胜造七级浮屠，老方你现在可是他们的救命恩人了。"李夜枭笑道。

"救命恩人吗？呵呵，笑话，他们会记得才怪。"方孔子对罗大宝二人极不信任。

"老大，你怎么了？"施白煞突然惨叫一声，整个人好像是被人点穴了一样直直地站着一动不动。方孔子看了一眼，说："他怎么了？"李夜枭却叫了一声糟糕。施白煞的身子慢慢地躺了下来，脸孔翻过来的时候，整张脸都流满了鲜血，五官全部被咬烂了，血痕累累，眼睛、鼻子、嘴巴、下巴全不见了。他死掉了，惨然躺了下来。

"完了，李夜枭，我现在发现我是对的。"方孔子打了一个寒战。

"退后，退后。"李夜枭也紧张起来了，一边推着方孔子一边往外面退去。

那两口棺材突然震动了一下，张狂野和罗大宝两人耸然而立，如同两只僵尸，方孔子大叫一声："我就说了，我们救错人了，这哪里是人啊？"李夜枭叫道："走了，走了，别惹它们。"说完就拉着方孔子往外跑，可是刚刚跑了几步，外面突然走进来一群人，这群人如同一具具陶俑慢慢地往前面移动着把出路都给拦住了。

# 第九章　唐棺魅影

张狂野和罗大宝两人一脸森白，他们俩的七窍里面来回不停地蹿动着一条红色的小蛇一般的东西，时而在他们的鼻孔冒个头，时而在他们的眼睛里面爬动，很机灵也很顽皮。李夜枭和方孔子被团团地围着，那群人一共有二十多个，他们俩都认得，是张狂野带来的盗墓贼和罗大宝带来的士兵，他们好像中邪了一般眼睛呆滞手脚笨拙，像是被操控了。

"李夜枭，看来咱们真撞鬼了。"方孔子有些担心地说。

"不知道遇上哪路高人了？嘿嘿，老方，你别怕，这些人好对付，只是幕后的操纵者我一定要把他抓出来。"李夜枭很镇定地说着，方孔子就问："哦，你来这里的目的就是要找出那个人吗？"他好像懂了，可是又好像不明白。李夜枭笑道："什么那个人？"方孔子糊涂了："我怎么知道你说的是谁？"李夜枭嘿嘿一笑，说："很快我们就会撞到了。"

"他们不是带着宝贝跑掉了吗？怎么变成了这个样子？"方孔子看着对面那些人不像人鬼不像鬼的士兵和盗墓贼，还有刚刚从棺材里面爬出来的张狂野和罗大宝问李夜枭。

"想带走这里的东西谈何容易呢？我说过了，这里的宝贝即使给你你也带不走。"

"为什么？除了我们之外还有别的人在这里吗？"

"等一下你就知道了，现在先处理这些垃圾吧。"李夜枭说完的时候，那些士兵和盗墓贼已经疯狂地扑向他们俩。他们如同撞邪了一般完全不知道自己在干什么，张狂野和罗大宝嗷嗷狂叫，从棺材里面跳跃出来之后张牙舞爪便向李夜枭两人抓过去。李夜枭推倒方孔子叫道："快动手。"方孔子才发现有一个盗墓贼已经扑到了他的身后，幸亏有李夜枭推了一把不然他就去见阎王爷了，那个盗墓贼手里可是拿着一把锋利无比的洛阳铲。方孔子这下子愤怒了，叫道："你们这些人该死不死还被人利用了，真是可恶。"他一脚踹出去把一个士兵踢到之后就向张狂野跑过去。

张狂野这时候完全发疯了，他把想去救他的施白煞咬死之后，脸上手上全部都沾满了施白煞的鲜血，他如同一头饥饿的狼，看到方孔子跑过来，马上向前扑过去一把将方孔子扑倒在地上，然后张着嘴巴去撕咬方孔子。张狂野突然间变得力大无穷，无论方孔子怎么挣扎都无济于事，他只能不停地扭动着身子和失去理智的张狂野扭打成一团，不让张狂野的血口靠近自己的身子。李夜枭从他的那个箱子里面拿出来一条棍子，对准了那些围过来的士兵和盗墓贼一棍敲倒一个，这些士兵和盗墓贼显然是被人控制了，一个个昏昏欲睡，看上去蛮骁勇，其实很容易就击倒了，何况遇到的是李夜枭。

李夜枭手下没有留情，对手如同死人一般，他不发力完全击不溃他们。他收拾着这些士兵和盗墓贼，那边被张狂野和罗大宝缠上的方孔子可惨了，张狂野和罗大宝二人力大无穷如同两头饿狼一般和方孔子扭打在一块，而且为了可以咬到方孔子的身体，罗大宝和张狂野两个还互相撕打争抢，方孔子也好不容易喘口气，可是罗大

长篇盗墓小说 大唐幽王墓 DATANG BINWANGMU

宝和张狂野虽然为了争夺方孔子而互相撕咬，但是他们俩可不肯让方孔子脱离自己的视线，三个人缠打在一起，方孔子觉得自己可怜无比，但是又不服输。

"李夜枭，救救我。"方孔子被夹在一个小角落里面，张狂野和罗大宝嘴巴里面流满了口水，脏兮兮的恶心无比，方孔子被两个家伙折腾得筋疲力尽，气喘吁吁的他只有招手大叫还在交战的李夜枭了。

李夜枭瞥了一眼方孔子，看到他的状况，不禁好笑，说："喂，好玩吗？"

"好玩什么？我就快被咬死了，这两个家伙生前令人讨厌死了还是那么令人讨厌。"

"你没有和他们好好沟通吧？哈哈。"

"你别挖苦我了，快想想办法，我就要撑不下去了。"方孔子刚刚说完，张狂野和罗大宝已经朝他的身子扑了过去，他大叫一声："去你妈的。"挥拳头乱揍，面对已经变异了的失去理性的张狂野二人，他的拳头根本不奏效。张狂野和罗大宝抓住了方孔子，舌头已经快舔到他的脖子了。

"老方，这一下你可惨了，哈哈。"李夜枭倒好，在一边幸灾乐祸。

"你笑什么？快想想办法，我真的快完蛋了。"方孔子焦虑不已，手上脚上身上都蹭出了不少伤痕。张狂野和罗大宝在他的面前嗷嗷狂叫，双臂紧紧地揪住他，嘴巴不停地往他的脖子处咬来，他惊慌失措，只有不停地挥动双手摇动头部不让张狂野他们俩靠近。

"嘿嘿，放心了，他们只是得了失心疯而已，很快就会好了。"

李夜枭安慰着。方孔子哪里信他的这番话，苦苦哀求："李夜枭，你是死活不肯帮我了吗？早知道我就不听你的话，唉，我真是自作自受。"心里又不停地怨恨自己干嘛听从李夜枭的话打开这两个棺材，眼下自己被牢牢地扣住稍微不小心就会死在这里了吧？看着张狂野和罗大宝，两人如同疯子，眼睛毫无神色，面孔苍白，在他们的七窍之间一条红色的小蛇钻出来又钻进去，很诡异的一条小蛇，他看着看着都要发呆了，他从来就没有见过这样的东西，这是什么呢？这条小蛇已经吃掉了张狂野和罗大宝的脑髓了吗？它自由自在地在他们俩的七窍之间游走，行踪诡异，又不肯离开他们俩的头颅。

"老方，你还能撑多久呢？"李夜枭突然问了一句。

"一秒钟我都会死。"方孔子叫道。

"看到他们俩头上的那条小蛇吗？"李夜枭这么一说，方孔子赶紧点点头，李夜枭叫道："把那条小蛇杀死就没事了。"听到李夜枭这么一说，方孔子豁然开朗，整个人突然精神抖擞，他奋力推开缠着自己的张狂野和罗大宝，然后伸手往衣服里面掏了掏，嘴巴里面喃喃自语："这一次我毁你们的容。"他拿出一小包黑色粉末，刻不容缓，张狂野和罗大宝又一起扑上来，他撒手，黑色粉末飘到了张狂野两人的头上，两人痛叫，方孔子哈哈大笑，赶紧走上前去把两人摁倒，然后掏出一条黑色的小线塞进了他们俩的嘴巴、鼻孔、耳朵，安置好黑色小线后，他拿出火柴点燃了小线。

小线顿时冒出一团火花然后一直往张狂野两人的嘴巴鼻子耳朵里面烧进去。

方孔子使劲地摁住两人不给他们挣扎的机会，这一次他也不知道哪里来的力气。张狂野和罗大宝二人的嘴巴鼻子耳朵都冒出来一股股浓浓的黑烟，不一会儿只见他们俩的眼球翻转了一下，一个小蛇头冒了出来，时机来了，方孔子双手伸出去，两只手的食指和中指将冒出的小蛇头钳制住，然后把红色的小蛇从两人的眼孔里面扯出来，扯出来之后方孔子就把红色小蛇放到脚底下不停地踩，直到踩死。

回头看张狂野和罗大宝二人，他们已经动弹不了如同一具死尸。

"唉，菩萨保佑，大吉大利。"方孔子总算是舒出了一口气。

"老方，这么快就被你解决了，哈哈。"李夜枭这时候已经把那些缠着自己的盗墓贼和士兵都解决掉了，他正往方孔子这边走来。

"我们这是遇到什么鬼东西了？"方孔子吹了口气，问。

"我怎么知道？"李夜枭居然摇摇头说不知道。

"那他们现在怎么了？死掉了？"方孔子看着刚刚还狂暴无比的张狂野和罗大宝二人问，现在红色的小蛇被方孔子踩死了，张狂野和罗大宝二人躺在地上，静静的也不知是死是活。李夜枭此时笑道："他们本来就已经死掉了。"方孔子愣住了，呆呆地问："死掉了吗？"这是怎么回事呢？他看着李夜枭，百思不得其解，按道理他盗墓也有很多年了，可从来没有遇到过这样的怪事情。李夜枭这时候说："他们活不出去的，唉。"

"你怎么知道呢？喂，你是不是有什么隐瞒了我？"方孔子焦急地问。

"等一会儿你就知道了。"李夜枭还是不肯说。

经历了那么多惊心动魄之后，方孔子对李夜枭种种做事手法很不理解，他就要发火了，三番五次差点没命了，李夜枭还在隐瞒一些事实。他往地上啐了一口，说："你还当我是兄弟的话，就没有必要背着我做一些对不起我的事情。"其实方孔子心里对李夜枭一直心存不满，每一次联手盗墓，李夜枭总是不让他拿走古墓里面那些值钱的东西，不是他死乞白赖才能拿一点就是他暗地里偷偷拿了一些。他一直怀疑李夜枭暗地里独吞了那些古墓里面的财富，李夜枭表面上看上去不是一个贪财之人，可是人心隔肚皮谁知道呢？即使是最好的兄弟，因为自私自利，一样会把兄弟置身于水深火热里面吧？方孔子是一个爱财之人，他每一次总是很理亏很委屈，就好像在凤凰镇辛辛苦苦连块砖头也没有带走。在这个古墓里明明有那么多的金银珠宝，大可以拿走何必还要滞留在此呢？

现在惹了一身的麻烦，他总感觉李夜枭是故意的，李夜枭好像要杀死自己然后独吞外面的那些财富。

这是在借刀杀人吗？他看着慢慢走来的李夜枭突然站住了。

"怎么？你说不出话来了吗？"李夜枭的沉默让方孔子心里很不愉快。

"你别动，别动。"李夜枭突然叫住方孔子，方孔子怔了怔，他看到李夜枭的眼神有些不安，他知道自己的背后肯定是出现了什么东西，想到这个他背脊都凉了，有种毛骨悚然的感觉。李夜枭的眼神给他一种很不安全的感觉，而他只有听李夜枭的话纹丝不动，他不敢回头去看看是什么。他只有看着李夜枭，希望李夜枭可以帮助自己。

顷刻间李夜枭叫道："老方快趴下。"

方孔子立马扑倒在地，一条黑色的身影瞬间从他的额头上空飞跃而过，那边的李夜枭已经叫道："畜生，哪里跑？"他已经快步追着那条黑影往墓道里面跑去。方孔子惊魂未定，看到李夜枭已经追

长篇盗墓小说 大唐臒王墓 DATANG BINWANGMU

出去，他赶紧跑上去。跟着李夜枭的背影，很快就进入了一个黑色的洞门，走进去之后就听到李夜枭感叹一句："寻寻觅觅那么多年总算找到了。"这里面是一个很大的墓室，墓室里面点满了烛光，奇怪了，进入古墓里面的人群，张狂野和罗大宝还有他们带来的人都像死尸一样躺在外面，自己和李夜枭从来没有进入过这里，这些蜡烛看上去少说也有几百根，是谁点燃的呢？看样子还是刚刚点着，有一些完完整整地摆在那里，方孔子心里一阵不安："古墓里面还有别人吗？"

墓室很大，到处都摆满了蜡烛，一根根的火苗摇曳不已。

墓室的中间是一口棺材，很大的棺材，高两米，长四米，宽两米，奇怪的是棺材的外面锁满了铁链，方孔子没有看错，那口棺材完全被一根根粗如手指的铁链一匝一匝地锁了起来，铁链扣子一个紧扣着一个，整个棺材被匝得严严实实水泄不通。方孔子觉得很奇怪，一个棺材至于用那么多的铁链条来锁住吗？黑漆漆的棺材，冰凉的墓室，粗粗的铁链，不停摇曳的烛光。忍了很久，方孔子总算开口问李夜枭："这是什么？"

"大唐古棺。"李夜枭干咳了一下说。

"你就是为了它而来吗？"方孔子疑问。

"不错，经历那么多就是为了找到它。"李夜枭不再隐瞒了。

"里面是什么东西呢？一个棺材至于上锁吗？那些铁链粗大无比，你打算怎么办呢？你想打开它吗？我觉得不可能吧？除非咱们去找些铁匠进来。"方孔子一口气说了很多。李夜枭沉默着，他似乎在思考着什么，看到他沉思，方孔子很无奈地叹了口气然后走到前面来，他本来想去查看一下那一口被重重铁索扣住的大唐古棺，哪知道他刚刚走了几步，一条黑影就从古棺后面飞扑出来，充满怨恨地咆哮，方孔子赶紧往后退，看清楚了之后大叫不已："原来是你啊。"那条黑色的影子第一次没有扑倒方孔子，再一次跳起来向方孔子扑过去。方孔子弯下身子拿起一根蜡烛迎过去，黑影子遇到火焰赶紧退了回去。方孔子手里摆动着蜡烛，这根蜡烛可以驱赶对方，他笑了，那个黑影子是一头黑色的野猪，这家伙四肢发达全身长满了毛，它没有抓到方孔子就不停地咆哮着准备对方孔子再一次进攻。

方孔子倒也不怕，手里摇动着蜡烛，这头野猪他见过面了。

在凤凰镇午氏古宅古井下面的古墓里，就是这头野猪咬死了午幽明，而自己追着它，它也追着自己，在那个井下古墓，他差点被野猪折腾死。如今在这里竟然遇到了它，方孔子哭笑不得，然而他心里很好奇，这畜牲怎么会出现在这里呢？他叫住李夜枭说："李夜枭，我认得这个畜牲，在凤凰镇的时候我见过它，它咬死了午幽明。"李夜枭点点头说："我知道，只是不知道它是谁带到这里来的。"

"现在怎么办？杀猪吗？"方孔子笑着说，他已经做好要杀死那头野猪的准备。

"先等一等吧，杀了它没有用。"李夜枭说完，方孔子就说："你总是心太软，杀猪而已，况且我发现它可不是一头普通的野猪，它会杀人，它杀过不少人了吧？李夜枭，你不怕它把你我也给杀死了吗？你看它气势汹汹，碍眼死了。"

"杀了它也无济于事，我们想办法去打开那个古棺吧。"李夜枭的眼睛一直没有离开过那一口被大铁链锁起来的古棺，他一番心思几乎都被那口大唐古棺吸引了。方孔子看着李夜枭，他何尝不想知

长篇盗墓小说
大唐幽王墓
DATANG BINWANGMU

道这口古棺里面到底是什么东西？不过想想，那么多的锁链又怎么能打开呢？过去了不也是白忙活一场吗？一层层的大铁链，里面锁着的会是金银财宝吗？还是别的什么东西呢？那一头野猪愤怒地咆哮着不让他们俩靠近古棺。

"李夜枭，你告诉我，你对这个古棺到底知道多少？"方孔子问道。

"我吗？"李夜枭话到嘴边又咽了下去。

"你说这里是'幽王墓'，我看这里根本不是'幽王墓'。"方孔子说。

"你说得对，这里根本不是什么'幽王鬼墓'，这里是什么地方我也不知道。"李夜枭笑道。方孔子感到一阵不爽，他狠狠地瞪着李夜枭，说："难道你一直在骗我吗？"李夜枭冷笑一声说："骗的人何止你一个呢？"是的，他告诉张狂野这里是黄金遍地的"幽王墓"，使得张狂野深信不疑帮忙打探舞马丘的情况，他告诉罗大宝这里是"燃灯古墓"，罗大宝以为可以从这里找到他梦寐以求的"金佛手"，可惜他们都被李夜枭骗了，这里不是传说中的"幽王墓"也不是藏有"金龙"的"燃灯古墓"，这个墓陵是什么也只有李夜枭自己清楚。

"其实我一早就瞧出来了，你根本没有说实话。"方孔子冷笑着，他自从进入舞马丘后就一直观察着很少说话，他一直猜不透李夜枭处心积虑地想挖这个凶险万分的古墓到底为了什么？像这样的古墓，很多盗墓贼都会选择知难而退。李夜枭是一个爱冒险的人吗？方孔子跟到了这里，他实在忍不住要问清楚了，李夜枭似乎还要继续隐瞒下去。

"是吗？怎么会呢？我可是精心布置。"李夜枭苦笑。

"在凤凰镇的时候我就觉得不对劲了，古井藏古墓是你告诉我的，我想，那里和这里一定有着很大的牵连吧？你带我去凤凰镇，现在又带着我来到这里，你存的是什么心呢？"

"有些东西你不需要知道太多，明白吗？"李夜枭笑道。

"我知道你是有目的而来，眼前那口棺材里面有你想要的东西吗？"方孔子坚毅地看着李夜枭。李夜枭点点头，然后说："我找了很多年了，我想今天总算是找到了。"

"那好，我帮你砸开它。"方孔子唏嘘了一下，看着那头凶猛的野猪，他蜡烛一甩就跑上去，然后飞起来一脚就往那头野猪踢过去。野猪看到方孔子的攻势赶紧腾起身子然后张开长着獠牙的长嘴向方孔子咬过去。方孔子变得无比的英勇，面对体积庞大速度惊人的黑毛野猪，他又是强攻又是躲闪，不停地找机会把野猪杀死。

和野猪战斗的时候方孔子不忘向身后的李夜枭叫道："李夜枭，你去看看那个棺材吧。"然后继续和那头凶狠无比的野猪缠打一团。李夜枭摇摇头笑了笑，说："古时候有武松打虎，今天有你老方打野猪，嘿嘿。"方孔子和野猪缠打累得不行，李夜枭还在说风凉话，他怒了，叫道："你这个家伙快去打开大唐古棺吧，这个畜牲我一定要它死无葬身之地。"

"老方，好意我心领了，不过对付这个畜牲哪里用得着这么麻烦呢？"李夜枭这时候走到前面来，不知道他掏出来一个什么东西，然后从箱子里面找到一把枪，把手里的东西填入手枪，一枪就向咆哮着的野猪打去。

野猪中枪之后庞大的身子摔在了地上。

"死了？"方孔子收住拳脚弯着腰吐着气问李夜枭。

"睡过去了。"李夜枭微微一笑把手枪别在腰间就往那口古棺走去。

"你干嘛不早点动手呢？"方孔子看着那头睡过去的野猪埋怨着李夜枭。

"我都说了不用杀它，你还拼命地去和它玩，谁知道你是不是很喜欢和这样的畜牲玩呢？呵呵，老方，冲动是魔鬼，下一次你别这样子了。"李夜枭嘲笑着，方孔子灰头土脸地拍拍身上的尘埃，然后说："好吧好吧，你是故意损我的吧？"李夜枭说："话也不是这么说，没有你老方引开它的注意力，我的枪也打不中它，嘿嘿，你知道我枪法很烂。"方孔子感到被耍了一般，心里面很不甘心，听李夜枭这么一说不禁厚起脸皮来笑道："哈哈，有道理，有道理，李夜枭，这一次还真是多亏了我，不然你打十枪也不会中一枪吧？"

"好了，废话少说，我们去看看那个古棺。"李夜枭此时已经走到了古棺面前。

"好的。"方孔子跟上来，走近一点，古棺也看得清楚了，这口足足比自己高出几个头的大型棺椁，上面匝满了铁链，铁链上面密密麻麻地刻满了许多字，这些字好像是一些经文，方孔子对文字认识不多，李夜枭告诉他这些字是柳体，刻在铁链上面的是整本《金刚经》。方孔子对这些东西不是很了解，他只觉得在黑色的铁链上面刻满了经文有些匪夷所思罢了。

一边的李夜枭看着那些铁链，嘴巴里面还跟着哼了起来：

"须菩提，于意云何？如来有肉眼不？"

"如是，世尊，如来有肉眼。"

"须菩提，于意云何？如来有天眼不？"

"如是，世尊，如来有天眼。"

"须菩提，于意云何？如来有慧眼不？"

"如是，世尊，如来有慧眼。"

"须菩提，于意云何？如来有法眼不？"

"如是，世尊，如来有法眼。"

"须菩提，于意云何？如来有佛眼不？"

"如是，世尊，如来有佛眼。"

"须菩提，于意云何？恒河中所有沙，佛说是沙不？"

"如是，世尊，如来说是沙。"

"须菩提，于意云何？如一恒河中所有沙，有如是等恒河，是诸恒河所有沙数，佛世界如是，宁为多不？"

"甚多，世尊。""佛告须菩提：'尔所国土中，所有众生，若干种心，如来悉知。何以故？如来说：'诸心皆为非心，是名为心。所以者何？须菩提，过去心不可得，现在心不可得，未来心不可得。'"

"你磨磨唧唧地在念些什么呢？经文吗？"李夜枭停止吟诵之后方孔子很乏味地问了一句。李夜枭笑道："这是《金刚经》第十八品，呵呵，哎呀，说了你也不懂。"方孔子嘿嘿一笑说："懂不懂无所谓了，重要是可以发大财，这口棺材那么大，又用那么大的铁链锁着，里面肯定是价值连城的宝贝吧？李夜枭，我敢打赌里面藏着的宝物一定是旷世之宝，惊天动地，唉，我又开始幻想了。"

"我倒不觉得里面藏满了财宝。"李夜枭说。

"不是吧？那你觉得会是什么呢？"方孔子问。

"一个被诅咒了的妖怪。"

长篇盗墓小说

大唐邠王墓

DATANG BINWANGMU

"妖怪？孙悟空吗？李夜枭，你真是秀逗了。"

"你不觉得这里是封印妖魔鬼怪的地方吗？搞不好打开古棺里面就会冒出来一头嗜血如命杀人不眨眼的恶魔。"李夜枭笑道，方孔子愣住了，傻傻地说："你说的是那些村民所说的神灵吗？嘿嘿，这个有什么可信的呢？完全是胡说八道。"李夜枭沉住脸然后阴阳怪气地说："老方，如果我说的是真的呢？你看看吧，这个棺材明摆着就是在锁住什么妖孽不让它再去祸害人间，这里刻满了经文，而且又有那么多的锁链，你想想吧，如果只是宝藏的话用得着刻满经文，绑着那么多的铁索吗？"李夜枭这样一说，方孔子顿时觉得一股阴凉的气息灌进了他的心头，不禁打了一个寒颤，他看着李夜枭，一拳打在李夜枭的胸口然后说："你这个混蛋，少来吓唬我，我胆子可不比你小。"

"我可是很认真的。"李夜枭面不改色地说。

"去你的，对了，你打算怎么弄开这些铁链呢？"方孔子摸了摸那些捆绑着棺材的铁链，坚硬无比，不花点工夫哪里能打断呢？而且还那么多，要处理完真不容易。他虽然喜欢玩火药，但是要炸开这些粗大的铁链他觉得身上带来的火药份量不是很足。他是无能为力了，看到李夜枭一脸的镇静，他知道李夜枭有办法，不过又想不出他会用什么办法。

"我没有打算打开它。"方孔子满心期待的时候，李夜枭居然说了这么一句话。

方孔子愣住了，这算什么呢？他不明白，李夜枭不想知道古棺里面有什么吗？自己是那么地渴望打开这口古棺然后解开里面的秘密。李夜枭的一句话让他整个人从头顶凉到了心底，这是在泼冷水吧？看李夜枭的表情，他不像是打不开古棺，好像是故意不去开棺。

"为什么呢？"方孔子还是问了一句。

"没有必要，要是把里面的恶魔放出来害人，你能担当吗？"李夜枭问。方孔子啼笑皆非，搭着李夜枭的肩膀说："你还真的相信这口棺材里面封藏着什么魔鬼吗？"李夜枭白了方孔子一眼说："你不相信吗？"方孔子摇摇头，说："打死我都不相信。"李夜枭想了想说："这样的话我更加不能打开它了。"方孔子感到无比的扫兴，想想自己又能怎么办呢？看着眼前这个被无数大锁链捆绑着的大唐古棺，有什么办法打开它呢？他绞尽脑汁也没有想到，不由得叹了一口气，所有的兴致全部化为了云烟。

"还不开棺吗？你们干嘛不开棺呢？"方孔子和李夜枭都无话可说的时候，一个女人的声音遥遥传来，方孔子大叫一声："谁？"这个声音飘飘荡荡，不停地在古墓里面回旋。李夜枭皱起眉头，拉着方孔子说："不要理她。"

"你们是害怕了吧？嘿嘿，打开棺材吧，里面有你们想要的宝贝。"那个女人的声音突然变成了一个男的。方孔子心里愣了一下，心想："阴阳人吗？"李夜枭说不理那个声音，方孔子就低着头尽量不去想那个声音。他知道这个古墓里面除了死去的张狂野等人和他们俩之外还有别的东西存在。方孔子一直等着，现在看来他等的人来了，又听那个声音说道："打开棺材吧，快点打开吧，你们干嘛愣着呢？你们不要害怕。"

这个声音飘忽不定，忽男忽女，回音不停地震荡。

但是说话的人迟迟没有出现，方孔子很纳闷，不由得想起了在幽林的时候那些士兵说的男鬼和女鬼的故事，听起来不可信，现在方孔子总算明白了，那只男鬼和女鬼的对话就是刚刚那些腔调。到底是什么人在装神弄鬼呢？他碰了一下李夜枭说："这只'鬼'咱们把他抓起来吧？"李夜枭瞪着他说："嘘，别说话。"方孔子点点头，李夜枭低着头好像在惧怕着什么，那个声音还在劝说，不停地劝说他们去打开古棺。

"你们害怕了吗？哈哈。"那个声音狂笑不已。

方孔子几番忍不住要循声去把这个说话的人抓出来，可是李夜枭一直叫他不要乱来，那声音不停地从四面八方传过来，不停地怂恿他们去打开古棺，方孔子实在不理解，那个"鬼"又不肯出现，要是出现了他非把那"鬼"的脸打烂不可。

李夜枭静静地低头站着，方孔子也傻傻地站着不去理会那个声音。最终那个声音忍不住了，狂叫道："你们不肯去开棺，那就由我来督促你们了。"一阵狂笑，方孔子心里还冷笑："想胁迫我们吗？嘿嘿，最好不要让我看到你，不然你死定了。"正想着对方出现的时候怎么教训对方，一阵阴风吹过，墓室里面的蜡烛全部熄灭了，墓室变得昏暗无比，方孔子心里一愣，只听到旁边的李夜枭轻声说："无论发生什么事你都不要乱动。"

# 第十章　祖　　骸

　　方孔子侧脸看过去，一个黑色的人影手里端着一根蜡烛正慢慢地行走在那些熄灭了的蜡烛丛中。他好像一个幽灵，悄无声息，蜡烛的光亮没有照到他的身子，随着他手里那根蜡烛的移动，摆在墓室里面的蜡烛一根一根地跟着亮起来。

　　墓室重新又有了光明。

　　"你是谁？"方孔子看着那个影子大声问道，他实在是忍不住了。

　　"我是谁重要吗？"那个声音很洪亮，阳刚的男子气概。

　　"嘿嘿，不重要吗？你好像一直在跟着我们吧？"方孔子冷笑着，他发现这个人在凤凰镇古井下的时候就已经出现了，在前面的林子里面杀人的除了老羊角夫妻之外他也有份吧？这是一个很诡异的人，方孔子此刻兴致勃勃，他一定要将眼前这个人的身份弄清楚。他本来不想惹麻烦，可现在麻烦找上门了，他只有硬着头皮追查到底。他说完，那个人尖声笑起来，像是一个女子，语笑轻盈，她说："你说得对，我一直在暗中跟着。"方孔子听到这女子声音立马头皮发麻，说道："你到底是男的还是女的？"

　　"这个很重要吗？"那个人用的是男人的口吻。

　　"少给我阴阳怪调。"方孔子大骂。

　　"嘿嘿，你生气了吗？那好吧，我就用现在的语气了。"那个人换成了女子的声音。方孔子碰了一下李夜枭说："李夜枭，你心里怎么想的？"李夜枭却是大步跨到前面来然后问道："你一直在装神弄鬼？你还是不肯以真面目示人吗？"那个人沉默了一会儿总算是肯转过身来，她看着李夜枭，李夜枭看着她，方孔子傻住了，说道："有什么好看的呢？"然后对着那个人笑道："原来是个女人。"是的，站在他们面前的这个人是一个女人，她披着一件黑色的披风盖着一顶黑色的帽子，现在她已经把帽子摘下来，整个头部露了出来，年纪比他们俩稍微大一些，长得倒也姣好。李夜枭说："在凤凰镇里面杀人的是你吧？那头野猪也是你的吧？你何必要杀人呢？"

"欲达目的不择手段，我没有办法了。"那个女人苦笑着说。

"是吗？你这是在伤害无辜，你觉得有必要吗？"李夜枭居然跟这个女人谈起善良来，方孔子很郁闷，这种邪恶的女人有必要跟她说什么善良吗？方孔子突然想起了她制造的各种恐怖，心里不禁有些虚了，不仅驯养一头凶猛的野猪，而且还可以利用邪术驯住张狂野一干人，这个有点可怕了。不过听李夜枭的口气，他还要和这个女人继续争论下去，方孔子面无表情地听着。

"他们都该死，觊觎这里的人都该死。"那个女人说着。

"谁死还不知道呢？"听到女人这么说，方孔子嘴巴里面哼了一句。

"我委身午幽明，并为了他生了一个小孩，我求的是什么？就是为了找到他那个大宅里面的古墓，可惜我嫁给他那么久古墓一直都没有找到，直到重阳他不幸落井我才发现古墓藏在了古井里面，可惜我那个儿子，他被摔死了。"那个女人说完之后以泪洗面伤心欲绝，听到她这么一说，方孔子惊叫起来："你就是庄晓苏，你就是那

239

个狐狸精，那个媚惑午幽明的女人。"他在凤凰镇的时候，李夜枭跳进了古井，他带着午幽明进入古井寻找李夜枭，午幽明把这些事告诉了他，可惜午幽明还没有说多少就被庄晓苏养的那头野猪咬死了。自从午重阳失足落井之后，庄晓苏就消失了，谁也想不到她已经潜入了古井下面吧？到了这里的时候，方孔子感到不可思议，庄晓苏肯下嫁午幽明并非是因为自己怀孕也并非是为了午家的财富，这是一个阴谋，她竟然是为了寻找午氏古宅里面藏着的古墓，她到底是什么人呢？看着已经哭成了泪人的庄晓苏，方孔子冷笑着说："你心机那么重为的是什么呢？"

"这个跟你没有关系。"庄晓苏骂了一句。

"想不到你为了找到这里牺牲了那么多，唉，真是世事难料。"李夜枭竟然发出一阵感慨。方孔子愣住了，问："李夜枭，人家捷足先登了，我们怎么办呢？"李夜枭呵呵一笑说："还能怎么办呢？我们走吧。"

"走？不是吧？李夜枭，你没有坏脑子吧？"方孔子有些不舍。

"我根本不在乎这里的东西，我现在想知道的已经知道了，想得到的也得到了。"

"可是我什么都没有得到。"方孔子抱怨着，心里愤愤地想："你得到了什么呢？你也处心积虑地来到这里，什么也不拿什么也不要就说离开，这算什么呢？"他有些不明白李夜枭，他难道就是为了看一眼这里而来的吗？这个玩笑开大了吧？李夜枭这时候说："我想我没有什么值得留恋的了。"那边的庄晓苏却是大喊一声："你们不许走，都不许走。"李夜枭瞥了一眼庄晓苏，然后说："你都已经找到你想要的，你没有必要再害人了。"

"害人？我哪里有害人呢？我还不是为了我们好。"庄晓苏大声叫嚷着。

"我们？"方孔子震惊了，看了一眼李夜枭又看了一眼庄晓苏，他不明白，他想去问李夜枭什么"我们"。他的心头突然一阵恶痛，然后头部感到一阵眩晕，他瞪着眼睛看着李夜枭，说道："李夜枭，为什么要杀我？"李夜枭一把长刀已经插进了方孔子的心脏，血溅出来。方孔子满脸的痛苦，他还不肯瞑目，他发白的双眼狠狠地盯着李夜枭，这个家伙有太多不可告人的秘密了。

"李夜枭，你发现了？"方孔子瞪着李夜枭，他的眼睛都快转不动了，血丝满布。

李夜枭紧闭双眼，一声不吭，直到方孔子实在忍不住整个人倒在地上死去了他才叹了一口气。从方孔子跟自己在一起的时候，他就知道方孔子是村子里面派出来寻找"祖骸"的。没有找到"祖骸"，村子就会遭到邪恶的诅咒，每一年因为这个诅咒都会死很多很多人，包括李夜枭自己的家人。他记得小时候，村子里面的诅咒显灵了，整个村子每一年都会赶上一场瘟疫，瘟疫蔓延，很多人都死掉了。村子里面的巫师说想要驱赶瘟疫解开降在村子的诅咒必须找到"祖骸"。村子每一年都会派出大量的人出来寻找，很可惜，一直没有找到。

日复一日，年复一年，李夜枭长大了，他离开了村子，他发誓要找到"祖骸"来解救村子。虽然他不知道"祖骸"到底是个什么东西。

经过一番努力，他慢慢地知道，"祖骸"竟然是唐玄宗的宝贝，安史之乱的时候，午家军负责护送出长安城的除了十二具"黄金俑"

241

之外，最主要的其实是护送唐玄宗的这个宝贝"祖骸"。午家军被袭击之后，带着"黄金俑"和"祖骸"躲进了凤凰镇。当然，午家军躲起来之后，里面的人出现了分歧，有人想独吞"黄金俑"和"祖骸"，为了保护"黄金俑"和"祖骸"，当时的午将军命人将"祖骸"偷偷送离凤凰镇。最后送到了舞马丘藏在了这一座古墓里面。

古墓是刘家的，"祖骸"可以藏在这里，也因为那个护送"祖骸"的人跟这一座古墓的主人熟悉。而先前死掉的老羊角夫妻便是刘氏后人，他们拼死保护这个古墓，可惜都被杀死了。李夜枭为了找到"祖骸"，先去了凤凰镇，"黄金俑"背后的字便是当时午将军留下的"祖骸"线索。

看着死掉的方孔子，李夜枭心里黯然，方孔子跟着自己很久了，只可惜，为了"祖骸"，尽管方孔子跟自己的目的是一样的，也是为了拯救村子才来找"祖骸"，但是，这个功劳他不想方孔子拿走。

"呵呵，好样的，不亏是我的好弟弟。"庄晓苏在那边呵呵大笑。

"人已经杀掉了，我可以走了吗？如今没有人知道我们的秘密了。"李夜枭低着头，语气冰冷，他似乎有些厌倦了，他不知道自己为什么那么狠心地出手杀死了自己的好兄弟，那一瞬间他整个人好像被一只魔鬼控制住了，现在后悔了，可是人已经死了。他冷冷地看着方孔子的尸体，他或许不该带方孔子来，知道这个秘密的人都要死，他心里清楚。可是方孔子跟着来了，他本来还想维护方孔子，最终他被恶魔附身了，捅出了那一刀。

"不行，你还要帮我。"庄晓苏走到李夜枭的面前打量着李夜枭，很温柔地继续说道，"小枭，咱们姐弟俩有很多年没有见面了吧？你现在越来越像个男子汉了，姐姐真开心，你让我摸摸你，可以吗？"

长篇盗墓小说 大唐幽王墓 DATANG BINWANGMU

李夜枭不置可否，庄晓苏的手已经搭在了他的脸庞，庄晓苏一面轻轻抚摸着一面流泪："长大了，长大了，你还记得吗？自从爹娘死掉之后，姐姐一个人带着你，全村子的人都看不起我们，他们折磨我们，他们嘲笑我们，姐姐带着你出走，为了向那些人证明我们俩比他们厉害，我们暗暗发誓一定要把'祖骸'带回去，不再让他们看不起。小枭，你还记得吧？我们躲在一个破破烂烂的草屋子里面发誓，你和我，你答应过姐姐一定要找到'祖骸'，你想放弃了吗？千辛万苦总算有些眉目了，小枭，我们一起把'祖骸'带回去吧，让那些愚蠢的人知道我们俩不是窝囊废。"

庄晓苏说着的时候李夜枭眼睛红了一圈，他奋力抱住庄晓苏哽咽着："姐，我没有忘记，我一直在努力把'祖骸'找到，可是姐姐你连番杀人，我真的受不了。"

"杀人？这个有什么呢？你刚刚不也杀人了吗？"庄晓苏冷冷地说，说完一把推开李夜枭。

"'祖骸'的秘密不能外传，我是没有办法。"李夜枭委屈地说。

"难道我有办法吗？我一个女人，我多不容易，我的儿子重阳我都照顾不了，你以为我不心疼吗？为了'祖骸'我豁出去了，这个人你不杀他我也会动手。"

"这些年我们做了那么多值得吗？"李夜枭反问一句。

"值得，为了最初的誓言，为了最初的约定，只要把'祖骸'带回去，他们一定会对我们刮目相看。小枭，我们离开村庄之后，我带着你四处流浪，世界上最寒冷的冬天是我们俩的，世界最不好吃的东西是我们俩的，世界上最卑微的也是我们俩，你我相依为命吃没有好吃的睡没有好睡的，那么多年来，你想过那些耻辱吗？这都是因为他们看不起我们才变成这样。自从和你失散后我一直在找你，那么多年来，小枭，姐姐好想你，每一天晚上都会想着小枭，梦到小枭。小枭经常告诉姐姐要坚强，要微笑，要好好照顾自己好好活下去。小枭都忘记了吗？"庄晓苏一边说着一边哭泣，回忆着过去的种种，心里极度难受。

"姐姐，我没有忘记那些。"李夜枭埋着头说。

"我知道，你要是忘记了也不会出现在这里，我真的想不到还会遇到你，而且是在这个地方，姐姐我真开心，这一晚是姐姐最开心的一晚了，我找回了小枭，我找到了'祖骸'。"

"在凤凰镇的时候我就怀疑了，想不到真的是姐姐你。'莲绽之野'我们俩都找了很久很久了，想不到会在舞马丘，姐姐，为了找到这里你也辛苦了。有时候我总在想，即使找到了'祖骸'又能改变什么呢？他们看不起我们姐弟俩就随他们吧。"李夜枭说完的时候庄晓苏特别的愤怒，她骂道："小枭，你怎么可以这么想，我们说过要找到'祖骸'就一定要做到，你不屑他们，姐姐我可忍不住。小枭你真的想离开了吗？"

"我不想再去背负那些毫无意义的东西了。"李夜枭叹气道。

"什么？小枭，你变了。"庄晓苏痛楚着。

"如果不是在凤凰镇遇到了姐姐你，我真不想一路闯进这里。"李夜枭已经没有心情了。

"好吧，那你帮我最后一次。"庄晓苏已经没有心思再去为难李夜枭了。

"打开古棺吗？"李夜枭的眼神看到了那个被铁链锁着的大唐古棺。

"除了你我想没有人可以帮我了。"庄晓苏说。

"你诡计多端还打不开它吗？"

"不，姐姐拿它一点办法也没有，我想小枭你心里也清楚，如果我懂得打开它就不会故意将你引到这里来，我就是想你帮帮我，我拿到了'祖骸'之后，你要留便留要走便走。"庄晓苏说着。她说得没有错，她是第一个进入古墓的，进来之后很快便找到了这里，很可惜古棺被巨大的铁链锁着，她毫无办法，她出去找李夜枭他们的时候，遇到了张狂野这些人，她本来想利用张狂野这些人杀死方孔子，但是李夜枭一直维护着方孔子。"祖骸"的秘密任何一个外人都不允许知道，知道者杀。在凤凰镇的古墓里面她在"黄金俑"背后找到了"莲绽之野"，可是她根本不知道"莲绽之野"在何处，便一直跟着李夜枭，她后来发现李夜枭对"莲绽之野"很熟悉，心里便打起了他的主意，谁知道李夜枭竟然是自己失散多年的弟弟。李夜枭竟然熟知"莲绽之野"熟知这个古墓，他一定有办法打开古棺。

"我还以为你有办法。"李夜枭苦笑了一下就走到那个大唐古棺面前。

"小枭，'祖骸'就在里面，靠你了。"庄晓苏跟过来说。

"打开它需要'金龙'。"李夜枭嘴巴里面念着然后从身上拿出了在钱库那里找到的四根"金走龙"，他打量了古棺一番，然后说道："姐姐，帮忙找找。"庄晓苏问："找什么呢？"李夜枭说："铁链的锁头。"庄晓苏答应了一声就在古棺外面转了一周，然后叫道："这里有一个。"李夜枭走过去，就在古棺的底部，一把拳头大小的锁头悬在那里，李夜枭钻了进去，然后找到了锁头的钥眼，他把四个"金走龙"拿出来，然后一个一个地试，试到第三个的时候，锁头叭的一声就打开了。锁头打开之后他便将紧扣的铁链扯出来扔到一边去，当然，古棺绑着的铁链是由四个大锁头紧扣起来，现在解决了一个，也只能清除掉这个锁头所扣住的铁链。

"我又找到了一个。"庄晓苏显得有些兴奋了。

李夜枭又去开第二个锁头。

"小枭，你是怎么知道这些的呢？"庄晓苏有很多疑问。

"我师父他来过这里，写下了一首词，我想那首词意味深长，想不到还真的和这个古棺有关。当年我和姐姐走散之后，在一个寒冷的冬夜里面，饥寒交迫的我险些就死掉了，一个盗墓贼喝醉了之后把我带回了家，他后来成了我师父。"李夜枭一边开锁一边说。

"小枭，姐姐对不起你。"听到李夜枭说起过去，庄晓苏心里难过。

"事情都过去那么多年了，姐姐别多想了。"

"那一次要不是我扇了你一个耳光，我想你也不会负气出走，我当时不是故意的。"

"算了，算了。"李夜枭这时候已经把第二把锁打开，然后把和锁头连在一起的铁链清除。开了两把大锁之后，捆绑在古棺上面的铁链已经被清理一半了。随着铁链被清理，庄晓苏又找到了第三把锁。庄晓苏说："我知道，你心里一直恨着我吧？"

"没有的事。"

"小枭，以后你回来和姐姐一起生活吧？"

"呵呵，我们都分开那么久了。"

"你不愿意吗？"

"我想，你我都有自己的生活。"

"可是我们难得再见，我可是你姐姐，你就这么不肯留在姐姐身边吗？"

"拿到'祖骸'之后姐姐就赶紧回村子去吧，我是不能送你一程了。"李夜枭说着的时候顺手打开了第三个锁头。

庄晓苏过来帮忙把那些沉重的铁链扯开，她说："你真的不想回村子去了吗？"

李夜枭摇摇头，他已经满头大汗了，铁链真不容易清理。想到以前在村子里面被欺负，被笑话，他心里总是有种说不出的感觉，他不想去面对那些伤害过自己的人，有些东西面对不了那就只好永远回避。庄晓苏一心想逞强，想把以前的羞辱去除掉，姐姐心里面的想法他能理解，只是他不想回头了。

"看来我也不能勉强你了。"庄晓苏虽然很想李夜枭跟着她回村子，但是李夜枭一心不想回去，她实在不想去强迫这个弟弟。第四把锁头在古棺顶部，李夜枭爬到了上面，最后一根铁链了，清理完这一把锁头，古棺就完全解放了。李夜枭用最后一根"金走龙"打开了最后一个大铁锁，缠着古棺上的铁链被他和庄晓苏全部清理掉。古棺崭新的面孔出现了，黑漆漆的古棺上面刻满了各种图案和文字，当然这些已经不重要了。清理掉所有的铁链，李夜枭和庄晓苏都显得很疲惫，两人蹲在古棺的上面，李夜枭说："希望一切都顺顺利利的。"

"村里的人找'祖骸'找了那么多年一直没有找到，村中的风水一年不如一年，我想我们这一次把'祖骸'带回去改善村子的风水，村里面的人就再也不会看不起我们姐弟俩，他们一定会很感谢我们，到时候，那么多年的耻辱总算能化解了。"庄晓苏欣然无比。

"或许吧。"李夜枭摸着古棺硬邦邦的棺材盖叹了一口气，"祖骸"这种事他将信将疑不置可否，当然，对于被伤害过的心灵，"祖骸"似乎可以疗伤。

"小枭，推开盖子吧。"庄晓苏有些激动了，她可是寻找多年了。

李夜枭点点头，他把手放进棺材盖子边沿，然后用力一推，轰然一声，棺材盖子没有被推开反而变得四分五裂，瞬间化为了一堆粉末掉进了棺材里面。尘灰飞扬，李夜枭和庄晓苏咳嗽不已。等尘灰散开，两人才看清古棺里面的东西。

古棺的盖子化为了灰尘，灰尘掉下去覆盖了古棺里面的遗骸。

李夜枭和庄晓苏赶紧去清理那些灰尘，看到了"祖骸"，他们俩心情都很激动，奋力清扫着灰尘。古棺里面的"祖骸"也慢慢地显露出来，李夜枭突然说了句："不对啊？"庄晓苏问："怎么了？"李夜枭指着古棺里面的"祖骸"说道："不对不对。"庄晓苏看下去的时候，心里吓了一跳。古棺里面藏着一具尸骸，尸骸已然化为了干尸，但是在尸骸的身体四肢上缠满了铁链，铁链一重一重地将尸骸绑起来，这些铁链虽然比外面绑着古棺的铁链小很多，但是它们将尸骸捆绑的样子实在吓人，怎么回事呢？

这是谁干的呢？李夜枭看着庄晓苏，他有些不安宁了，还想说些什么，一只枯槁的手突然从古棺里面伸出来紧紧地掐住了他的脖子让他无法呼吸，庄晓苏狂叫："小枭，这是怎么了？"她想去帮忙，古棺里面又伸出一只枯槁的手，这只手迅速地掐住庄晓苏的脖子，庄晓苏不能呼吸不能叫嚷只有不停地挣扎。她看着李夜枭，李夜枭已经快断气了，整个人被那只手死死地掐着，看到李夜枭这样庄晓苏眼泪直流，她伸手去帮忙却哪里还有力气，那只手就快扭断她的脖子了。

"姐姐，我们中计了。"李夜枭轻轻地说了一句，那只掐着他的手一抖把他整个人拉进了棺材里面去。庄晓苏呜呜喊着，脖子一阵剧痛，她也被拖进了古棺。

两人被拖进古棺之后，只听到叭的一声，顿时昏天暗地，不知道哪里来的一个棺材盖已经将古棺盖住了，李夜枭和庄晓苏感到一片黑暗，外面则传来一阵窸窸窣窣的声音，好像有个人正在把他们刚刚解除的铁链重新绑在古棺上面，铁链当啷，古棺幽黑，李夜枭和庄晓苏都快放弃挣扎了。

许久许久才听到外面有个人说话："想杀死我吗？没那么容易。"

是方孔子的声音。

他还没有死掉吗？

李夜枭没有刺中他的要害吗？

方孔子这时候正将李夜枭从棺椁上拆下来的铁链重新绑在棺椁上。

"谁也拿不走祖骸，任何人都不能……嘿嘿……"方孔子气喘吁吁地骂着，他才是"祖骸"的真正守护人，李夜枭无论如何也想不到想方设法地帮他寻找万能的"祖骸"的方孔子会是"祖骸"的守护者。

"祖骸"又被称为"蚩尤遗骸"，传说是上古时代九黎族族长蚩尤死后留下来的骨骸，它因为具有一种神通的力量而被无数人觊觎，辗转多年之后落入了唐玄宗的手里，安史之乱时，唐玄宗不想它落入安禄山手中便命午将军负责藏匿"蚩尤遗骸"。

其实，当时负责将"蚩尤遗骸"运出京城的除了午将军之外还有一位姓方的将军。正值天下大乱，贪婪的午将军不想再为唐玄宗卖命他想独吞十二具黄金俑和"蚩尤祖骸"。但是，方将军根本不答应他，他便带着午家军和方家军大战一场，结果午将军获得了十二具黄金俑而方家军带走了"蚩尤遗骸"并把"蚩尤遗骸"藏在刘氏古墓之中。此后方、午两家为了"蚩尤遗骸"之事时有征战、斗殴，午家一心想得到"蚩尤遗骸"，而方家则是自方将军之后世世代代誓死保护"蚩尤遗骸"。

　　时间长了，午、方两家编造了很多奇奇怪怪的故事来掩盖事实，这些故事传说传到了李夜枭的村子，村子得了瘟疫之后，大家便想着寻找"祖骸"拯救村子。李夜枭和庄晓苏姐弟俩踏上了寻找"祖骸"的征途。

　　然而，李夜枭却没有想到方孔子便是方将军的后人。

（完）